HARRY KÄMMERER

DRESSING

HARRY KÄMMERER

PRESSING

KRIMINALROMAN

GRAF

Für Jojo & die 06er

Im Graf Verlag erschienen von Harry Kämmerer außerdem:

Isartod (2010, auch lieferbar als List Taschenbuch 61082)
Die Schöne Münchnerin (2011, List Taschenbuch 61158)
Heiligenblut (2013, List Taschenbuch 61212)

MIX
Papier aus verantwortungsvollen Quellen
FSC® C083411
FSC www.fsc.org

Der Graf Verlag München ist ein Unternehmen
der Ullstein Buchverlage

ISBN 978-3-86220-050-4

Satz: Uwe Steffen, München
Gesetzt aus der Berling
Druck und Bindung: CPI books GmbH, Leck
Printed in Germany
www.graf-verlag.de

Ooh, this old heart of mine been broke a
thousand times
Each time you break away I think you're gone
to stay
But if you leave me a hundred times
a hundred times I'll take you back
I'm yours whenever you want me
I'm not too proud to shout it, tell the world
about it, cause
I love you-ou-ou
this old heart, darling, is weak for you

(Moy, Holland, Dozier, Holland)

Pressing, Pressing, Doppelpass!
Hey, ihr seid's ned hier zum Spaß!
Geh halt vor, geh halt vor,
hinten ist nur einer Tor.
Abwehr, Abwehr, bist du blöd,
siehst du denn den Siebner ned?
Pressing, Pressing, Doppelpass!
Hey, ihr seid's ned hier zum Spaß!
Schiri, Foul! Ja, bist du blind?
Du Depp, das sieht doch jedes Kind,
Elfer, Elfer, jeden Fall,
Schiri-Depp, du hast an Knall!
Lass das Spiel nur weiterlaufen,
nächstes Mal werd ich dich kaufen.
Was sind denn so die Kosten
für 'nen Sieg, Vollpfosten?
Pressing, Pressing, Doppelpass!
Hey, ihr seid's ned hier zum Spaß!
Jetzt lauft's halt endlich mal, ihr Luschen!
Wer ned rennt, geht gleich zum Duschen!
Pressing, Pressing, Doppelpass!
Hey, ihr seid's ned hier zum Spaß!

DAS PERSONAL

Pressing ist der vierte Kriminalroman rund um Maders Team bei der Münchner Mordkommission. Wieder mit von der Partie sind in diesem neuen Fall …

Karl-Maria Mader: Chef der Mordkommission I in München, Mitte fünfzig, Dackelbesitzer, wohnhaft im betonierten Neuperlach, liebt Frankreich und Catherine Deneuve (Fernbeziehung, einseitig). Hatte sogar eine Jugend. In Regensburg, wo aktuell ein lukratives Jobangebot auf ihn wartet.

Soulman *Klaus Hummel* mag Musik und Krimis, fantasievoller Kriminalbeamter, unsterblich verliebt in die Kneipenwirtin Beate. Mit der groovt es im Moment leider gar nicht, sodass Hummel seine Fühler anderweitig ausstreckt und viel Zeit hat, über sich, seine Zukunft, die Liebe und seine Karriere als Krimiautor nachzudenken. Nicht alles erfreulich, aber Hummel lässt sich nicht unterkriegen. Und arbeiten muss er ja auch noch.

Frank Zankl ermittelt wie immer mit einer Prise zu viel Testosteron. Ausgleich für zu Hause. Da hat seine Frau Conny die Hosen an. Und Tochter Clarissa natürlich.

Dosi Roßmeier ist die niederbayerische Seele der Münchner Kripo: loses Mundwerk, fintenreich. Klein, stark, rothaarig –

»das Sams« (Zitat Zankl). Ihr Freund Fränki will sie unbedingt heiraten. Sie weiß noch nicht, ob sie das gut findet.

Rechtsmedizinerin *Dr. Gesine Fleischer* kümmert sich hingebungsvoll um die Toten – in jeder Verfassung.

Dezernatsleiter *Dr. Günther* bewegt sich gerne in der Münchner Bussigesellschaft. Er mag Lyrikabende, gutes Essen, Champagner. Stets besorgt um das gute Ansehen der Polizei. Manchmal kümmert er sich auch um die eigenen Leute. Will Mader immer noch nach Regensburg wegloben.

Gerlinde von Kaltern, Hummels Literaturagentin, dreht etwas am Rad. Endlich schickt Hummel ihr neue Texte, aber keineswegs das, was sie will oder der Markt braucht. Gelegentlich zweifelt sie an Hummels geistiger Verfassung.

Bajazzo ist und bleibt der klügste Dackel Münchens. Teilt mit Mader die Wohnung, so manche Ansicht und auch die Vorliebe für Brühwürfel. Versteht sein Herrchen blind. Eigentlich. Doch jetzt lernt er ein paar ganz neue Seiten an Mader kennen. Die ihm nicht alle gefallen. Behält trotzdem den Überblick und zieht die Fäden im Hintergrund.

POKAL!

»Die Spieler kommen aus den Kabinen. DFB-Pokal! 1860 gegen Aichach 05 aus der Regionalliga. Ja, ein kleines Wunder: Aichach 05 in der großen Arena. Aichach musste kurzfristig auf sein Heimrecht verzichten: Fliegerbombe unter dem Rasen. Aber es könnte nicht schöner sein. Ein wunderbarer Augusttag, fast vierzigtausend Zuschauer, Partystimmung. Was wird geboten nach dieser rustikalen ersten Spielhälfte in der Münchner Arena? Aichach hat die erste Halbzeit dominiert. Hartes Pressing. Es steht 1:0 durch Lucijan Djuvic. Der Stürmer von 05 war bisher der auffälligste Mann am Platz. Großes Laufpensum, viel Druck, Rieseneinsatz.

Anstoß 60. Halfar zu Lauth. Lauth zurück in die Abwehr. Vallori auf Bierofka. Der legt quer zu Stoppelkamp. Dazwischen ein Spieler von Aichach. Weg ist der Ball: Tschinga, der kleine Koreaner. Wieselflink. Zieht ab. Nein, die Kugel landet bei Aygün. Schiebt den Ball lässig zu Halfar durch. Und zurück. Wieder auf Halfar. Schön, dass die Sechzger so lange den Ball halten. Aber wozu? Der Strafraum von 05 ist meilenweit entfernt. Jetzt tritt

Halfar an. Gute Aktion. Geht doch! Nein. Zurück zu Aygün. Aygün überlegt lange – zu lange, erste Pfiffe. Das ist ein Ko-Spiel! Pokal! Kein Standfußball! Wenn 60 das Ding nicht klarmacht, sind die schon in der ersten Runde raus. Präzises Zuspiel auf Lauth. Der lässt zwei Spieler stehen, durchbricht die löcherige Abwehr von 05, wuchtiger Schuss aus fünfzehn Metern, Miller bringt die Fäuste gerade noch hoch. Ball im Toraus. Bombenstimmung im Stadion.

Ecke 60. Lauth legt sich den Ball zurecht. Gerangel im Strafraum von 05, jetzt geht Djuvic dazwischen. Der groß gewachsene Mittelstürmer von 05. Was hat der im eigenen Strafraum verloren? Konter! Djuvic fliegt über den Rasen, dribbelt Bierofka und Bülow aus, Feick versucht ihn zu stoppen. Wahnsinn! Getunnelt. Djuvic stürmt weiter, Aygün und Schindler bauen sich vor ihm auf. Warum geht kein 05er mit nach vorn?! Was für ein Konter! Djuvic verspringt der Ball, er bringt ihn unter Kontrolle, legt ihn sich vor, sein rechter Fuß schnellt … Djuvic stürzt. Die Kugel kullert in die Arme von Király.

Djuvic bleibt liegen. Was ist da los?«

TILT

Lucijan Djuvic – oder Lucky, wie ihn seine Freunde nennen – lag einfach da. Hörte kaum den ganzen Lärm, die Pfiffe, die Schreie. Irgendwer tippte ihm an die Schulter. Ganz weit weg.

»Lucky, was ist los?«, vernahm er eine Stimme, die ihm entfernt vertraut erschien. Sein Trainer? ›Nichts‹, hätte er gerne geantwortet. Denn er spürte weder die Feuchte des Rasens noch die Abendhitze des Augusttags. Keine Schmerzen. Gar nichts. Und jetzt kam tatsächlich das Nichts. Tilt.

»Schau da nicht hin, Paul!«, sagte Hummel.

Der Zehnjährige, der neben ihm in Block 123, Reihe 12 in der Allianz Arena saß, starrte fasziniert zu der Menschentraube auf dem Spielfeld. Wohin denn sonst?

»Was hat der Mann?«, fragte Paul.

»Vielleicht nur einen Hitzschlag.«

Der Sanitäter unten auf dem Platz prüfte Puls, Atmung, hob die Augenlider des Fußballers. Keine Reaktion. »Herzinfarkt«, prognostizierte er.

»Schmarrn!«, giftete der Trainer. »Der Lucky ist topfit!«

»Der war schon mal fitter. Der ist tot.«

»Lassen Sie mich durch, ich bin Arzt!« Der Mannschaftsarzt von 1860 drängte sich durch die Spieler des FC Aichach. Besah sich Djuvics Augen, betastete Stirn und Brust. Inzwischen quoll weißer Schaum aus seinem Mund. »Interessant.«

Im Stadion war es totenstill.

Bis die Ansage des Stadionsprechers kam. Er informierte die Zuschauer, dass aufgrund des tragischen »Personenunfalls« das Spiel abgebrochen und »zu einem späteren Zeitpunkt« nachgeholt werde. Keine Proteste. Interessierte Stille. Kam schließlich nicht jeden Tag vor, dass man bei so was live dabei war.

Hummel und Paul stiegen die Tribüne hoch zum Ausgang.

»Wow, mein erster Toter!«, sagte Paul. »Hast du schon mal einen Toten gesehen?«

»Ähem, ja.«

»Wann?«

»Hat dir Karla nicht gesagt, was ich arbeite?«

»Doch. Du bist Polizist.«

»Na, eben.«

»Du regelst den Verkehr, kommst, wenn die Nachbarn sich streiten.«

»Nur wenn nach dem Streit einer tot ist.«

»Echt? Passiert das oft?«

»Manchmal.«

»Cool.«

»Kommt drauf an.«

»Du, Klaus, ich hab Hunger auf einen Hotdog. Und da drüben gibt's Sechzger-Schals.«

»Ich denk, du bist Bayern-Fan?«

»Notfalls auch 60. Für Bayern kriegt man ja eh keine Karten.«

»Hey, das ist DFB-Pokal!«

»Ja, 60 gegen Aichach. Elend trifft Elend.«

PAMPERS

Zankl fluchte vor dem Fernseher. Jetzt hatte er seit Menschengedenken seinen ersten freien Tag ohne Familie – Conny war mit Clarissa bei ihrer Mutter – und wollte den Mittwochabend gemütlich mit einer Flasche Bier vor der Glotze verbringen, da brachen sie das Pokalspiel ab! Nicht, dass er Fan von 1860 wäre, aber dass sich die von den Burschen aus Aichach aus dem Pokal schmeißen ließen – das ging auch nicht. Das wäre *die* Sensation gewesen! »Tja, Sport ist Mord«, murmelte Zankl. Er trank die Bierflasche aus und rülpste laut. Was sollte er mit dem angebrochenen Abend machen? Zankl zappte lustlos durch die Programme. Als er eine *Pampers*-Werbung erwischte, schaltete er aus.

VIERUNDZWANZIG

Mader und Dosi steckten kurz vor Fröttmaning im Stau. Sie waren auf dem Rückweg von einer Fortbildung in Nürnberg. *Neue Erkenntnisse in der DNA-Analyse.* Dazu hatte Günther sie verdonnert. Fortbildung war momentan Günthers großes Thema. Ein Wissenschaftsteam arbeitete mit Fördermitteln des Innenministeriums an neuen Analysemethoden, lauter hoch engagierte Nerds. Wenn er an diesen Professor Breitenbach dachte – so ein Faun! Aber dieser mobile Blitztest zum Einsatz vor Ort war schon gut. Datenabgleich via Internet. Große Chance für entlegene Tatorte und ländliche Bereiche, weil man Spuren viel schneller auswerten konnte und nicht erst tagelang auf die Ergebnisse warten musste.

Mader sah zu Dosi, die am Steuer des Dienst-BMW saß. Er dachte an den gestrigen Abend und grinste. Dosi hatte im Gasthaus *Zum Hirschen* sage und schreibe vierundzwanzig Nürnberger Rostbratwürste verdrückt. Vierundzwanzig! »Des is ja nur a kleiner Finger!«, hatte sie gesagt, als sie das erste Würstl mit der Gabel aufgespießt hatte. Trotzdem, Mader hatte gerade mal zwölf geschafft. Und Dosi hatte das Ganze noch abgerundet mit einer Riesenladung Sauerkraut und zwei Semmeln. ›Respekt!‹

»Kruzifünferl, fahrts zu! Was ist da los?«, fluchte Dosi über den stockenden Verkehr.

»Fußball«, sagte Mader und deutete zur blauen Schüssel vor glutrotem Himmel.

»Das ist doch normal erst um neun aus.«

»Offenbar nicht.«

»Doch, Fränki ist heute im Stadion. 60 gegen Aichach. DFB-Pokal. Anpfiff um sieben.«

Im Schritttempo fuhren sie auf eine Fußgängerüberführung zu, über die sich eine Menschenkolonne schob.

»Hey, da ist Hummel!«, rief Dosi. »Da, der mit dem Buben.«

In diesem Moment fuhren sie unter die Brücke.

»Seit wann hat Hummel einen Sohn?«, meinte Mader.

»Wissen wir's?«

LEBHAFT

»Warum nehmen wir nicht die U-Bahn?«, moserte Paul.

»Weil die zu voll ist. Wir nehmen den Bus und steigen am Scheidplatz in die Tram.«

»Das dauert eine Ewigkeit. Und außerdem stinkt's hier!«

»Das ist die Kläranlage.«

»In der U-Bahn stinkt's nicht.«

»Von wegen.«

Hummel dachte an den Typen, der bei der Hinfahrt im überfüllten Waggon auf den Boden gekotzt hatte, und daran, wie er gerade noch zur Seite springen konnte. Den sauren Geruch und die Achselschweißschwaden der Fußballfans in ihren Plastiktrikots hatte er noch lebhaft in der Nase. So viel Körperkontakt war er als Radfahrer nicht gewohnt. »Jetzt komm, Paul. Leg einen Zahn zu, sonst verpassen wir den Bus. Und dann kriegen wir Ärger mit deiner Mama.«

»Das Spiel wäre bis neun gegangen. Außerdem sind Ferien!«

»Trotzdem.«

»Aber ich krieg in der Stadt schon noch ein Eis!«

PROFIVEREIN

Zlatan war beschissen gelaunt. Heute Morgen hatte er festgestellt, dass sein Auto geknackt worden war. Die Kisten im Heck seines Minivans standen anders. Das Navi hatte er abends zum Glück mitgenommen. Er ärgerte sich über sich selbst. Er konnte die Vitaminpräparate nicht einfach über Nacht im Auto lassen. Würde ihm nicht noch mal passieren. Und jetzt war er sauer, weil er nicht im Stadion sein konnte, sondern das Lager in der Boutique seiner Frau umräumen musste. Wasserschaden. Ausgerechnet heute! Und Sabrina hatte nicht mal ein Radio im Laden, schöner Mist. Bis zur Halbzeitpause hatte er immer wieder sein Smartphone gecheckt. Aichach schlug sich beachtlich. 1:0. Lucky hatte offenbar einen guten Tag.

Zlatan grunzte. So, das Lager war umgeräumt, das defekte Wasserrohr musste sich der Klempner morgen früh ansehen. Jetzt suchte er noch den Karton mit seiner Bestellung. Bei der Räumerei waren die Sachen ein bisschen durcheinandergeraten. Er ließ sein Messer aufschnappen und knöpfte sich den ersten Karton vor. Mit einem schnellen Schnitt teilte er das Klebeband der Länge nach und griff in den Karton. Seine Hand kam mit neonfarbenen Bikinioberteilen wieder heraus. Schaumstoffgefüllte Körbchen in Türkis, Orange und Zitrone. Farben der Saison, die gerade gelaufen war. Wer kaufte jetzt im August noch Bikinis? »Superschnäppchen«, hatte Sabrina behauptet. Zlatan schüttelte den Kopf und pfefferte die Stoffbonbons wieder in den Karton. Er öffnete einen Karton nach dem anderen, und im vorletzten fand er, was er suchte. Fußballtrikots in Rotblau. *Sportfreunde Obergiesing.* Er zählte sie durch und drapierte auf dem Boden ein Männchen. Hose, Trikot, Stutzen. Plötzlich ging die Ladentür auf. Zlatan griff zum Messer.

»Was wird das?«, pfiff ihn seine Frau an und deutete auf die offenen Kartons.

Er ließ das Messer sinken.

»Äh ...« Zlatan deutete hilflos auf die Trikots. »Das ist meins. Gerade gekommen.«

»Du und dein blöder Fußball.«

»Guckst du, Sabrina!« Er hielt das Trikot mit der »10« hoch. Auf der Brust stand in großen Lettern: *Sabrina's Buttique.* Er strahlte. »Sponsoring. Wie Profiverein.«

»Profi ... Dein Sponsoring ist der letzte Mist.«

»Wieso sagst du das?«

»Weil die nicht mal wissen, wie man ›Boutique‹ schreibt.«

Zlatan sah sie erstaunt an, dann das Trikot: »Goran ist eine Trottel! Macht er mir neu! Zum Schreiben zu blöd!«

»Zlatan, jetzt komm endlich, die Kinder sitzen draußen im Auto. Die müssen ins Bett!«

GUT DEFINIERT

Gesine gähnte herzhaft, als sie am Donnerstagmorgen ihr Reich betrat. Der Mannschaftsarzt von 1860 hatte die Polizei verständigt. Verdacht auf Vergiftung eines Spielers. Ihre Assistenten hatten den Mann schon für sie vorbereitet. Gesine zog das Tuch weg und pfiff durch die Zähne. So einen durchtrainierten Kerl hatte sie noch nicht auf dem Tisch gehabt. Und der war nicht mal Profi. Ausgesprochen gut definierte Muskeln, Oberschenkel dick wie Baumstämme, riesiger Brustkasten. Darauf die kroatische Fahne in A3 als Tattoo. Wegen der vielen Haare nicht ganz farbecht. Auf dem Penis noch mal dasselbe Tattoo in Klein. Gesine runzelte die Stirn. ›Na ja, wer's mag‹, dachte sie. Sie betrachtete sein Gesicht. Ein bisschen holzschnittartig. Wie ein Bergbauer, zäh trotz junger Jahre, markante Nase und eng zusammenstehende Augen. Insgesamt eine archaische Erscheinung: ein Viech, über und über behaart.

»Okay, Süßer«, sagte sie und ließ die Latexhandschuhe über ihre Handgelenke schnalzen. »Dann lernen wir uns mal näher kennen.« Sie besah sich zuerst die Augen und die Zunge, dann griff sie zum Skalpell.

Am Nachmittag gewährte Gesine ihren Kollegen Audienz. Gab ihnen einen kurzen Überblick: »Zahlreiche Blessuren. Auch an Stellen, die für Fußballer eher untypisch sind. Hämatome am Jochbein, eine jüngere, schlecht verheilte Platzwunde am Hinterkopf. Ein Schneidezahn abgesplittert. Interessant ist aber vor allem das Innenleben, also die Laborwerte: Dianabol, Nandrolon, Clenbuterol, Kortison, ein paar Amphetamine, Captagon, Ephedrin. Ein wilder Cocktail aus Anabolika und anderen Stimulanzien. Entzündungshemmend, gut fürs Muskelwachstum, erhöhte Risikobereitschaft. Keine Ahnung, wie das alles zusammen wirkt.«

»Tödlich«, sagte Mader.

»Jedenfalls war der Typ bis Oberkante voll gedopt.« Gesine winkte ihr Publikum an den Bildschirm ihres Laptops. »Hier ein Querschnitt durch die Leber. Weitgehend zerstört durch langen Missbrauch. Der Typ hat die Mittel jahrelang genommen. Sagt auch sein Blutbild.«

»Geht das einfach so?«, fragte Dosi, »so lange dopen, ohne dass einer was merkt?«

Zankl nickte. »Die Wahrscheinlichkeit, dass in der Regionalliga kontrolliert wird, ist wohl eher gering.«

»Aktuell hat er eine geradezu unglaubliche Mischung starker Mittel intus«, bekräftigte Gesine. »Die bringt Körper und Kreislauf fast zwangsläufig zum Kollabieren. Kurzes, extremes Leistungshoch, dann Exitus.«

»Dann wäre es Mord«, sagte Mader. »Wie sieht es mit der Trinkflasche aus? Irgendwelche Spuren?«

Zankl schüttelte den Kopf. »Die Flaschen wurden in der Halbzeitpause gereinigt und neu befüllt.«

»Wo kriegt man diese Dopingmittel?«, fragte Hummel.

Gesine deutete auf den Laptop. »Vor allem im Internet. Zum Teil sind die Sachen nicht mal verboten, nur ihr Einsatz im Wettkampfsport ist nicht legal. Wenn man Doping langfristig betreibt, braucht man allerdings jemanden, der sich mit der richtigen Dosierung auskennt. Wenn er das Zeug diesmal selbst genommen hat, dann hat er sich eindeutig in der Dosierung vergriffen.«

»Vielleicht hat ihm das in der Pause einer von der gegnerischen Mannschaft untergejubelt?«, schlug Dosi vor. »Damit jeder merkt, dass er gedopt ist.«

Zankl lachte. »Die Sechzger? Um in Überzahl zu spielen und nicht gleich aus dem Pokal zu fliegen? Das glaub ich nicht.«

Dosi überlegte weiter: »Das Ganze ist vor einer sehr großen Zuschauermenge geschehen. 40 000 Zuschauer im Stadion und dann noch die Liveübertragung im Fernsehen. Ein öffentlicher Tod. Wenn ihn tatsächlich jemand vergiftet hat, nahm dieser Jemand in Kauf, dass Djuvic öffentlich stirbt. Vielleicht eine Warnung? Wer macht so was? Und warum?«

Mader schloss die Runde. »An die Arbeit, Leute. Kriegt raus, was Djuvic für ein Typ war, ob er Feinde hatte, Schulden, der ganze Kram. Zankl, Sie statten morgen dem Mannschaftsarzt von 1860 einen Besuch ab. Doris und Hummel, Sie fahren nach Aichach. Verein und Wohnung von Djuvic.«

LOVE LOVE LOVE

»Sag mal, Hummel«, meinte Dosi nach Dienstschluss auf der Straße, »hab ich dich gestern auf der Heimfahrt von Nürnberg beim Stadion draußen gesehen, mit einem Buben?«

»Kann sein. Ich war mit Paul da.«

»Wer ist Paul?«

»Der Sohn von meiner Bekannten.«

»Beate hat ein Kind?«

»Nein. Das mit Beate ist aus.«

»Wie meinst, aus?«

»Aus, eben. Finito. Das ist eine lange Geschichte. Aber nicht jetzt.«

»Okay. Dann also Pauls Mama?«

»Karla.«

»Eine Bekannte. Sauber. Du machst Sachen.« Sie merkte, dass Hummel nicht ins Detail gehen wollte, und verabschiedete sich. Hummel sah ihr hinterher, wie sie zur U-Bahn ging. Nein, über seinen neuen Beziehungsstatus wollte er im Moment nichts erzählen. War alles noch so frisch. Fragil. Hummel sperrte sein Fahrrad auf und schob es durch die Fußgängerzone. Gedankenverloren durchpflügte er die Menschenmassen in der Kaufingerstraße. Karla. Er hatte sie in einem Musikklub kennengelernt, wo er sich von seinen trüben Gedanken ablenken wollte. Die ihn überrollt hatten, als Beate zum x-ten Mal ihren Ex reaktiviert hatte. *Marienplatz: Japaner, Italiener, Amis, Sonnenbrillen, Sonnenhüte, Fotoapparate, Bier und Coca-Cola.* Karla war im *Milla* neben ihm gestanden. Ganz vorne rechts. Auf der Bühne: die *Monika Roscher Bigband.* Eigentlich war Jazz ja nicht wirklich seins. Aber dass die Bandleaderin E-Gitarre spielte, hatte ihn interessiert. Und es war toll, hatte mit seiner Vorstellung von Jazz nichts zu tun. Filmmusik fürs ganz persönliche Kino. Eine Nummer hieß *Schnee aus Venedig.* Das war genau die Stimmung in seinem Herzen: a bisserl abstrakt, a bisserl diffus, Melancholie mit einem funky Funkeln. Wunderbar. Er hatte sich einfach reinfallen lassen in die Musik. Hinterher, beim Rauchen vor dem Klub, stand sie plötzlich neben ihm, die schöne Konzertbesucherin. Sie rauchte nicht, sie checkte ihr Handy, weil unten kein Empfang war. »Mein Sohn ist allein daheim«, begann die Unterhaltung. Und schon nach fünf Minuten wusste er, dass es ihn erwischt hatte. Karlas lange braune Haare, ihr fein geschnittenes Gesicht, die Grübchen und dunklen

Augen. Komplett anders als Beate. *Gedränge im Tal. Aus dem großen Secondhand-Kleidermarkt quoll eine Wolke muffiger Luft. Der rauschende Verkehr am Altstadtring.* Nach einem Tag zittrigen Abwartens hatte er sie dann angerufen. Und sich mit ihr verabredet. Ein unglaublicher Abend. Wie im Märchen. Und jetzt waren sie ein Paar. So wie Beate und ihr blöder Testfahrer ein Paar waren. Der Typ hatte sich einfach in Beates Leben zurückgeschlichen. Aber die Zeiten, in denen sich Hummel in seiner dunklen Erdgeschosswohnung vergraben hätte, waren definitiv vorbei. Und so schnell konnte es gehen: Jetzt hatte er gleich eine kleine Familie. Paul war zehn. Natürlich gab es da im Hintergrund noch einen Papa. Aber das interessierte Hummel im Moment nicht. Er konzentrierte sich ganz auf sein Glück. *Museumsbrücke. Die glitzernde Isar. Sonnenreflexe im Wasser. Unzählbar.*

›Die Liebe ist ein seltsames Spiel‹, dachte Zankl auf dem Heimweg ins Eheglück. ›Wirklich seltsam. So viele Prämissen, die ich nicht beeinflussen kann.‹ Er hatte nach seinem kurzen erotischen Höhenflug mit Conny erneut die Sahara erreicht, die er nun mit hängender Zunge barfuß durchquerte. Die erneuten Besuche beim Hormonarzt hätten sie sich jedenfalls sparen können. Conny war in Windeseile wieder schwanger geworden. Kaum war Clarissa aus dem Gröbsten raus, stellte ihn der konfuse Hormonhaushalt seiner schwangeren Frau erneut vor hochkomplexe Anforderungen, als da sind maximale Toleranz und Flexibilität. Bitte, gerne. Für jede einsame Minute war er im Moment unendlich dankbar. Er sah in den Wassernebel des sprudelnden Stachusbrunnens. Kinder wuselten durch die Fontänen.

Und Dosi hatte sich verlobt. Nach der dramatischen Bayerwaldgeschichte hatte Fränki geschworen, sie nie wieder aus den Augen zu lassen. Und sie hatte nach langem Zögern den Platinring angenommen, mit dem er sie eines Abends überrascht, nein kalt erwischt hatte. »Ich bin geschieden«, hatte sie hilflos vorgebracht.

»Nicht mehr lange«, meinte Fränki dazu strahlend.

Und Mader? War da ein Sprung in seiner harten Neuperlacher Betonschale? Durch den ein fröhliches Gänseblümchen dem Tageslicht entgegenstrebte? Oder war er nach wie vor allein? Mit sich und seinen Gedanken an Catherine Deneuve. War virtuelle Liebe das Gleiche wie alleine sein? Zumindest eine Einbahnstraße. Aber nein, ganz allein war er nicht, es gab ja noch Bajazzo. Und bekanntlich waren Hunde die besseren Menschen. Bajazzo musste er nichts erklären, bei ihm musste er sich für nichts rechtfertigen. Gerade durchquerten sie den Ostpark, nachdem sie auf dem Heimweg schon an der U-Bahnstation Michaelibad ausgestiegen waren. Mader blieb stehen, um die bunten Drachen der Kinder am sanft geröteten Abendhimmel zu betrachten.

SOMMERNACHT

Sommernacht in München. Brummende Biergärten, das Klirren der Krüge, Gelächter, Stimmengewirr. Eine frisierte Vespa schoss die Rosenheimer Straße hinunter, die Tram quietschte den Gasteigberg hoch. Eine Lichtinstallation auf dem Isarwehr beim Müller'schen Volksbad tauchte den Wasserfall abwechselnd in blaues und rotes Licht. Liebespaare auf dem Flaucherkies, der Duft von Grillkohle. Am Himmel die Sterne, der Mond klebte fett und rund über Haidhausen. Sommermond. Darunter all das Leben, all die Liebe, all die Stimmen des Viertels.

GIRLANDEN

Tankstelle, Möbelhaus, Teppichmarkt, Supermarkt, Möbelhaus, Tankstelle, Supermarkt, Drogeriemarkt, Möbelhaus, Drogeriemarkt, Tankstelle, Teppichmarkt, Supermarkt, Möbelhaus, Tankstelle, Drogeriemarkt, Möbelhaus … Und dazwischen der ganze Eigenheimwahnsinn. Seit Dosi und Hummel von der Lindauer Autobahn abgefahren waren, kämpften sie sich durch ein Dickicht monotoner Vorstädte mit Flachdachbunkern an riesigen Parkplätzen, umgarnt von Girlanden auf Jahrzehnte hin abzubezahlender Bausparalbträume – Spitzgiebelniedlichkeiten in frohsinnigen Pastellfarben mit Grill und Plastikmöbeln auf der Baumarktfliesenterrasse. Das alles von greller Vormittagssonne ins rechte Licht gesetzt.

»Hölle, Hölle, Hölle!«, murmelte Hummel.

»Ach«, meinte Dosi.

»Verstehe, du wirst jetzt solide. Der Ring ist neu, oder?«

»Nur kein Neid!«

Bajazzo sah von Hummel zu Dosi und zurück. Dieses Geplänkel ging schon die ganze Zeit. Die waren doch sonst immer cool? Vielleicht hätte er doch bei Mader im Büro bleiben sollen. Und hoffentlich waren sie bald da. Er brauchte dringend demnächst einen Baum.

Hummel auch. Als sie endlich das Vereinsgelände am nördlichen Ortsrand von Aichach erreichten, rutschte

Hummel schon unruhig auf dem Beifahrersitz hin und her.

»Hast du Hummeln?«, fragte Dosi.

Noch während sie den Wagen in die enge Parklücke manövrierte, riss er die Tür auf und stürmte nach draußen. Er wollte soeben das kümmerliche Parkplatzbäumchen wässern, als sein Blick auf die Jugendmannschaft fiel, die dort am Zaun auf den Trainingsbeginn wartete. Unverhohlene Neugier. Hummel schloss unverrichteter Dinge die Hose und stürmte ins Vereinsheim. Er probierte mehrere Türen, bis er schließlich eine offene Kabine fand. Saurer Schweiß und tropische Luftfeuchtigkeit. Weiter in den Dusch- und WC-Bereich. Er sackte mit einem lauten Stöhnen auf der Schüssel zusammen und ließ seinen Gefühlen freien Lauf. Nach getaner Arbeit fühlte er sich erheblich besser. *Mission accomplished.*

Er hörte, dass jemand die Dusche betrat. Wasser rauschte. Ein paar Jungs machten grobe Späße. Nasse Handtücher knallten.

»Hörst auf! I sackl di glei aus!«

»Trau di.«

»Des hätt'st wohl gern?«

»Probier's aus.«

»Du Depp! Deine niederbairischen Sportarten kannst mit wem anders machen!«

»Mei, du …

»Sag a mal, gehst du zum Djuvic?«

»Logisch. Du ned?«

»I woaß ned. Jetzt kriegt des Arschloch a Heldenbegräbnis. Bis oben voll, und dann dern's so, als wär er die Nummer 1.«

»Die Nummer 10.«

»Ja, freilich, wie der Madonna.«

»Maradona.«

»Sag ich doch. Der Madonna von Aichach 05. Wegen dem Scheißpokalspiel kommen zur Beerdigung angeblich sogar welche von de Sechzger. Voll der Respekt. Und wer vom DFB.«

»Is doch ned schlecht. Kriag ma a mal gscheide Presse.«

»Unsere letzte Schance. Weil ohne den Djuvic san ma doch voll am Arsch.«

»Und wenn ma uns a was besorgen? Beim Zlatan.«

»Spinnst du, dass uns so geht wie'm Djuvic?«

»Des is doch nur eine Frage der Dosierung.«

»Dosierung ... Sag a mal – schorselst du die ganze Zeit so greislig?«

Stille. Hummel lauschte andächtig. Nix.

Plötzlich begann es zu regnen. Heftig. Hummel öffnete die Tür und sah zwei Testosteronbomber, ihre muskulösen Lenden mit Handtüchern nur nachlässig verhüllt. Hummel blickte zu den Duschen. Zwei Duschköpfe waren nach oben gedreht und wässerten die Toiletten. Die zwei Burschen grinsten und sangen: »Schöner fremder Mann, du bist schuld daran ...«

»Sehr erfrischend«, sagte Hummel und schob die Jacke zur Seite, damit sie seine Waffe sehen konnten. Sie blickten ihn verdattert an.

»Bumm!«, sagte Hummel und durchquerte feuchten Schrittes die Fußpilzkultur.

»Was is'n passiert?«, fragte Dosi, als er klatschnass wieder neben ihr im Auto saß.

»Hab mich angschifft – vor Lachen.«

»Jetzt komm, der Vereinspräsident erwartet uns.«

»Mei, der Lucky«, sagte Georg Haßlehner, im echten Leben Inhaber eines Autohauses, im zweiten Leben Präsident von Aichach 05. Da er Glatze trug, vermutete Hummel, dass ihn die Vereinsarbeit sämtliche Haare gekostet hatte. Die zwei unterbelichteten Typen in der Kabine waren sicher nur die Spitze des Eisbergs. Auf Haßlehners Stirn oben links prangte eine unschöne fingerkuppentiefe Einbuchtung.

»Autounfall«, erklärte Haßlehner, der Hummels Blick registriert hatte. »Der andere hat's nicht überlebt.« Er lächelte. »Verbrannt.«

»Sehr schön«, sagte Dosi. »Sie wissen, warum wir hier sind?«

Er nickte schwerfällig. »Ja, wegen dem Lucky. Er soll irgendwelche Sachen genommen haben. Hab ich gehört.«

»Haben Sie gehört?«

»Ja, aber nicht gewusst. Sonst hätt der gar nicht spielen dürfen. Wir sind ein Fußballverein. Wir machen vor allem Jugendarbeit. Damit die Burschen nicht auf der Straße sind.«

»Und ihre Körperpflege nicht vernachlässigen«, ergänzte Hummel.

Dosi sah ihn irritiert an, aber Haßlehner nickte. »Genau. Auch das. Was meinen Sie, wie schwer des ist, den Jungs beizubringen, dass man nach dem Training duscht.«

»Siphifuß«, murmelte Hummel.

»Na ja, der Pokal ist natürlich eine Riesensache«, fuhr Haßlehner fort, »eine Wahnsinnsgeschichte. Da geht's nicht nur ums Geld, da geht's vor allem um die Ehre.«

Dosi nickte. »Stimmt des eigentlich mit der Fliegerbombe? Der Platz hier schaut doch ganz okay aus?«

Haßlehner räusperte sich. »Na ja, des war blinder Alarm. Ein paar rostige Metallteile im Boden. Aber für das Pokalspiel ist die große Bühne schon willkommen. *Das Wunder von Aichach!* Ohne den Lucky wird's jetzt allerdings schwierig. Aber wir haben noch ein paar Talente.«

»Wer ist denn Zlatan?«, fragte jetzt Hummel.

»Der Zlatan? Wieso?«

»So halt. Was macht der?«

»Sportbekleidung. Vom Zlatan bekommen wir unsere Trikots.«

»Sonst noch was?«

»Na. Wieso? Was denn?«

»Stimulierende Substanzen. Leistungssteigernde Mittel.«

»A geh, der Zlatan ist doch auch Jugendtrainer.«

»Hier?«

»Na, in München. Wo er wohnt. *Sportfreunde Obergiesing.*«

Hummel schluckte. Das war Pauls Verein.

»Können Sie sich erklären, warum sich der Lucky so in der Dosis vergriffen hat?«

»Hat er das?«

»Schaut ganz so aus.«

»Na, der Pokal eben. Und vielleicht, damit ihn endlich mal die Scouts sehen. Das Ganze war ja im Fernsehen. Der Lucky war schon fünfundzwanzig. Da geht nicht mehr viel.«

Dosi stand auf. »Okay, das wär's. Vorerst.«

»Schon fünfundzwanzig«, stöhnte Hummel im Auto.

»Ich werd dreißig, erst dreißig! Super. Und der Typ lügt wie gedruckt, wenn er sagt, dass er nicht weiß, was seine Spieler so nehmen. Weißt du, was ich dir sag?«

»Der Ball ist rund?«

»Das auch. Jeder hat gewusst, dass der Djuvic das Zeug nimmt. Vielleicht hat jemand mal schnell seine Dosis erhöht. Und diesen Zlatan schauen wir uns näher an. Klang, als stellt er die Versorgung der Spieler mit wichtigen Vitaminen und Mineralstoffen sicher …«

Bei diesen Stichworten fiel Hummel was ein. Mader hatte ihm eine Packung Brühwürfel für Bajazzo mitgegeben. Hummel pulte einen Würfel aus dem Silberpapier und gab Bajazzo die Hälfte. Nur keine Überdosis. Bajazzo schmatzte zufrieden im Fußraum.

REINGECHIPT

Zankl hatte gehofft, er könnte endlich mal hinter die Kulissen des Profifußballs schauen, und dann speisten ihn alle mit ein paar nichtssagenden Worten ab. Aber klar, 1860 hatte schon genug Probleme, da war niemand heiß drauf, dass auch noch ein Kripobeamter auf dem Vereinsgelände rumschnüffelte. Doch dass ein Verein zu solch extremen Mitteln greifen würde, um ein Pokalspiel zu gewinnen, war äußerst unwahrscheinlich. Egal, sein Verein war ja sowieso der FC Bayern. Sonst müsste er auch noch als Fan leiden. Das konnte er sich nicht leisten, wo sein Familienalltag schon so ein Trauerspiel war. Also als Mann. Momentan. Aber vielleicht würde Nachwuchs Nummer zwei ein Bub, mit dem er dann am Samstag ins Stadion gehen konnte …

So viele Gedanken, als er am Maschenzaun des Trainingsgeländes entlangmarschierte zu den hinteren Plätzen, wo gerade die Profis zum Training aufliefen. Das wollte er sich nicht entgehen lassen. Am Zaun waren bereits alle guten Plätze vergeben. Er zwängte sich zwischen zwei Männer und entschuldigte sich mit einem Lächeln. Beobachtete die Dribblingübungen der Spieler. Staunte über die Präzision. »Jorge, Tempo!«, brüllte der Mann neben ihm. Adressat war ein dunkelhäutiger Jugendlicher mit dichten schwarzen Locken, der den Ball traumhaft tanzen ließ. »Den kenn ich gar nicht«, sagte Zankl zu seinem Nachbarn.

»Jorge Fernandez, mein Junge.«

»Sie sind der Vater?«

»Sein Berater.«

Zankl sah seinen Nebenmann von oben bis unten an. »Aha, Berater.«

»Und Sie, auch im Fußballgeschäft?«

»Nur peripher. Frank Zankl, Kripo München.«

»Glücksspiel?«

»Nein, Mordkommission.«

»Der Tote vom Pokalspiel?«

Zankl machte eine entschuldigende Geste und lächelte.

Der Berater gab ihm die Hand. »Raffael Stöger.«

Zankls Miene erhellte sich. »Raffael Stöger? Bayer Leverkusen?«

»Das ist lang her.«

Zankl strahlte übers ganze Gesicht. »Ist mir eine große Ehre. Damals der Elfer gegen Schalke, ganz großes Kino, dieser Lupfer, großartig! Einfach reingechipt. Und Sie sind jetzt Berater?«

»Ich kümmere mich um junge Talente.«

»Für 60?«

»Auch für 60. Ich suche gute Jungs und schaue, zu welchem Verein sie passen, bring sie zum Probetraining. Wenn sie genommen werden, sorge ich dafür, dass sie pünktlich sind, ihre Siebensachen dabeihaben, dass sie ein Dach über dem Kopf haben, klär das mit der Schule. Mein kleiner Brasilianer da konnte vor zwei Jahren noch nicht lesen und schreiben. Vom Rechnen reden wir gar nicht.«

»Wow, das klingt anstrengend.«

»Es ist sehr befriedigend, wenn aus den Jungs was wird. Aber Sie haben keine Garantie. Alle wollen Profi werden. Sie ermitteln wegen Djuvic?«

»Wir überprüfen, ob wirklich kein Fremdverschulden vorliegt. Kannten Sie Djuvic?«

»Ein Spielerberater kennt alle guten Spieler.«

»Und war er gut?«

»Vor ein paar Jahren schon. Großes Talent. Aber er war einer von denen, die immer ein Talent bleiben, nicht den nötigen Ehrgeiz haben, auch mal hart gegen sich selbst zu sein. Autos, Frauen, Alkohol. Und der Lucky hat sich alles Mögliche reingezogen, um trotzdem auf dem Platz Leistung zu bringen.«

»Und das ist nicht aufgefallen?«

»Wie denn? Bei Aichach 05? Das Pokalspiel war die größte Bühne, die sie je hatten und haben werden. Und gleich da vermasselt er es. Wissen Sie, hinterher schreiben die Zeitungen über Doping im Fußball. Totaler Quatsch. Doping kann Sie bei der Tour de France weiterbringen, da sitzen Sie allein auf dem Rad. Aber Fußball ist ein Mannschaftssport. Wenn da einer abgeht wie eine Rakete, dann haben die anderen nichts davon. Seinen Platz in der Mannschaft optimal ausfüllen, das ist das Geheimnis. »Jorge! Präziser!« Der Ball war unterwegs. Elliptische Flugbahn. Einschlag links oben. Unhaltbar. Zankl nickte beeindruckt. Vielleicht war der kleine Jorge in ein paar Jahren ein Megastar, der für zehn Millionen zu Bayern und dann für fünfzig Millionen zu Chelsea wechselte. Oder zu Real, St. Germain ... Er gab Stöger seine Karte. »Darf ich Sie anrufen, wenn ich noch Fragen zu Djuvic habe?«

»Sie gehen also nicht von einer Überdosis aus?«

»Uns interessiert, ob er selbst dafür verantwortlich war.«

Stöger nickte nachdenklich, gab Zankl seine Karte und drehte sich zum Spielfeld: »Jorge, nicht Blümchenpflücken! Setz deinen Arsch in Bewegung!«

SAUSTALL

Dosi und Hummel besichtigten Djuvics enge Dreizimmerwohnung in einem Wohnblock südlich von Aichach. Mit bezaubernder Aussicht auf eine Industriebrache. Heruntergekommene Werkshallen, zersplitterte Fenster. Hummel stand in der zugemüllten Küche und sah zu den Kindern hinaus, die zwischen den Hallen Fußball spielten und erstaunliche Tricks draufhatten.

Er ging zu Dosi ins Wohnzimmer. Sie deutete auf ein Bild an der Wand. Das Foto zeigte drei schwer bewaffnete Männer vor dem Ortsschild von Vukovar. Ein Mann hatte frappierende Ähnlichkeit mit dem verstorbenen Fußballer.

»Dafür war er definitiv zu jung«, meinte Hummel. »Vielleicht der große Bruder?«

Sie sahen sich weiter um. Kein Telefon. Kein Computer.

»In seinem Spind in der Umkleide war auch nix?«, fragte Dosi.

Hummel schüttelte den Kopf. »Da will einer nicht, dass wir seine Kontakte kennen. Oder wissen, was auf seinem Rechner ist.«

Bajazzo schnuffelte intensiv am Boden. Knurrte und rümpfte die Schnauze. Dosi betastete den Boden und merkte, dass auf der dunklen Auslegware eine Flüssigkeit eingetrocknet war. »Hummel, schau mal, der Fleck da.«

»Die ganze Wohnung ist voller Flecken. Das ist ein verdammter Saustall.«

»Wir brauchen die Spurensicherung.«

DER PATE

München-Neuhausen. Die schrille Klingel hallte durchs Treppenhaus. Berti Zahnfeld war gerade erst vom Training beim FC Ismaning heimgekommen und hundemüde. Er erhob sich mühsam und ging zur Tür, drückte den Summer, ließ sich wieder aufs Sofa fallen. »Bestimmt Lisa, weil sie ihr blödes Spielzeug vergessen hat«, murmelte er. Auf dem Couchtisch lag ein weißes iPhone.

Kurz darauf stand Zlatan in seinem Wohnzimmer. »Du?!«, stieß Berti erstaunt aus.

Zlatan atmete schwer. »Ist was passiert?«, fragte Berti. »Setz dich. Willst du ein Bier?«

»Wasser.«

Berti brachte ihm ein Bier. »Wasser ist aus.«

Zlatan nahm einen großen Schluck.

»Was ist los, Zlatan?«

»Lucijan ist tot.«

»Ja, hab ich gehört. Starker Abgang. Der Lucky – immer für eine Überraschung gut. Sport ist Mord.«

»In mein Auto ist eingebrochen worden. Vorgestern.«

»Ja, und? Soll vorkommen.«

»Ich hab da meine Sachen drin, also die Sportsachen, die Vitamine und das ganze Zeugs. – Stöger hat einen Polizisten getroffen. Die ermitteln wegen Lucijan. Überdosis. Wenn jetzt jemand was in Lucijans Flasche getan hat…«

»Warum sollte das jemand machen?«

Zlatan biss sich auf die Lippe.

»Jetzt sag schon!«

»Der Lucijan hat mir erzählt was, wie er Stöger kriegt am Arsch. Hat gesagt, dass er ihm Angebot macht, das er nicht ablehnen kann.«

»Wer, der Stöger dem Lucky?«

»Nein, Lucijan dem Stöger.«

»Oh, mei. Lucky – der Pate. Er hat Stöger erpresst?«

»Ich weiß es nicht, ja, vielleicht. Und jetzt ist er tot.«

»Womit hat er denn Stöger erpresst?«

»Ich, nein, ich weiß nicht…« Zlatan verstummte.

»Oh, Mann. Komm, trink dein Bier, entspann dich. Du machst ein bisschen viel in letzter Zeit. Wie wär's, wenn wir endlich richtig Geschäftspartner werden? Nicht nur die Dödeljobs für mich. Ich brauch Geld.«

»Geld. Klar. Wegen deine Scheißzockerei. Du schuldest mir Haufen Kohle. Seh ich nie wieder.«

»Aber klar doch. Magst du einen Schnaps?«

Zlatan schüttelte den Kopf, aber Berti füllte zwei Gläser. Vierfache. Sie tranken auf ex.

»Zlatan, was genau machst du eigentlich für Stöger?«

»Kurier, Sportwetten, seine Jungs fahren, Klamotten besorgen ...«

»Das Vitaminzeugs auch?«

»Ist mein Geschäft. Aber Stöger macht die Vorfinanzierung. Kriegt Prozente.«

»Viel Arbeit?«

»Schon.«

»Wie wär's, wenn ich einsteige?«

»Stöger mag dich nicht.«

»Ach, das ist doch alter Käse. Was soll ich denn sagen? Hätte Stöger seinen Job damals gut gemacht, würde ich heute bei Bayern spielen. Na ja, bei 60 zumindest. Du fragst ihn, ob ich auch dabei bin. Sagst ihm, dass ich verschwiegen bin. Weißt du, ich hab viele Kontakte. Der Markt für das Zeug ist groß. In den unteren Ligen kontrolliert keiner. Und im Wettgeschäft hab ich richtig viel Know-how. Hey, Zlatan, was machst du denn für ein Gesicht?«

»Wenn jetzt in Luckys Trinkflasche was drin war ... Und die Polizei ...«

»Ach komm, die werden ausgerechnet dich im Verdacht haben. Du hast doch kein Motiv. Oder? Ist denn das Zeug noch im Auto?«

Zlatan nickte.

»Dann musst du es entsorgen!«

»Aber das Zeug kostet Scheißgeld!«

»Willst du in den Knast? Wenn die bei Lucky was finden, sind die schnell bei dir. Zlatan, wir sind doch Kumpels. Ich helf dir. Komm! Ich hab noch 'ne Stunde. Dann muss ich zu Lisa.«

Berti steckte Lisas iPhone ein und ging zur Tür.

»Weißt du, Zlatan, ich hab langsam 'ne Idee, was der Lucky über den Stöger wusste. Und du weißt es auch. Wir bereden das im Auto. Ich glaube, dass der Stöger doch noch einen Job für mich hat. Und dann mischen wir das Geschäft so richtig auf!«

GROSS GESCHRIEBEN

Besprechung in Maders Büro. »Fassen wir zusammen«, sagte Mader: »Die Wohnung ist voller Blutflecken. Von Djuvic und anderen. Was ist da passiert?«

Hummel zuckte mit den Achseln. »Eine Schlägerei.«

»Vielleicht. Dazu rote und blondierte Frauenhaare. Diverse Schamhaare in Djuvics speckigem Bettzeug, ein Stück Schneidezahn unter der Couch. Dann der ganze paramilitärische Klimbim. Was bedeutet das?«

»Darum müssen sich eigentlich die Augsburger kümmern«, meinte Zankl.

Mader ließ den Einwand nicht gelten: »Es ist unser Fall. Djuvic ist in München gestorben.«

»Mir wär's lieber, er hätte das in Aichach hingekriegt«, sagte Hummel. »Ich hab kein gutes Gefühl bei der Sache. Allein schon seine Wohnung. Die Nachbarn machen den Mund nicht auf. Die mögen keine Polizei. Und ich hab mir mal seine Vorstrafen angesehen. Recht vielseitig, aber vor allem Rotlichtsachen. Am Ende geht es um irgendwelche Bandengeschichten – Prostitution, Drogen.«

Das Telefon auf Maders Schreibtisch klingelte. Er ging dran und hörte aufmerksam zu. »Ja, danke.« Er legte auf und drehte sich zu seinen Leuten. »Der Augsburger Kollege ist da.«

»Wer?«, fragten diese einhellig.

»Ein Kollege, der uns unterstützen wird. Kooperation wird groß geschrieben bei der bayerischen Polizei.«

Dosi wollte schon was sagen, aber Mader hob warnend die Augenbrauen.

Als sich die Tür öffnete, war Dosi nicht mehr so ablehnend, sondern durchaus angetan. Ein kerniger Typ in Jeans, Stiefeln, Parka und mit Dreitagebart im herben Gesicht. Blonde Struwwelhaare. »Servus, ich bin der Marlon«, grüßte er in die verdutzten Gesichter. »Oder Marlon Schimmel, wenn's recht ist.«

Mader gab ihm die Hand. »Grüß Gott, Herr Schimmel, schön, dass Sie da sind, wir können jede Unterstützung brauchen. Nebenan ist ein freier Schreibtisch. Haben Sie Ihre Sachen schon dabei?«

»Ja, unten im Auto.«

»Uh, ein Vorstadt-Schimanski«, stöhnte Zankl, als der neue Kollege das Büro verlassen hatte, um seine Habseligkeiten zu holen.

»Von der Sitte«, sinnierte Hummel, »haben die denn keine normalen Mordermittler?«

»Ach«, sagte Dosi, »ist doch mal was anderes. Kein so Warmduscher wie ihr zwei.« Sie grinste Zankl und Hummel frech an.

Es klopfte. Dr. Günther. Strahlend. »Und, wo ist er?«

»Wer?«

»Na, der Augsburger Kollege.«

»Schon wieder weg«, sagte Zankl.

Günther sah misstrauisch in die Runde. »Ich hoffe, Sie waren höflich?«

»Aber sicher doch«, sagte Mader. »Er holt nur seine Sachen.«

»Gut. Sehr gut. Ich kenn seinen Vater, Professor Dr. Herrmann Schimmel.«

»*Der* Schimmel?«, fragte Dosi. »*Handbuch Kriminologie?*«

»Exakt. Professor Dr. Herrmann Schimmel. Mein Doktorvater. Ein hohes Tier am Innenministerium in Berlin. Staatssekretär.«

»Na, sauber«, sagte Zankl. »Und der Sohn ist bei der Sitte.«

»Jetzt Mordkommission. Der Junge hat ausgezeichnete Referenzen. Und sein Vater begrüßt es sehr, dass er nun in der bayerischen Landeshauptstadt tätig ist.«

Zankl nickte. »Wir machen ihm sein Nest schön warm.«

»Ich erwarte nicht viel mehr als Höflichkeit und Professionalität. Die Standards. Ich bin mir sicher, dass Sie viel voneinander lernen können. Kooperieren Sie. Dieser Djuvic soll einschlägige Kontakte gehabt haben. Da ist es gut, wenn Sie jemanden an Bord haben, der sich in der Augsburger Szene auskennt und Ortskenntnisse mitbringt.«

»Wir ermitteln in München«, sagte Mader. »Djuvic ist hier gestorben.«

»Wir wollen doch nicht kleinlich sein, Mader. Groß denken. Das Verbrechen ist überall. Bei der Sitte gibt es schon lange eine gute Zusammenarbeit auf der Rotlichtachse Augsburg–München. Wussten Sie, dass Augsburg die drittgrößte Stadt in Bayern ist? Denkt man gar nicht. Einen schönen Tag noch.«

Dosi und Hummel räumten den verwaisten Schreibtisch in ihrem Büro frei und ließen den Computer vom IT-Support freischalten.

Als Marlon seinen kleinen Karton mit persönlichen Büroaccessoires auf den Tisch stellte, fragte Dosi erstaunt: »Mehr hast du nicht?«

»Ist alles hier oben drin«, sagte Marlon, tippte sich an die Stirn und lachte.

Zankl war nicht dabei, also verlief die erste gemeinsame Besprechung recht harmonisch.

»Djuvic hat Elektroinstallateur gelernt«, berichtete Marlon. »Aber gearbeitet hat er nie wirklich. Immer nur Fußball im Kopf gehabt. Bis auf ein paar Nebenjobs, unter anderem Türsteher im *Straps*, einem Stripladen am Hauptbahnhof in Augsburg. Und angeblich hatte er auch mal einen Hasen in der Hansastraße laufen.«

»Hansastraße, in München?«

»Was Handfestes hatten wir nie. Es gab auch Hinweise auf Drogen. Was diese Jungs halt so alles machen. Brauchen ja immer Kohle. Für Autos, Frauen, zum Zocken. Aber er war nur ein Handlanger. Ein kleines Licht.«

»Ich hab recherchiert«, sagte Hummel. »Er hat einen Bruder.« Er hielt das Foto aus Djuvics Wohnung hoch. »Mirko Djuvic, beeindruckende Akte. Alles von Zuhälterei bis hin zu Waffengeschäften. Und wurde gesucht wegen Verdachts auf Kriegsverbrechen. Ganz schweres Kaliber.«

Marlon nickte. »Stimmt. Aber der ist inzwischen tot. Letztes Jahr hat's ihn erwischt, bei dieser Schießerei in einem Sexschuppen, der dann ausgebrannt ist. War groß in allen Zeitungen.«

»Hab ich gelesen. Da war auch ein Mädchen dabei gewesen.«

»Kennst du dich in Mädchen, äh, in München aus?«, fragte Dosi – mit feuerrotem Kopf.

Marlon verzog keine Miene. »Zumindest im Rotlichtmilieu. Das sind dieselben Leute. Hier und in Augsburg.«

STAMMELF

Die Lichter der Großstadt. Die gelben Achsen der Stadt. In langsamer Bewegung. Gedämpftes Licht. Leise klirrende Gläser, Besteck auf feinem Porzellan. Stöger sah zu, wie sein Schützling mit großem Appetit aß. Hervorragende Küche hier im Panoramarestaurant des Olympiaturms. Ambiente sowieso. James Bond. Chrom, Leder, dunkles Holz. Der dezente Jazz versandete im dichten Flor des auberginefarbenen Teppichs. Draußen kreiste die Stadt.

Gerade tauchte die leuchtende Allianz Arena auf, heute in Rot. Saisonstart.

»Schalke ist stark«, sagte der junge Mann.

»Didi, Rot gewinnt immer«, lautete Stögers Antwort.

»Restlos ausverkauft.« Didi strich sich versonnen über den blonden Seitenscheitel.

»Das wäre kein Problem gewesen. Ist jetzt dein Verein. Unser Verein.«

»Ach, unser Termin heute war mir wichtiger.«

»Danke, das weiß ich zu schätzen!« Stöger hob das Glas. »Ein, zwei Jahre, Didi, dann bist du in der Stammelf. Wenn du dich reinhängst.«

»Und dann Chelsea, Barcelona, Juventus, Real …«

Stöger lächelte und winkte dem Kellner. Der schwebte herbei und füllte die Champagnergläser erneut.

»Didi, auf den Zweijahresvertrag! Nie wieder Haching!«

»Sag nix gegen Haching.«

Sie lachten und tranken.

Didi wischte sich die Lippen. »Du, über ein wichtiges Detail müssen wir noch reden.«

SCHNAUZER

»Was ist das für ein Typ, der Neue?«, fragte Fränki, als er den Speck für die Spaghetti Carbonara würfelte.

Dosi legte gerade Wäsche zusammen. »War bei der Sitte in Augsburg. So ein bisschen aus der Zeit gefallen. Schimanski-Typ.«

»Mit Schnauzer?«

»Hatte Schimanski einen Schnauzer? Nein, den hat Marlon nicht. Ist aber der Sohn von irgendeinem hohen Tier im Innenministerium.«

»Aha. Innenministerium. Dann hat er wahrscheinlich auch einen Doktortitel und Bizeps wie der Klitschko.«

»Sag mal, Fränki, spinnst du jetzt?«

»Ich? Autsch, verdammter Mist, verreckter …«

Dosi nahm Fränkis Hand und betrachtete die blutende Fingerkuppe. »Mei, Fränki, pass doch auf! Halt ihn unter kaltes Wasser, ich hol ein Pflaster.«

EINE LETZTE

Didi Schosser blickte auf die Stadt hinab, während der Kellner diskret die Teller abräumte. Dann sah er Stöger an. Zwei tiefe Denkfalten zerfurchten dessen Stirn. Dahinter arbeitete es gewaltig.

»Und, haben wir einen Deal?«, fragte Didi.

Stöger überlegte, dann nickte er langsam.

»Gut.« Didi stand unvermittelt auf. »Sorry, entschuldige mich mal kurz.«

Er ging zum Vorraum und die Treppe hoch. Allerdings nicht auf die Toilette. Er verließ das Lokal und trat hinaus auf die Aussichtsplattform. Nur diese allerletzte noch. Zur Feier des Tages. Er musste aufhören mit dem Rauchen. Ging gar nicht mehr, jetzt als Profi. Ja, er würde aufhören. Nach dieser würde er die Schachtel über die Brüstung werfen, hinab in die Münchner Nacht. Morgen endlich das erste richtige Training! Didi checkte sein iPhone. Nichts Neues. Er grinste. Lisa sollte besser achtgeben auf ihr Handy. Didi schützte die Feuerzeugflamme mit der hohlen Hand gegen den Wind. Dann inhalierte er tief.

MÄNNERSACHEN

»Schläft er?«, fragte Karla, als Hummel in die Küche ihrer Altbauwohnung in der Au kam.

Hummel nickte. Er setzte sich an den Küchentisch und widmete sich seinem kalten Espresso.

»Ich konnte ja nicht wissen, dass das Gute-Nacht-Sagen so lange dauert. Willst du einen neuen?«

»Danke, kalter Kaffee macht schön.«

Sie lächelte. »Worüber habt ihr euch unterhalten?«

»Männersachen.«

»So?«

»Na, was wohl: Fußball.«

»Kennst du dich da aus?«

»Nein, aber ich musste eh nur zuhören: erste Liga, zweite Liga, Premier League, Primiera Division, Seria A, Abseits, Phantomtor, Pressing, Gegenpressing, Okocha oder Rainbow … Woher weiß er das alles?«

»Er holt jeden Morgen die Zeitung herauf, breitet den Sportteil auf dem Tisch aus und studiert alles ganz genau.«

»Kluger Junge.« Hummel trank den Kaffee.

Karla sah ihn ernst an. »Du tust Paul gut.« Sie lächelte und beugte sich über den Tisch. »Und mir auch.«

Hummel schloss die Augen. Mmh.

Sein Handy klingelte. Unwillkürlich wich Karla zurück. »Tut mir leid«, murmelte er und sah auf das Display. »… Zankl, was ist los?«

WIE EINE EINS

Am Olympiaturm standen mehrere Einsatzwagen. Die Terrasse des Cafés am Fuße des Turms war mit Plastikbändern abgesperrt. Die flatterten im Nachtwind. Hinter der Absperrung Mader, Dosi, Hummel und Zankl.

»Doris, haben Sie den Schimmel angerufen?«, fragte Mader.

»Marlon ist unterwegs.«

»Gut, dass es so spät ist. Sonst wäre hier die Hölle los.«

So waren es nur ein paar Schaulustige, die einen Blick auf den Toten erhaschen wollten. Der war sehr tot. Kein schöner Anblick: von sehr hoch oben hinuntergestürzt, genau auf einen der zusammengefalteten Sonnenschirme. Die Spitze hatte den Rücken des jungen Mannes durchstoßen. Blutige Gedärme wie Rotzschlieren am Schirmstoff. Der deformierte Körper unten auf dem Betonfuß des Schirms ebenfalls unappetitlich. Moussaka.

»Ironie des Schicksals«, sagte Zankl. »Er ist Sekundenbruchteile gestorben, bevor er wirklich aufgeprallt ist.«

Hummel zuckte mit den Achseln. »Spielt das eine Rolle, wenn man eh schon ohnmächtig ist?«

»Ja, logisch spielt das eine Rolle: Wo und wann beginnt das Jenseits?«

»Warum sind wir hier?«, beendete Dosi den philosophischen Diskurs. »Kümmern wir uns jetzt um Selbstmörder?«

Zankl berichtete, dass der Spielerberater Raffael Stöger ihn angerufen hatte. Einer seiner Spieler sei plötzlich verschwunden. Beim Abendessen oben im Drehrestaurant. Kurz darauf hätte man den Jungen gefunden. Hier unten.

»Und da ruft er dich an?«, fragte Hummel.

»Ich hab ihn bei den Sechzgern kennengelernt. Er weiß, dass ich bei der Kripo bin.«

»Aber wenn ein junger Mann in den Tod springt …?«

»Ist er nicht.«

»Woher willst du das wissen?«

»Stöger hat gerade einen Zweijahresvertrag für ihn bei den Bayern ausgehandelt. Das haben sie heute gefeiert. Oben im Drehrestaurant. Da springt man vielleicht vor Freude in die Luft, aber nicht vom Turm runter.«

Hummel schüttelte den Kopf. »An der Plattform ist ein hohes Gitter.«

Mader sah zu Gesine. Die war in ihre Arbeit vertieft. »Frau Fleischer, die Leiche sagt uns noch nichts, oder?«

»Nicht auf den ersten Blick. Wenn es vorher ein Handgemenge gab, können wir vielleicht noch was finden. An den Körperteilen, die halbwegs ganz geblieben sind. Sind ja nicht viele. Ich bin eher skeptisch. Aber das mit dem Sonnenschirm ist erstaunlich.«

»Ja?«

»Überlegen Sie mal. Das sind gut hundertachtzig Meter. Der Typ wiegt um die siebzig Kilo. Das ist schon eine Wahnsinnsenergie, wenn der unten ankommt. Der Schirm steht wie eine Eins. Muss ich mir merken. Also die Marke. Mir ist der Sonnenschirm auf der Dachterrasse schon zweimal geknickt. Bei einem lauen Lüftchen. Ob's die Schirme auch im ganz normalen Baumarkt gibt? Also bei mir ist ja der, wie heißt er noch mal …?«

»Yippiehyaya Yippieyippie Yeah!«, intonierte Zankl.

»Genau!« Gesine lachte.

»Wo ist dieser Stöger?«, unterbrach Mader die Spaßmacher.

Zankl deutete zu der Trage, die soeben in den Krankenwagen geschoben wurde. »Der Notarzt hat ihm ein Beruhigungsmittel gegeben.«

Jetzt traf Marlon ein und sah Stöger mit großen Augen an. Der stierte nur glasig vor sich hin.

»Schön, dass Sie auch hergefunden haben«, begrüßte Mader Marlon.

Marlon nahm einen letzten Zug aus seiner Zigarette und schnippte die Kippe weg. »Was macht denn der Stöger hier?«

»Sie kennen ihn? Von der Sitte?«

»Nein, vom Fußball. Ich war früher mal in der Jugend vom FC Augsburg.«

»Sauber«, sagte Zankl. »Dann kennst du ihn näher?«

»Wie man sich eben vom Fußball kennt. Ganz früher war er bei Leverkusen. Toller Spieler. Hängende Spitze.

Dann Scout, schließlich Berater. Umstrittener Typ. Aber ziemlich erfolgreich.« Marlon deutete auf die Leiche. »Wie ist das passiert?«

»Wir wissen es noch nicht.«

Mader überlegte kurz, dann sagte er zu Zankl: »Schauen Sie mal, ob der Tote ein Handy hat. Brieftasche und Schlüssel waren in seiner Jacke im Lokal.«

Zankl streifte sich Einmalhandschuhe über und durchforstete die Taschen des Toten. »Fehlanzeige.«

»Namen haben Sie?«

Zankl nickte. »Von Stöger. Didi Schosser. Wohnhaft in Unterhaching, Jägerstaße 9.«

»Allein?«

»Bei seinen Eltern.«

»Gut, kündigen Sie mich da an, und dann fahren Sie mit Doris und Hummel ins Restaurant hinauf. Befragen Sie die Leute, ob sie was gesehen haben. Auch den Typen vom Lift. Und sehen Sie sich die Plattform genau an.«

»Und ich?«, fragte Marlon.

»Sie fahren mit mir in die Jägerstraße.«

SPACKOS

Fränki stand in der Nähe im Gebüsch. Das war also der Neue – Schimanski traf es tatsächlich. Nur in Jung und besser aussehend, das musste er zugeben. Und ohne Schnauzer. Fränki hatte genau registriert, wie Dosi ihn angesehen hatte. Das musste er im Auge behalten.

Er stutzte, als er unter den Schaulustigen jemanden sah, den er kannte. Aus dem Sechzger-Stadion. Der »geile Andi«, einer von den Ultras. Was machte der hier? Fränki kannte niemanden, der den Sechzger-Schal so bescheuert trug. Als wär's ein Seidenschal und kein Polyacryl. Er sah zu Dosi, dann wieder zum geilen Andi. Der sprach mit einem Typen, der einen guten Kopf kleiner war und eine Figur wie ein Bullterrier hatte. Den hatte Fränki auch schon mal gesehen! Ebenfalls bei den Ultras? Ja, klar. Fränki überlegte schon, einfach rüberzugehen und die beiden anzuquatschen. Aber er entschied sich anders. Wartete ab. Die Typen sahen irgendwie aus, als hätten sie mit der Sache was zu tun. Denn ihre Gesichter zeigten nicht nur Schaulust, sondern auch schlechtes Gewissen. Das passte gar nicht zu den zwei Spackos, so emotional.

SORGENFALTEN

Mader und Marlon fuhren durch die Münchner Nacht. Lichtstreifen in Weiß, Rot, Grün, Gelb. Reflexe auf Chrom, Blech und Glas, Laternen neongold.

»Behandeln die Kollegen Sie gut?«, fragte Mader.

»Kann nicht klagen. Wir hatten aber noch kaum das Vergnügen.«

»Warum wollen Sie nach München?«

»Wer sagt das?«

»Dr. Günther.«

»Der Dezernatsleiter?«

»Exakt.«

»Sie wissen, wer mein Vater ist?«

Mader nickte.

»Der Alte will immer was für mich arrangieren. Passt ihm nicht, dass ich nur in Augsburg bin. Außendienst auch nicht. Passt mir aber sehr gut. Nur zur Sitte mag ich nicht mehr. Der ganze Dreck, die bleichen jungen Dinger, die tätowierten Luden, die Gewalt, die Drogen.«

»Das ist bei der Mordkommission kaum besser.«

»Ein bisschen mehr Psychologie.«

Mader sah ihn erstaunt an.

»Urteilen Sie nicht vorschnell. Eine Lederjacke macht noch lange keinen Rocker.«

Mader lächelte und setzte den Blinker. Eine schmale Wohnstraße. Bei der Nummer 9 stiegen sie aus. Das Rauschen der Autobahn war deutlich zu hören. Ein Einfamilienhaus von stattlicher Größe und geringem Geschmack. Vergitterte Fenster im Erdgeschoss. Im Küchenfenster brannte noch Licht. Mader sah auf die Uhr. Halb zwölf.

Sie klingelten. Das Gesicht einer besorgten Mutter erschien am Küchenfenster, verschwand wieder. »Wer ist da?«, schallte es aus der Sprechanlage mit Videobullauge.

Mader beugte sich zu der Anlage hinunter und sagte: »Polizei.«

Der Summer ertönte. In der Haustür stand Frau Schosser. Das Gesicht der einst sehr attraktiven Frau sorgenfaltig, das blonde Haar zu einem strengen Dutt gesteckt. Um die Schultern trug sie ein beiges Wolltuch. Es war alles andere als kalt. »Um Gottes willen, ist etwas passiert?«, fragte sie mit brüchiger Stimme.

»Sie haben keinen Anruf bekommen?«

»Nein. Ist etwas mit Dietrich?«

»Ist Ihr Mann da?«

»Nein, er ist geschäftlich unterwegs.«

»Weit weg?«

»Eine Großbaustelle in Sachsen.«

»Können wir reinkommen?

»Wahnsinnsblick«, sagte Hummel und sah durch das Gitter auf der Aussichtsplattform des Olympiaturms. Die Stadt lag ihnen zu Füßen. »Hier muss es passiert sein. Also ungefähr. Die Terrasse vom Café ist genau unter uns.«

Dosi rüttelte an der hohen Brüstung. »Aber wie ist der drübergekommen? Da musst du schon selber übers Geländer steigen. Da wirft dich keiner drüber. Von der oberen Plattform schon gar nicht.« Dosi sah sich um. Zankl auch. Auf der gegenüberliegenden Seite war eine Baustelle. Ausbesserungsarbeiten am Betonboden. Aber das war die falsche Seite.

Innen bei der kleinen Bar neben dem Rockmuseum fielen ihnen zwei Hocker auf, die nicht umgedreht auf dem Tresen standen. »Die Spurensicherung soll sich die mal anschauen«, meinte Zankl. »Wenn das Mord war, muss das mehr als ein Täter gewesen sein. Sonst schaffst du das nicht. Die haben ihn k.o. gehauen und sind auf die Hocker gestiegen und haben ihn übers Gitter geschmissen.«

»Viel zu wackelig«, meinte Hummel. »Glaub ich nicht. Und zu auffällig.«

»Bis wann hat das Restaurant eigentlich auf?«

»Bis Mitternacht.«

»Und, waren noch viele Leute oben?«

»Der Liftführer sagt, dass heute ganz wenig los war. Wir haben jedenfalls keine Zeugen.«

»Und von den Lokalgästen hat auch keiner was gesehen?«, fragte Dosi.

Zankl grinste. »Stell dir vor, da fliegt plötzlich einer vorbei und macht Winkewinke.«

Fränki saß in der U3 eine Sitzgruppe hinter dem geilen Andi und seinem Spezl. Im Wagen war es voll und laut. Nicht wegen Bayern–Schalke. Die Stadionbesucher saßen alle in der U6. Die U3 war voller *Rinnstein*-Fans. Die Hardrockband hatte heute Abend in der Olympiahalle gespielt. Spezielles Publikum: schwarze Jeans und Leder mit funkelnden Nieten, bleiche Gesichter mit Kajal, ungesundes weißes tätowiertes Fleisch. Viele trugen die schwarzen T-Shirts mit dem roten Kreuz und dem Titel der neuen LP *Amokfahrt*. Fränki überlegte, ob die beiden auch auf dem Konzert gewesen waren. Würde zu ihnen passen. Nein, dafür waren sie zu früh drangewesen. Oder gehörten sie zu den Spießern, die lieber vor der Zugabe schon aufbrachen, um nicht in das Heimgehgewühl zu geraten? Dann hätten sie den Vorsprung mit dem Zwischenstopp am Olympiaturm jedenfalls eingebüßt.

Umsteigen Sendlinger Tor, aussteigen Silberhornstraße. Fränki wusste, welches Ziel die zwei hatten. Er nahm den anderen Ausgang, spurtete die Treppe hoch, lief zur Tegernseer Landstraße.

Er hatte bereits einen großen Schluck von seinem Bier genommen, als der geile Andi und sein Begleiter das *Sixty Lions* betraten. Sie stellten sich neben Fränki an den Tresen.

»Servus, Andi, wie ham die Bayern gschpuit?«, fragte Fränki.

»4:1. Aber was willst du mit den Bayern? 60 forever! Lang ned gsehn, Fränki. Wie geht's?«

»Viel Arbeit. Die Computerbranche schläft nie. Und wo kommt's ihr jetzt noch her?«

»Von der Arbeit«, sagte der Bullterrier.

Fränki sah sie erstaunt an.

Der geile Andi trat seinem Spezl an die Wade. »Na ja, beim Miller ist immer was los.«

»Beim Miller?«

»Trauerhilfe Miller. Vorne an der Sankt-Martin-Straße.«

»Ach, *der* Miller.« Fränki lachte. »Und, wie ist die Arbeit da?«

»Schlechte Arbeitszeiten. Aber wunderbar ruhig.«

Sie lachten und bestellten ein neues Bier. Redeten über Fußball und natürlich auch über das abgebrochene Pokalspiel gegen Aichach.

»Den Djuvic machen mir«, erklärte Diego stolz. »Der Verein will was Besonderes. Ein echtes Fußballbegräbnis, gell, Andi!«

Der nickte. »Kommen richtig wichtige Leute.«

»Hier am Ostfriedhof?«, fragte Fränki.

»Na, in Aichach. Wir richten ihn her, sobald er aus der Rechtsmedizin raus ist.«

»An was ist er denn gestorben?«

»Zu viel Einsatz. Zamklappt, einfach so.«

»Warum dann Rechtsmedizin?«

»Postume Dopingkontrolle.«

Alle drei lachten herzhaft.

Diego brachte jetzt die eigentliche Attraktion an den Mann: »Weißt du, wir machen die Innenausstattung des Sargs mit Lederflicken in Weiß und Schwarz, also natürlich kein echtes Leder, aber so Oldschool-Fußball. Und dem Djuvic ziehen wir das Auswärtstrikot von Aichach an. Also nicht das Heimtrikot, weil in Zukunft spielt der ja auswärts, ha! Und ein Stück Rasen kommt auch noch rein.«

»Aus der Arena oder aus Aichach?«

HUNDERT PUNKTE

Hummel und Zankl saßen im *Jennerwein* in der Belgradstraße. Dosi hatte schon den Heimweg angetreten. Sie wollte Fränki nicht zu lange warten lassen. Zankl sah sich um.

»Hey, hier war ich ewig nicht mehr. Warum wolltest du nicht in die *Black Box*?«

»Na, dreimal darfst du raten.«

»Du hast Streit mit Beate.«

»Nicht wirklich.«

»Dieser Heini hat sie wieder angebaggert. Ihr Ex.«

»Hundert Punkte.«

»Na, und? Den steckst du doch lässig in den Sack.«

»Aber nur theoretisch. Praktisch ist sie wieder mit ihm zusammen.«

»Aber dafür bist du ja noch ganz gut drauf.«

»Tja.«

»Sag bloß, du hast 'ne Neue?«

»Noch mal hundert Punkte.«

»Hey, der Hummel! Erzähl!«

»Karla, alleinerziehend. Mit Paul, neun Jahre.«

»Und, hübsch?«

»*You bet*. Dunkler Typ. Ganz anders als Beate.«

»Was Festes?«

»Ja, bei der Stadt. Baureferat.«

»Nein, ihr, also du?«

»Ich glaub schon.«

»Wie? Du glaubst schon? Hast du ein Foto von ihr?«

Hummel zeigte ihm sein Smartphone. Ein Schnappschuss im Biergarten. Karla strahlte im Abendlicht. Haselnussgold.

»Wow! Hummel, ich fass es nicht. Die musst du heiraten, ehe sie es sich zu genau überlegt.«

»Was überlegt?«

»Ob das Sinn macht mit 'nem Bullen von der Mordkommission. Conny hat mir gesagt, wenn sie vorher gewusst hätte, was das bedeutet, hätte sie mich nie im Leben geheiratet.«

Hummel dachte an Karlas Enttäuschung vorhin, als er den romantischen Abend abbrechen musste, weil Zankl angerufen hatte. Tja, das war einer der Nachteile seines Jobs. Dass der keinen Anfang und kein Ende hatte. Aber von neun bis fünf im Büro, das wäre auch nicht seins, überhaupt nicht. Sollte er das mit Karla fixmachen? Nach so kurzer Zeit? Wollte er das? Zusammenziehen, alles teilen? Was wäre dann mit seinen Platten? Bestimmt durfte er dann auch nicht mehr spätnachts am Küchentisch sitzen und rauchen. Vielleicht würde sie ihn fragen, was er da ständig in sein Tagebuch schrieb? Vielleicht wäre es ja sogar schön, so intime Gedanken mit jemandem zu teilen? Nein, das konnte er sich nicht vorstellen. Im Moment zumindest nicht. Tagebuch würde er auch weiterhin für sich ganz allein schreiben. Schreiben – kein besonders gutes Stichwort. Er war sich mit seiner Agentin ja endlich einig geworden, wie das mit seinem Krimi weitergehen sollte – so ein bisschen derb und brutal –, und hatte schon einen ersten Entwurf verfasst, aber dann hatte ihm der Split mit Beate einen gehörigen Strich durch die Rechnung gemacht. Und jetzt mit Karla und Paul blieb nicht viel Zeit. Seit Wochen hatte er keine Zeile mehr zu Papier gebracht. Gerlinde von Kalterns mahnende Mail vom Juli hatte er nicht beantwortet …

»Hey, Hummel«, unterbrach Zankl seinen Gedankenstrom, »magst du noch ein Bier?« Hummel sah erst Zankl an, dann die Bedienung, nickte gedankenverloren. »Wie findest du eigentlich den Neuen«, fragte Zankl, »den Schimanski?«

»Marlon – der ist doch ganz okay. Anders. Dosi kann gut mit ihm.«

»Ist der auch aus Niederbayern?«

»Nein, ein Schwabe.«

Zankl nahm einen großen Schluck Bier. »Na, dann klappt das ja mit der Völkerverständigung. Ich hab mal seinen Vater gegoogelt. Ganz hohes Tier. War sogar als Innenminister im Gespräch.«

»In Bayern?«

»Im Bund.«

»Sauber. Aber?«

»Glühender Verfechter von Trojanern. Hatte Stress mit den Datenschützern. Da haben sie ihn aus der Schusslinie genommen. Zieht jetzt im Hintergrund die Fäden.«

»Staatssekretär ist nicht gerade Hintergrund.«

»Aber zweite Reihe. Warum halst er uns seinen Sohn auf?«

»Ich hab nicht den Eindruck, dass Marlon sein Vitamin B braucht. An Selbstbewusstsein mangelt es ihm jedenfalls nicht.«

»Kann ja nicht jeder so ein Komplexbündel sein wie du.«

»Danke, Superman. Deine Sensibilität rührt mich.«

Die Bedienung brachte das Bier.

»Hey, Hummel, schau mal, wer da ist.«

Hummel blickte auf. Und zuckte zusammen. Tatsache, Beate mit ihrem neuen, alten Lover. Sie standen eng umschlungen am Tresen.

»Was macht der jobmäßig noch mal?«, fragte Zankl.

»Testfahrer bei BMW.«

»Echt? Cool!«

»Du Arsch. Komm, wir gehen noch auf einen Absacker in die *Blackbox*.«

DA DINGS

»Wer reitet so spät durch Nacht und Wind?«, fragte Dosi, als Fränki in seine Wohnung stolperte und die geröteten Augen gegen das grelle Flurlicht schützte. Fränki versuchte, eine korrekte Antwort zu geben, aber das Sprechen fiel ihm schwer. Ein verdruckster Rülps kam über seine Lippen. Damit gab sich Dosi nicht zufrieden. »Wo warst du?«

Fränki ließ sich auf die Schuhbank sinken und streifte die Stiefel ab. »Hey, das ist meine Wohnung. Wenn ich noch ein Bier trink und du bist nicht da ... Ist das, bürps, ist das ... mein ... Bier. Du warst ja mit dem Dings, mit dem Schimanski, unterwegs. Oder?«

»Logisch, mit wem denn sonst? Und jetzt wünsch ich dir eine gute Nacht! In ›deiner‹ Wohnung!« Sie schlüpfte in die Schuhe, klipste den Schlüssel von ihrem Bund und legte ihn auf die Schuhbank. Fränki sah sie konsterniert an.

Und schon war sie draußen. Fränkis bescheuerte Eifersucht ging ihr so was von auf den Zeiger! Dosi stiefelte los in die Nacht. An der Silberhornstraße stoppte sie und überlegte. Eigentlich hatte Fränki ja recht. Sie motzte ihn in seiner Wohnung an. Dabei war sie es doch gewesen, die abends noch mal weggegangen war. Und jetzt wollte sie Rechenschaft. Sie waren nicht verheiratet. Noch nicht! Und selbst dann wäre ihr Tonfall nicht in Ordnung gewesen. Aber egal. Sie ging zur U-Bahn hinunter. Sollte Fränki erst mal seinen Rausch ausschlafen. Allein.

SUBTIL

Mader lag unruhig im Bett, konnte nicht schlafen. Der Besuch in Unterhaching hatte ihn mitgenommen. Zankl hatte tatsächlich vergessen, sie anzukündigen – der würde was zu hören kriegen. Die Mutter war bei der Nachricht vom Tod ihres Sohnes zusammengebrochen, den Vater hatten sie nicht erreicht, nur die Mailbox. Mader dachte an den aufgespießten Körper und das Gedärm am Sonnenschirm, die Kuttelsuppe am Boden. Mader hatte der Mutter nicht alles gesagt. Aber sie hatte darauf bestanden, ihren Sohn morgen schon zu sehen. Er musste Dr. Fleischer bitten, ein bisschen zu zaubern.

Marlon Schimmel ging ihm auch noch im Kopf rum. Abgebrühter Hund. Während er, Mader, mit der weinenden Frau Schosser im Wohnzimmer gesessen war, hatte Marlon das Haus inspiziert, besonders den ausgebauten Dachstuhl, wo der Sohn gewohnt hatte. Klar, er hatte höflich um Erlaubnis gefragt, war dann aber seelenruhig durch seine Sachen gegangen. Er selbst verschaffte sich bei solchen Gelegenheiten immer nur einen ersten Eindruck, wollte nur ein Gefühl für die Person bekommen, die dort gelebt hatte. Subtil. Rücksichtsvoll. Na ja, das war offenbar nicht der Stil der jüngeren Kollegen. Schossers Computer hatte er Marlon nicht überlassen. So gut kannte man sich noch nicht. Der Laptop lag jetzt auf seinem Couchtisch. Zankl sollte sich den mal näher ansehen. Wochenende hin oder her – er hatte für morgen alle einbestellt.

SUPERHACKER

»Haben wir eine Spur von Schossers Handy?«, fragte Mader am nächsten Morgen, nachdem der erste Ärger wegen Zankls gestriger Nachlässigkeit verraucht war.

»Nein, das Ding ist offenbar nicht eingeschaltet. Anrufliste ist beim Provider beantragt.«

»Und die Daten auf Schossers PC sind nicht besonders interessant«, vermeldete Zankl nach einiger Zeit. »Kein Password. Ein paar Spiele, belanglose Mails, Internetverlauf brav gelöscht. Vielleicht hatte er Angst, dass Mutti guckt, was er im Netz macht.«

Marlon sah ihm über die Schulter und runzelte die Stirn. »Ist das okay, wenn wir einfach seine Festplatte checken?«

Mader blickte ihn erstaunt an, und Zankl murmelte: »Dein Papa hätte da sicher weniger Bedenken von wegen Datenschutz.«

»Haha, sehr lustig, Mr. Superhacker.«

»Wollen wir hier einen Mord aufklären, oder was?« Zankl klickte sich weiter durch die Dateiordner und Software. Er stutzte, öffnete ein Programm. Stadtplan von München. Im Westend blinkte ein rotes Licht. »Kommt mal her!«

Zankl zeigte auf die Statusleiste: »Lisas iPhone« stand dort. »Das ist ein Programm, mit dem man Handys orten kann. Also keine beliebigen. Aber wenn man die Ortungsfunktion aktiviert hat, kann man sehen, wo das Handy ist. Also, wenn man sein Handy verliert. Oder es geklaut wird. Es gibt auch Paare, die machen so was. Wär doch was für Fränki, oder, Dosi?«

»Eher für Conny«, konterte Dosi. »Damit sie weiß, ob du wirklich arbeitest oder dich nur vor deinen Vaterpflichten drückst.«

»Und Schossers Handy?«, fragte Marlon.

»Ist ausgeschaltet. Sagte ich bereits. Kein Signal. Keine Ortung. Aber Lisa.«

»Wer ist sie?«, fragte Mader. »Seine Freundin? Die Mutter hat nichts erzählt.«

»Keine Ahnung. Aber hier haben wir ihre Nummer.« Zankl griff zum Telefon und wählte die Nummer. Wartete. Nichts, nur die Box. Er bat um Rückruf.

»Wie genau ist das Signal?«, fragte Mader.

»Sehr genau. Gollierstraße 4. Westend.«

»Sehr gut, Zankl. Sie überprüfen den Computer weiter. Doris und Marlon, Sie fahren zu dieser Lisa.«

Gerade als sich die Versammlung auflösen wollte, erschien Dr. Günther. »Ah, treffe ich Sie endlich mal! Ich kenne Sie schon, da waren Sie noch nicht mal stubenrein.«

Marlon verdrehte die Augen, Dosi prustete los.

Günther focht das nicht an. »Nun, wie laufen die Ermittlungen? Haben die zwei Fußballer Gemeinsamkeiten? Außer Fußball?«

Mader nickte ernst. »Ja, sie sind tot.«

Dosi prustete wieder los.

»Na, wenn die Stimmung so prächtig ist, freue ich mich auf baldigste Ergebnisse. Ein schönes Wochenende noch! Und einen schönen Gruß an Ihren Herrn Vater.«

»Hier muss es sein.« Marlon deutete auf den blinkenden Punkt auf dem Display des Notebooks.

Dosi sah zu dem Haus. »Vier Stockwerke. Na, super.«

»Wir klingeln uns durch.«

Als Marlon und Dosi im Hausflur standen, schrie eine Frau: »Du bist so ein Depp! Du hast gesagt, das mit dem Zocken ist vorbei! Ich hab es so satt!« Marlon und Dosi sprinteten die Treppe hoch. Im zweiten Stock trafen sie eine wütende junge Frau. »Lisa?«, fragte Dosi. Die Frau sah sie irritiert an. Marlon ging an ihr vorbei in die Wohnung. Im Wohnzimmer versuchte gerade ein Mann seine Jeans anzuziehen.

Marlon staunte. »Ich glaub, mich tritt ein Pferd. Berti, Berti Zahnfeld?«

»Marlon, ich, was …?«

Marlon zeigte ihm seinen Ausweis.

»Dienstlich?«, fragte Berti.

Marlon nickte und grinste. »Berti Zahnfeld, ich fass es nicht! Kickst du noch?«

»Logo, Ismaning. Und was führt dich hierher?«

»Ist Lisa ist deine Freundin?«

»Hoffentlich ist sie das noch, hast ja gehört, was los ist. Klar, ich hab ihr versprochen, dass ich mit dem Zocken aufhör, aber was soll ich denn machen?«

»Kennst du Didi Schosser?«

»Didi Schosser … Klar kenn ich Didi. Der ist bei Haching. Mamasöhnchen, aber guter Fußballer. Jetzt angeblich sogar bei Bayern.«

In dem Moment betraten Dosi und Lisa das Wohnzimmer.

»Was ist mit Didi?«, fragte Lisa Marlon.

»Kennen Sie ihn näher?«

»Na ja, ein bisschen.«

»So kann man's auch nennen«, sagte Berti. »Der Typ ist ein Psycho. Er stellt ihr nach!«

»Du hältst jetzt mal die Klappe«, erklärte Marlon und wandte sich an Lisa: »Er hat ein Trackingprogramm auf dem Laptop. Mit dem kann er verfolgen, wo Ihr Handy ist.«

Lisa sah ihn konsterniert an. »Warum?«

»Das fragen wir uns auch. Woher haben Sie das Handy?«

»Er hat es mir günstig organisiert. Vertragsfrei. Sein Vater hat doch einen Elektroladen.«

»Lisa, was läuft da, verdammt noch mal?«, meldete sich Berti wieder.

»Ja, mein Gott, Didi war ein bisschen verliebt in mich, hat mir Geschenke gemacht. Aber das mit dem Handy orten, ich mein, ist das legal?«

Berti schnappte nach Luft. »Lisa, das musst du mir jetzt erklären!«

»Ich muss gar nichts. Wir beide sind fertig miteinander.«

Marlon sah Berti scharf an: »Wo warst du gestern Abend? Zwischen zwanzig Uhr und Mitternacht?«

»Beim Zocken.«

»Zeugen?«

»Genügend.«

»Und Sie?« Die Frage ging an Lisa.

»Zu Hause.«

»Was haben Sie gemacht?«

»Geheult. Ohne Zeugen. Warum fragen Sie das alles? Was ist mit Didi?«

»Didi ist tot. Abgestürzt. Vom Olympiaturm.«

Lisa hielt sich die Hand vor den Mund, ihre Beine gaben nach. Berti fing sie auf. Sie wehrte sich nicht.

Marlon blieb ungerührt.

»Berti, schreib mir die Namen und Adressen von deinen Zockerspezln auf.«

HEISSE OHREN

Dosi hatte mehrmals geklingelt. Endlich machte Fränki auf. »Was ist mit deinem Schlüssel?«

Da fiel ihm ein, dass sie den Wohnungsschlüssel bei ihrem wütenden Abgang gestern Nacht dagelassen hatte. »Hey, das tut mir leid mit gestern. Das war ein Scheißtag. Ich war besoffen.«

»Eigentlich wollt ich mich entschuldigen.«

»Schwamm drüber. Nimmst du den Schlüssel wieder?«

»Logisch.«

»Ich wollt dir eh noch was sagen.«

»Dass du nicht ohne mich leben kannst.«

»Ja, klar, das auch. Aber noch was anderes.« Jetzt erzählte er ihr kleinlaut die Geschichte, wie er, von Eifersucht getrieben, ihr ins Olympiazentrum gefolgt war, wie er die Leiche gesehen hatte. Wie er dann aus einem Bauchgefühl heraus den beiden Typen ins *Sixty Lions* gefolgt war. Und was die beiden im Suff so alles von sich gegeben hatten. Dosi bekam ganz heiße Ohren.

Wenig später im Präsidium. Andi und Diego waren etwas indisponiert, wussten nicht recht, wie ihnen geschah.

Marlon kehrte den harten Cop raus: »So, ihr zwei Clowns, jetzt ist Schluss mit lustig. Dosi, du gehst mit dem Herrn in die 1. Ich bring Dickie in die 2 und komm gleich rüber.«

Sie verschwanden in den Verhörräumen.

»Geht ganz schön ran, der Marlon«, sagte Hummel zu Zankl.

»Mein Stil ist das nicht.«

»Zankl, kann es sein, dass du ein Problem damit hast, wenn andere auch was können?«

»Kann der was?«

Links und rechts sah man durch halb durchlässige Spiegel in die grell erleuchteten Verhörräume.

»So, du bist also der geile Andi?«, lautete Marlons Gesprächseinstieg.

»Andreas Wohlmeier. Für Sie: Herr Wohlmeier.«

»Der geile Andi. Ich hab mir mal deine Akte angesehen. Oh, lecko mio!« Marlon pfefferte den Schnellhefter auf den Tisch.

Dosis Einsatz. »Herr Wohlmeier, sagen Sie, was arbeiten Sie momentan?«

»Trauerhilfe Miller. Ich bin Bestatter.«

Marlon lachte hysterisch und schlug mit der flachen Hand auf die Tischplatte.

»Der geile Andi ist Bestatter! Köstlich. Und sorgt selbst für Nachschub. Weißt du, was dein Spezl da drüben uns geflüstert hat? Dass ihr gestern Abend auf dem Olympiaturm wart.«

»Wir waren nicht auf dem Olympiaturm.«

»Doch, wart ihr. Der Liftführer hat euch gesehen. Und, was habt ihr da gemacht?«

»Ähm ...«

»Ich höre!«

»Einen Test.«

»Aha, einen Test?«

»Na ja, wir machen ja jetzt so Trauerevents ...«

»Und da schmeißt ihr Leute vom Turm. Erst das Event, dann die Bestattung.«

Andi überlegte kurz, dann grinste er. »Genau, Bungee ohne Seil.«

»Dir vergeht das Lachen gleich, Freundchen. Also, ihr habt den Fußballknaben runtergeschmissen?«

»Wir haben nur was getestet ...«

»Wie bitte?«

»Na ja, wir hatten einen Sack Asche dabei. Wir machen ja auch Urnenbestattung. Wir wollten sehen, na ja, wie das ...«

»Ich glaub's nicht. Und unten im Café rieselt den Leuten dann die Asche auf den Cappuccino?«

»Schmarrn, da sitzt doch abends keiner mehr. Außerdem verblast's des ja gleich.«

»Vom Winde verweht. Ihr zwei Komiker! Gut, ihr seid also die großen Aschechecker. Weißt du was: Ich glaub euch nicht. Es war so: Ihr seid oben auf dem Turm, wollt den Typen abziehen, Geld, Handy, es gibt ein Handgemenge, und dann haut ihr ihn k.o. Vor lauter Panik, dass er hin ist, wuchtet ihr ihn über das Geländer.«

»Nein, so war das nicht!«

»So? Wo habt ihr dann das Handy und das Geld her?«

»Welches Geld?«

Marlon grinste. »Das ist doch schon mal 'ne Ansage. Also, was ist passiert?«

Andi knetete seine Hände. »Wir sind unten vorbei, und da hing er schon auf dem Schirmständer.«

»Und da habt ihr ihm die Taschen leer gemacht.«

Andi nickte, durchaus zerknirscht. »War aber nur das Handy drin. Das braucht der doch eh nimmer. Ham wir gedacht.«

Marlon schüttelte den Kopf. »Ihr seid so was von widerlich.« Er ging mit Dosi nach draußen.

Jetzt war der kleine Dicke in dem anderen Verhörraum dran. Diego erzählte ihnen mehr oder weniger dieselbe Geschichte.

»Wir können den Jungs nichts«, urteilte Mader. »Außer Diebstahl.«

»Am Ende war es doch Selbstmord«, meinte Hummel. »Vielleicht aus Liebeskummer, weil diese Lisa nichts von ihm wissen wollte. Und die beiden Jungs sind nur zwei Leichenfledderer.«

»Zumindest haben wir das Handy.«

»Wenn es nach dem Sturz noch funktionstüchtig ist.«

FETT KOHLE

Zankl hatte Schossers iPhone in einem Klarsichtbeutel vor sich auf dem Schreibtisch liegen. »Das Ding hatte keine Schramme. Erstaunlich. Ist schon ausgewertet, aber da war nichts wirklich Interessantes. Paar Fotos, paar Apps, Nachrichten.

»Anrufliste?«

»Der hat ständig bei dieser Lisa angerufen.«

»Ein Stalker?«, fragte Hummel.

»Sieht ein bisschen so aus. Auch viele Telefonate mit Raffael Stöger.«

»Klar, wenn der sein Trainer ist.«

»Berater. Das ist was anderes.«

»Ist das ein richtiger Beruf?«

»Nein, aber wenn du gut bist, kannst du da fett Kohle verdienen.«

»Was hältst du von Stöger?«

»War ein Superfußballer bei Leverkusen.«

»Ich mein jetzt.«

»Macht schon einen korrekten Eindruck. Was denkst du?«

»Dass er vielleicht was damit zu tun hat. Er war schließlich definitiv am Tatort.«

Zankl schüttelte den Kopf. »Das macht doch keinen Sinn. Der bringt seinen Spieler bei Bayern unter und legt ihn anschließend um. Womit verdient er dann sein Geld?«

»War ja nur ein Gedanke. Wo ist eigentlich Dosi?«

»Bei den Spezln von Berti Zahnfeld. Sein Alibi überprüfen. Mit ihrem neuen Lieblingskollegen.« Zankl zwinkerte.

Hummel schüttelte den Kopf. »Oh, mei, Zankl. Familie bekommt dir nicht, oder? Hast du schon wieder sexuelle Halluzinationen?«

»Ständig.«

»Jetzt ist Clarissa doch schon fast ein Jahr alt. Da wird ja wieder was laufen?«

»Leider schon wieder nicht mehr.« Zankl grinste.

Hummel verstand erst nicht, dann ging ihm ein Licht auf: »Hey, Glückwunsch, Mann! Was wird es denn diesmal?«

»Ist mir egal. Obwohl, ein Bub wär schon schön. Dann hätte ich später jemanden, der mit mir ins Stadion geht.«

»Wenn du es nicht mehr erwarten kannst, leih ich dir gern mal Paul zum Üben. Also, wenn Karla es erlaubt.«

»Ich komm drauf zurück. So, ich mach jetzt mit dem geilen Andi und dem Maradona noch das Abschlussprotokoll.«

MEISTERWERK

Mader war mit den Schossers in Gesines Reich. Gesine hatte an Didi ein wahres Meisterwerk vollbracht. Die inneren Organe waren weitgehend wieder an den Orten, wo sie hingehörten, die zerfetzte Haut am Bauch war mit engem Stich mustergültig zusammengenäht. Kein Vergleich zu dem desolaten Zustand gestern. Was die Situation aber nur unwesentlich besser machte. Die Mutter schluchzte lautstark, der Vater betrachtete mit glasigen Augen die Leiche.

Mader war sich nicht sicher, ob Trauergefühle oder eher scharfe Flüssigkeiten für den hohen Wasserstand bei Herrn Schosser sorgten. Er roch penetrant nach Pfefferminzbonbons. »Wann können wir ihn beerdigen?«, fragte er.

»Wenn ihn die Rechtsmedizin freigibt. In einigen Tagen.«

Herr Schosser zog seine Zigaretten aus der Sakkotasche und steuerte den Ausgang an. Frau Schosser blieb bei ihrem Sohn, hatte seine kalte Schulter fest im Griff.

»Hatte Ihr Sohn Liebeskummer?«, fragte Mader. »Kennen Sie Lisa?«

Frau Schosser zog die Nase hoch und nickte. »Wenn Dietrich nicht Fußball spielte, drehte sich alles um Lisa.«

»Warum haben Sie uns nichts von ihr gesagt?«

»Das war doch schon lange vorbei.«

»Sie war also nicht seine Freundin?«

»Nein, sie ist mit einem anderen zusammen. Auch ein Fußballer. Bernie, Bert oder so ähnlich… Einmal gab es eine Auseinandersetzung zwischen den beiden wegen Lisa. Didi hatte ein blaues Auge hinterher. Glauben Sie, dass dieser Bert…?«

»Wusste Lisa, dass Ihr Sohn in sie verliebt war?«

»Sie hat mich gebeten, mit ihm zu reden, damit er ihr nicht andauernd nachstellt. Ich habe mit Dietrich geredet. Er hat behauptet, dass Lisa sich das nur einbildet. Und dass er sie beschützen muss vor diesem Bert. Der wäre nicht gut für sie. Das war letztes Jahr. Er hat seitdem nicht mehr von ihr gesprochen. Sich nur noch auf seine Karriere konzentriert. Er wollte unbedingt zu Bayern.«

»Wie war denn sein Verhältnis zu seinem Berater?«

»Sehr eng. Wie zu einem Vater. Von meinem Mann ist in dieser Hinsicht ja leider nicht viel zu erwarten. Er ist nie da. Ich weiß, dass erzählt wird, dass es Raffael nur um das Geschäft geht, aber so ist es nicht. Zumindest nicht bei Dietrich. Dietrich ist… er, er war…« Sie brach in Tränen aus. Mader sah sie hilflos an. Er hätte sie in den Arm genommen, aber sie hatte sich jetzt auf Didis zusammengeflickte Brust geworfen und schluchzte.

Spätnachmittag, strahlende Sommersonne, frische Brise. Ganz anderes Feeling als gestern Nacht. Hummel genoss die Aussicht von der Plattform. Rote Dächer, graue Straßenadern, durch die Autos wie Quecksilber gepumpt wurden, Baumreihen, die sich gegen verwaschene Fassaden stemmten, Parks wie grüne Samtkissen im Häusermeer, darüber der bayerische Himmel in Tupfenweißblau und ganz hinten Fototapetenalpenzickzack. Als Soundtrack das Grundrauschen des Stadtverkehrs. Hummel betrachtete das Ballett der gelben Baukräne neben der Schwabinger Autobahnauffahrt. Wahrscheinlich stand hier oben ein Modellbaufreak mit seiner Fernbedienung und lenkte die Kräne. Vielleicht noch viel mehr – die Geschicke der Stadt oder zumindest die einiger weniger Menschen.

Hummel glaubte an die Kraft der Gedanken. Er dachte daran, wie er in der Grundschule durch pure Willenskraft den Füller seiner Lehrerin vom Pult hatte rollen lassen. Wenn er jetzt Beate all seine Gedanken und seine Liebe schickte, dann würde sie ihre Meinung ändern, ihren Typen in die Wüste schicken und zu ihm zurückkehren. Hummel sah mit Laserblick auf Schwabing hinunter, wo Beate wohnte. Kurfürstenstraße, ganz nah bei seiner Stammkneipe *Blackbox*, seiner ehemaligen Stammkneipe. Natürlich hatte Hummel gleich ein schlechtes Gewissen, wegen Karla. Die wohnte in der Au. Viel näher bei ihm. War Karla nicht viel besser für ihn als Beate?

Von fern zu nah. Er inspizierte das Gitter. Wie würde er es machen? Das Gitter war sehr hoch und oben stark nach innen gekröpft. Wenn man zu zweit war, ging es vielleicht. Trotzdem schwierig. Eigentlich unmöglich.

Hummel drehte eine Runde, betrachtete die Absperrung auf der anderen Seite der Plattform. *Betonsanierung Huber Aschheim* stand auf dem Baustellenschild. Aber das war genau die andere Seite. Trotzdem war Hummel neugierig und drückte sich durch die Ritze zwischen Bauzaun und Brüstung. Rostige Stahlstangen im aufgemeißelten Boden. Das Geländer war auf der Länge von einem Meter durch eine Europalette ersetzt, gesichert durch starke Schraubzwingen. Eine Windbö ließ die Bauplane knattern. Hummel lief ein Schauer über den Rücken. Er sah zum Vierzylinder und zur BMW Welt hinüber. Wäre die Baustelle auf der anderen Seite, wäre sie perfekt. Keine Brüstung, kein Gitter, nur eine simple Holzpalette. Nachdenklich ging Hummel ins Innere der Aussichtsplattform. Blieb beim Rockmuseum stehen, studierte die Devotionaliensammlung. Komplett aus der Zeit gefallen mit den alten Fotos, Eintrittskarten, Gitarren, Glitzeranzügen. Beatles, Stones, Hendrix, Elton John, Freddie Mercury. Hummel hatte ein Herz für diesen Glitter, auch wenn das definitiv nicht seine Musikrichtung war. Er betrachtete ein Bild von Elton John mit einer grotesken Brille, pfiff leise vor sich hin. *Like a candle in the wind …* Jetzt fiel ihm was ein! Er ging noch mal raus. Inzwischen hatte der Wind noch mehr aufgefrischt. Er ging zu der Baustelle, riss ein Stück Bauplane ab und warf sie nach unten. Ein Windstoß erfasste sie und wirbelte sie weit weg. *The wind cries Mary.* Hummel griff zum Handy.

»Jetzt komm schon, du faule Sau! Beweg deinen Arsch! Die hundert Meter schaffst du noch! Los, komm, Brown Sugar! Jahhh!« *Brown Sugar* überquerte als Erster die Ziellinie. Dosi jubelte hinter der Werbebande der Trabrennbahn in Daglfing. »Wie viel ist das jetzt?«

»Zeig mal deinen Wettschein.« Fränki nahm den Zettel und studierte ihn. »Na ja, das sind, Moment, 12,40 Euro.«

»So wenig!?«

»Wenn du auf den Favoriten setzt, dann ist die Quote schlecht. Hättest du beim Zweiten *Nuts hat's* denselben Betrag auf Platz gesetzt, wären es 124 Euro.«

»Das wollte ich eigentlich auch machen, aber der Name ist so bescheuert.«

»Lieber ein paar Euro auf einen Außenseiter setzen und gucken, was passiert.«

»Wird beim Pferderennen betrogen?«

»Wo gewettet wird, wird betrogen.«

»Fränki, wie sieht das beim Fußball aus? Wie verschiebt man ein Spiel?«

»Du kaufst den Schiedsrichter oder einen Spieler in einer Schlüsselposition: Torwart oder Abwehrspieler, der sich ein bisschen dämlich anstellt.«

»Und das fällt nicht auf?«

»Wie denn? Fehler und Fehlentscheidungen gibt's doch andauernd.«

»Und beim Toto, kriegst du da Tipps? Oder hast du das alles im Kopf?«

»Mal so, mal so. Manchmal quatsch ich mit den Jungs beim Bookie.«

»Was für Jungs?«

»Mit dem Charles, dem Hans oder dem Zlatan.«

»Zlatan?!«

»Was denn?«

»Mist, ich hab was vergessen. Also wir, Hummel und ich. Was ist das für ein Typ, dein Zlatan?«

»Handelt mit Sportklamotten, ist Jugendtrainer und auch im Wettgeschäft.«

»Das ist unser Mann! Wie ist dieser Zlatan so?«

»Na ja, wie die alle sind. Immer gleich auf hundertneunzig. Aber manchmal hat er echt gute Tipps.«

TRÖSTLICH

Hummel hatte sich im Restaurant einen Sack mit schmutzigen Tischdecken besorgt und das Gebiet um den Turm im Umkreis von fünfzig Metern absperren lassen. Bei böigem Südostwind warf er den Sack von der Baustelle runter. Der Sack fiel alles andere als senkrecht nach unten. Er knallte auf das Blechdach des Cafés und platzte auf. Jetzt trieb der Wind die Tischdecken vor sich her durch den Park. Hummel sah ihnen fasziniert hinterher. Weiße Tücher in der Dämmerung. Hatte etwas Disparates, Vergängliches. Und zugleich etwas Tröstliches. War Hummel doch im Grunde seines Herzens ein Aktionskünstler?

»Nicht schlecht«, meinte Zankl.

»Ich hab beim Wetterdienst angerufen«, erklärte Hummel. »An dem Abend war starker Wind aus Nordost. Gut möglich, dass Didi von hier heruntergestoßen wurde. Vielleicht finden wir ja jetzt doch noch die Abdrücke unserer zwei Bestatter.«

»Und was hätten die für ein Motiv?«

»Auftragsmord?«

Zankl lachte. »Wie Auftragskiller sahen die beiden nicht aus.«

»Weißt du, welch dunkel Glanz in eines jeden Seele steckt?«

»Hä?«

»Wie sehen denn Auftragskiller aus?«

»Ah, geh, Hummel! Deine Krimifantasien.«

APART

Mader fühlte sich recht unbehaglich unter dem gewaltigen Kronleuchter und der turnhallenhohen Stuckdecke in zarten Lachstönen. Schlimmer noch: die dudelige Barockmusik aus den unsichtbaren Lautsprechern. Katzenmusik. Bajazzo würde sich die Pfoten auf die Schlappohren pressen. Musste er nicht. Denn der Glückspilz leistete der Nachbarin in Neuperlach Gesellschaft.

Jetzt rückte die Vorspeise an. Wie ein keckes Hundehäuflein lag ein Portiönchen Gänseleberparfait verloren auf einem riesigen Teller, dessen Weiß mit einem Rautenmuster aus einer zähen grünen Flüssigkeit verziert war. Minze? Mader dachte an ein Tornetz. Dazu gab es Brotkonfekt. »Probieren Sie, probieren Sie! Klein und fein!«, jubilierte Dr. Günther.

Mader lächelte höflich und versuchte, eins der Semmelchen mit dem Messerchen durchzuschneiden. Dabei hopste ihm das Brotkonfekt aus der Hand und wurde vom Lackschuh eines Kellners erfasst, der gerade zügig das Lokal durchmaß. Bananenflanke gegen eine Stuhllehne. Weiter in Richtung eines festlich gedeckten Tisches. Die Brotkugel prallte gegen eine silberne Terrine, dann an das erhobene Glas des Jubilars, dessen Inhalt sich mit Schwung ins tiefbraune Dekolleté seiner Dame zur Rechten ergoss. Wer ein heiseres Zischen des Prickelwassers erwartet hätte, wurde enttäuscht. Aber großer Aufruhr. Jetzt gefiel Mader der Laden schon besser. Ganz schön was los hier.

THRILLERMÄSSIG

Liebes Tagebuch,

ach, ich muss mich jetzt endlich aufs Schreiben konzentrieren. Jetzt geht's los! Ehrlich! Meinen letzten Entwurf fand Frau von Kaltern ja überraschenderweise großartig. Mal sehen, ob er einer frischen Lektüre standhält.

In den Tiefen des Bayerischen Walds. Wo die Ilz sich schwarz und kalt durchs Unterholz windet. Wo nur das leise Rauschen der Bäume zu hören ist, wenn nicht gerade ein getunter Golf GTI über die B12 dröhnt. Todesstrecke!

Die Sonne kämpfte sich durch den Morgendunst, als die infernalische Explosion die Stille in der kleinen Ortschaft Peinting zerriss. Das Spannbetondach des Biogaskraftwerks hob sich wie ein Topfdeckel, all die braune Soße wurde in den milchigen Himmel gepeitscht. Furchterregender Gestank drang in alle Ritzen des Herbstmorgens.

Die Gruberin, die gerade im Hof die Wäsche aufgehängt hatte, rappelte sich auf und wischte sich den klebrigen Film aus dem Gesicht.

»Was warn des!?«, rief ihr Mann, der aus dem Kuhstall gelaufen kam.

»A Ufo. Notlandung in der Güllegruam.«

»A geh?«

»Na, des Biodings is explodiert.«

»Wird der Hublsteiner doch ned graucht haben, in der Anlage …«

Als die Gruberin sich zu ihrem Wäschekorb hinabbeugte, sah sie ihn. Zwischen den Laken. Den Hublsteiner. Seinen Kopf zumindest …

Ach Gott, das fand Frau von Kaltern toll? Das ist doch gequirlte Scheiße! Ein Kopf, der durch die Luft fliegt und genau im Wäschekorb der Bäuerin landet. Nein, das muss anders sein, nicht so grob. Mehr so thrillermäßig. Vielleicht was mit Vermissten … Ja, ich hab schon eine Idee. Also, das Biogasdings explodiert …

Die Kuhscheiße stand auf der Wiese knöcheltief. Mit Atemschutzgeräten wagten sich zwei Feuerwehrleute ins Innere der zerstörten Anlage, um nachzusehen, ob dort eine Person zu finden war, am Ende gar der Hublsteiner selbst. Aber nichts, niemand. Dafür fanden sie die Reste eines stählernen Druckbehälters. Das war kein Fall für die Feuerwehr, sondern für die Polizei.

Und die war gerade anderweitig beschäftigt. Polizeimeister Brandner, der in dem kleinen Dorf Peinting bei Grafenau für Recht und Ordnung zuständig war, hatte einen Spezialauftrag: Die Ehefrauen des Bürgermeisters Pramminger und des Großbauern Hublsteiner hatten ihn gestern angerufen, dass sie ihre Männer vermissten. Die beiden reichsten Bauern der Gegend. Brandner hatte vermutet, dass die beiden im tschechischen Rotlichtmilieu versumpft waren, aber ein Telefonat mit den tschechischen Kollegen hatte nichts ergeben. Jetzt war er persönlich nach Tschechien unterwegs …

Hummel nickte zufrieden und ging zum Kühlschrank, holte sich ein neues Bier. Klar, das war noch lange nichts, was er Frau von Kaltern zeigen konnte, aber ein Anfang war gemacht. Er wusste auch schon, wie es weitergehen sollte. Die Vermissten waren natürlich in irgendeine kriminelle Sache verwickelt. Oder schon tot. Ja, tot wäre gut. Nein, dann waren sie ja bereits auserzählt. Oder? Hummel hatte einen genialen Gedanken. Das Ganze könnte als eine einzige große Rückblende angelegt sein. Zwei Tote erinnern sich – eine Fiktion, also zwei Fiktionen, aus dem Jenseits. Jeder interpretierte die gemeinsame Story natürlich komplett anders …

Hummel fischte eine CD von Johnny Ace aus dem Regal und lauschte dem Sound aus den Fifties. Blues, träge, lässig, aus einer anderen Zeit. Er zündete sich eine Zigarette an und setzte sich auf das Fensterbrett in der Küche, sah in den Hof hinaus. Er sah in die Baumkronen hinauf, die sich leicht im nächtlichen Sommerwind bewegten. Verspürte eine tiefe Zufriedenheit so allein. Er brauchte heute kein romantisches Abendessen. Und morgen würde er gar nichts machen, vielleicht ein bisschen schreiben, spazieren gehen. Sonst nichts. Keine Karla, kein Paul, nur er selbst. Sonntag ganz privat.

KÖRPERBETONT

»Das war eng mit den Cops«, meinte Diego zu Andi, als er am Montagmorgen am gemeinsamen Arbeitsplatz eintraf.

Andi zuckte die Achseln. »Keine Ahnung, woher die wussten, dass wir das Handy haben.«

»Die haben ihre Lauscher überall.«

»Offenbar. Wir können froh sein, dass sie uns nicht wegen Diebstahls verknacken. Die waren selbst nur auf das Handy scharf. So, ist der Djuvic schon da?«

»Nebenan. Frisch aus der Rechtsmedizin.«

»Und? Stimmt das jetzt mit dem Doping?«

»Weiß ich doch nicht. Spielt ja auch keine Rolle. Hauptsache, er ist tot.«

Andi lachte. »Weißt du, was das Beste an unserem Job ist?«

»Nein.«

»Dass uns die Arbeit nie ausgeht.«

»Du sagst es.«

Andi reichte Diego ein Paket. »Mach auf und schau, ob alles drin ist. Um sechzehn Uhr müssen wir bei denen auf der Matte stehen.«

»Alles da«, murmelte Diego, nachdem er die Kleidungsstücke durchgezählt hatte.

Der geile Andi rührte eine Tinktur an, nahm einen Pinsel aus dem großen Schminkset. »Dann wollen wir mal.«

Sie gingen in den Nebenraum. Djuvic lag auf dem Steintisch, eine immer noch sehr stattliche Erscheinung.

Andi fädelte die Sporthose bei den Füßen ein. »Hilf mir mal!« Gemeinsam zogen sie ihn an. Andi schnalzte mit der Zunge. »Bisserl knapp des alles.«

»Ist die größte Kindergröße. Der Zlatan hatte grad nix anderes da.«

»Des schaut doch scheiße aus. Wie eine Wurschthaut.«

»Das trägt man jetzt so. Körperbetont. Wie der Robben.« Diego grinste und fuhr mit Stutzen und Schuhen fort, der geile Andi kümmerte sich um das Make-up.

VERGESSEN

Als Hummel dezent verkatert im Büro eintraf, wartete Dosi schon auf ihn. »Wie schaust du denn aus? Schlechter Sonntag?«

»Das weiß ich nicht mehr. Liegt was an?«

»Ja, wir hatten diesen Zlatan vergessen. Hab mich inzwischen schlau gemacht. Zlatan Doblanovic. Handelt mit Sportklamotten, Jugendtrainer, Handlanger für diesen Stöger.«

»Ach … interessant. Und, hast du schon bei ihm angerufen?«

»Ja, aber nur die Box. Wir machen einen Hausbesuch.«

»Haben wir schon die Ergebnisse von der Spusi von der Baustelle auf dem Turm?«

»Ja, leider nix. Bis auf einen Stofffetzen. Ist bereits im Labor.«

UNAUFGERÄUMT

Auch Mader hatte am Sonntag zu viel getrunken. Um den Samstagabend zu verarbeiten. Das Essen mit Günther war wie das Produkt einer kaputten Zeitmaschine, die immer wieder dieselbe Situation ausspuckte: irgendwelche aufgemotzten Edellokale mit penetrant diskreten Kellnern und einer Plüschatmo wie in einem Edelpuff. Und täglich grüßt das Entenleberparfait. Wenigstens war der Tumult, den er versehentlich dort ausgelöst hatte, eine gute Show gewesen. Es hatte eine Schlägerei zwischen der Tischgesellschaft – einer goldenen Hochzeit – und dem Personal gegeben. Großes Kino! Nach dem vorzeitigen Ende des Gourmetevents hatten sie das Lokal gewechselt und waren in einem türkischen Grillrestaurant gelandet. Ambientemäßig eher *low brow*, geschmacklich aber durchaus passabel, musste selbst Günther zugeben. Günther wirkte in diesem normalen Lokal beinahe menschlich, hatte Mader erstaunt festgestellt. ›Tja, manchmal sind die Menschen wie die Kulissen, vor denen sie agieren.‹

Doch genug philosophiert. Günther versuchte immer noch mit allen Mitteln, ihn nach Regensburg wegzuloben. Mader hatte gehofft, dass dieser Kelch endgültig an ihm vorübergegangen war, als der dortige Dezernatsleiter um ein Jahr verlängert hatte. Aber das Jahr war fast vorbei. Der Countdown lief wieder. Und er war weiterhin der Wunschkandidat. Günther hatte ihn eindringlich gebeten, sich noch mal mit den Regensburger Kollegen zu treffen. Durch den erfolgreichen Abschluss des Falls in der Kardinal-Faulhaber-Straße wäre sein Ansehen noch gestiegen. »Als ob das allein mein Verdienst ist«, hatte er gesagt. Aber Günther meinte staatstragend: »Führungskompetenz!«

Regensburg also. Mader dachte an seine unaufgeräumte Jugend dort nach dem frühen Tod seines Vaters. War das Angebot nicht eine gute Gelegenheit, diese Baustelle endlich mal aufzuräumen. Wollte er das? Wäre das dann seine letzte berufliche Station? Über diese Dinge hatte Mader am Sonntag gegrübelt. Und den Abend früh mit einem dunklen Bier eingeläutet. Als der *Tatort* anfing, war er schon beim vierten gelandet. Entsprechende

Nebelschwaden am heutigen Montagmorgen. Er seufzte. »Komm, Bajazzo, wir müssen zum Bahnhof.«

GRÜNER BEREICH

Diego tackerte die schwarz-weiße Lackfolie in den Sarg. »Hey, das schaut doch total geil aus! Wenn ich mal nicht mehr bin, dann will ich in einem Sechzger-Sarg liegen. Versprichst du mir das?«

»Was? Hä?« Andi sah von seiner Arbeit auf. Er reinigte gerade die Pinsel des Schminksets.

»Hörst du mir zu?«, fragte Diego.

»Klar. Was versprech ich dir?«

»Dass du meinen Sarg mit den Löwen auskleidest, also einer Sechzger-Fahne und so.«

»Aber klar doch, selbstredend.«

»Weißt du, dass Sechzig heute gegen Pauli spielt?«

»Hallo: Aichach heißt heut das Ziel.«

Sie hoben Djuvic in seinem sehr körperbetonten Trikot in den Sarg. Von »Ruhe sanft« konnte optisch keine Rede sein. Die Fußballflickenpolsterung des Sargs und das karierte Trikot von Aichach bekämpften sich aufs Heftigste. »Toll!«, urteilten Diego und der geile Andi einhellig. Sie sahen befriedigt auf ihr Kunstwerk und rauchten in stiller Eintracht an den Sarg gelehnt.

Kreativpause.

»A Bier wär jetzt schön«, sagte Diego.

»Tja.« Andi schnalzte sehnsuchtsvoll mit der Zunge.

Mit Wucht landete die flache Hand von Josef Miller im Nacken von Diego, dem vor Schreck die Kippe aus dem Mundwinkel fiel. »Na, Jungs, alles im grünen Bereich?«

Hektisch sah sich Diego am Boden nach seiner Zigarette um. Keine Spur. Der Chef musterte den Toten und den Sarg. »Interessant sieht es auf jeden Fall aus. Wenn das klappt mit den Eventbeerdigungen, dann machen wir da ein richtig großes Ding draus. Fußball, Motorrad, Surfen, Klettern. *Prolong the Magic. Entdecke das Diesseits im Jenseits.* So in der Art. Was meint ihr, Jungs?«

Der geile Andi und Diego nickten artig.

»Gut, dann macht's jetzt den Deckel zu, und ab die Post. Um halb vier ist der Heini in Aichach.« Er warf einen letzten prüfenden Blick in den Sarg. »Sagt's mal, warum is'n des Trikot so eng?«

»Slimfit«, sagte Andi. »Des ham jetzt alle so. Wie der Robben.«

WAHRHEITSGETREU

Dosi und Hummel standen vor Zlatans Haus in Untergiesing. Ein großer, gesichtsloser Wohnkomplex. Immer wieder donnerte ein Zug über die Eisenbahnbrücke. Alles zitterte.

»Keiner da«, stellte Dosi enttäuscht fest.

»Hat der ein Büro?«, fragte Hummel.

»Nein, aber seine Frau hat einen Laden. Eine Boutique in der Blumenstraße. Macht aber erst um fünfzehn Uhr auf.«

»Das sind mal Arbeitszeiten. Dann also später. Vielleicht meldet er sich ja von selbst. Was wollen wir eigentlich von ihm wissen?«

»Zum Beispiel, ob er mit Dopingsubstanzen handelt.«

»Das wird er uns sicher wahrheitsgetreu beantworten.«

GSTINGATS

Diego und Andi machten einen Zwischenstopp auf einem Autobahnrastplatz vor Augsburg. Irgendwas roch streng. Verbrannt.

»Wenn wir zu spät kommen, gibt's Stress«, sagte Andi.

»Bin ich Gott? Kann ich diesen Motor mit einem scharfen Blick reparieren? Nein, ich kann es nicht.« Diego starrte ratlos auf den Motorblock. »Also hier schaut alles okay aus.«

»Aber was is des für a Gstingats?«, fragte Andi. »Da schmort doch was?«

»Vielleicht einfach Abgase.«

»Solang es nicht deine sind.«

»Haha, sehr lustig.« Diego ging nach hinten und öffnete die Heckklappe. Beißender Qualm quoll aus dem Laderaum.

»Scheiße, was ist das!?«, fluchte Andi.

»Gut, dass des ein Leichenwagen is. Weißt du, was passiert, wenn du in dem Dampf sitzt?«

»Nein, was?«

»Dann kannst du dich gleich dazulegen.«

»Aha. Na ja, des is ja bei unserm Fahrgast kein Thema mehr. Sag mal, wusstest du, dass man Thunfisch mit Abgasen bedampft?«

»Nein, wieso?«

»Also mit Kohlenmonoxid. Da bleibt der Thunfisch rosa.«

»Schmarrn.«

»Doch, echt. Hab ich gelesen.«

»In der *Bild*.«

»Nein, im *Schöner essen*.«

»Im *Schöner essen*. Oh, der Herr Diego ist ein Gourmet …«

»Ich hab's beim Urologen im Wartezimmer gelesen. Ich war da wegen meiner Warze am …«

»Stopp, Diego! Aus!«

STECHEND

Als Hummel und Dosi gegen halb vier in der Blumenstraße ankamen, sahen sie, wie ein großer, muskulöser Mann mit raspelkurzen Haaren und stechendem Blick große Kartons aus einem Minivan lud. »Das wird unser Zlatan sein«, meinte Hummel.

Dosi nickte. »Park du ein, ich geh schon mal vor.«

Dosi stieg aus, prüfte, ob ihre Waffe griffbereit war. Der Typ hatte zwielichtig ausgesehen. Jetzt wurde ihr die Sicht versperrt durch einen rangierenden Siebeneinhalbtonner.

Als dieser in der Einfahrt neben der Boutique verschwunden war, war auch der Minivan weg. Beziehungsweise fädelte er hundert Meter weiter in die rechte Spur ein und bog in die Fraunhoferstraße. Als Dosi die Boutique betreten wollte, war die Tür verschlossen. »Na super«, murmelte sie.

HALBMAST

Dreiviertel vier. Vereinsheim Aichach 05. Das Beerdigungskomitee war einen Tick indisponiert. Der Tubaspieler hielt einsam die Stellung. Dank Obstler aus einem

Flachmann strahlten seine Bäckchen in leuchtendem Ziegelrot. Der Rest der Band war im Moment nicht auf Posten. Posaune und Waldhorn waren kurz gemeinsam ausgetreten, Klarinetten und Trompeten beim Rauchen mit dem Pfarrer vor den Toren des Vereinsheims. Dort Trauerbeflaggung. Vereinsfahne auf Halbmast, ebenso die vom DFB. Der Vereinspräsident diskutierte angeregt mit dem DFB-Funktionär über die Bedeutung der Jugendarbeit und die erforderlichen Finanzen, die für eine Sanierung des Hauptplatzes und der Tribünen nötig wären. Der DFB-Mann war in generöser Stimmung angesichts der bedauernswerten Verhältnisse. Zumal ein lokaler Fernsehsender gerade ein Interview mit ihm geführt hatte. Der DFB in den Niederungen der Regionalliga. Volksnah. Super-PR, für beide Seiten. Der Funktionär empfahl dem Vereinspräsidenten, die Platzsperrung noch aufrechtzuerhalten, bis das Nachholspiel gegen 1860 gelaufen war. »Unverantwortlich, wenn dann doch eine Granate im Platz steckt!« Der Verdacht auf eine Fliegerbombe aus dem Zzweiten Weltkrieg unter dem Rasen war längst ausgeräumt, aber natürlich wollte er vermeiden, dass die Fernsehzuschauer diesen Maulwurfsrasen in Nahaufnahme sahen.

Jetzt galt alle Aufmerksamkeit dem Leichenwagen, der mit deutlich überhöhter Geschwindigkeit auf der Stichstraße dem Vereinsgebäude entgegenbretterte. Der geile Andi legte eine scharfe Bremsung auf dem Schotterplatz hin. El Presidente stürmte durch die aufgewirbelte Staubwolke. »Ja, wo bleiben Sie denn?«

»Seien Sie froh, dass wir überhaupt kommen«, entgegnete Andi. »Massenunfall auf der A8 bei Dasing, mehrere Tote. Hätten wir ein Riesengeschäft machen können. Aber nein, wir haben nur ein Ziel: Aichach. Hier sind wir!«

Der Präsident grinste. »Wir haben den DFB und das Fernsehen hier! Bitte fahren Sie um das Gebäude, hinten ist offen.«

Andi lenkte den Wagen zum Hintereingang und parkte. Diego öffnete die Hecktür. Wieder beißender Qualm aus dem Laderaum. »Zefix, der Scheißauspuff!«

Andi wartete, bis sich die Schwaden verzogen hatten, und besah sich die Ladung. »Wenn's mal nur der Auspuff ist.«

»Wie meinst du das?«

Andi kletterte nach hinten und griff unter den Sargdeckel. »Komm, mach mal!«

Diego wusste zwar nicht, was Andi wollte, aber auch er hob an, und sie legten den Deckel zur Seite. »Heiliger Bimbam«, fluchte Diego hustend. »Wie kommen die Abgase da rein?«

»Was weiß ich. Wir lassen ihn kurz auslüften, und dann bringen wir ihn rein.«

»Wo bleiben Sie denn schon wieder?«, rief der Vereinspräsident, als er die beiden tatenlos am Wagen lehnen sah.

»Wir müssen uns noch sammeln«, sagte Andi. »Ist ja kein Grillfest hier.«

»Doch, doch, wir grillen nachher noch auf der Terrasse. Cevapcici. Luckys Leibgericht.«

»Sehr schön«, sagte Andi. »Aber jetzt lassen Sie uns arbeiten.«

Sie zogen den Sarg mit dem Rollwagen heraus. Der Präsident schnüffelte kurz misstrauisch, dann sah er sich Lucky an. War sichtlich zufrieden. »Toll haben Sie den hingekriegt. So lebendig.«

»Wir haben da ein ganz neues Verfahren. Kommt aus der Lebensmittelindustrie.«

»Aha. Aber das Trikot ist dabei eingelaufen?«

»Manchmal quellen die Toten auch noch ein bisschen nach.«

»Aha. Dann bringen Sie ihn mal rein in die gute Stube.« Der Präsident verschwand wieder zu den Gästen.

»Was du für einen Scheiß erzählst«, sagte Diego und grinste.

Sie legten den Deckel wieder drauf, rückten die Krawatten zurecht und setzten ihre grauen Schirmmützen auf. Auf dem schwarzen Hutband stand in goldenen Lettern: RUHE SANFT.

Sie rollten den Wagen samt Sarg in den Saal des Vereinsheims und wurden von einer heftigen Blechblassalve empfangen. Andachtsjodler. Speziell die Tuba hatte zu viel Druck. Die Scheiben klirrten. *Jericho!*

Als das Inferno verstummte, erhob sich der Pfarrer, machte eine Geste, nun bitte den Sargdeckel zu entfernen. Andi und Diego taten, wie ihnen geheißen. Jetzt qualmte nix mehr. Man konnte Djuvics markantes Gesicht und seinen mächtigen Brustkasten gut sehen.

Der Pfarrer begann seine Rede: »Verehrte Trauergäste! Dort liegt er, unser Kamerad Lucijan Djuvic, den viele nur als Lucky kannten, der im Dienste seines Vereins unter vollem Einsatz von uns ging. Es hätte übermenschliche Kräfte erfordert, die Sechzger in diesem Pokalkrimi zu besiegen, und fast schien es so, als hätte der Herrgott gerade ihm diese Kräfte verliehen. Ich selbst saß im Stadion und betete, dass es ihm vergönnt sei, diesen fulminanten Alleingang mit einem Tor zu krönen. Aber es hat nicht sollen sein. Lucky ist über seine Grenzen hinausgegangen und hat für seinen Einsatz mit dem Leben bezahlt. Ja, ein wahrer Held ist von uns gegangen. Erweist ihm nun die letzte Ehre, ihm, der mir einmal sagte, dass er im Trikot seines Vereins vor den Allmächtigen treten möchte. Dieser Wunsch sei ihm erfüllt.« Er besprengte den Leichnam mit Weihwasser und machte ein Kreuz.

Nacheinander defilierten die Fußballer am Sarg vorbei. Blicke zwischen scheuer Neugier und promillebefeuerter Heiterkeit. Der Präsident legte ein Stück Heimatrasen in den Sarg. Danach folgten ergreifende Reden von ihm daselbst und von dem DFB-Vertreter. Nichts weniger als die glorreiche Vergangenheit und blühende Zukunft des Fußballs in diesem großartigen Verein, in Bayern, in Deutschland und der Welt wurden skizziert. Schließlich sprach der Pfarrer noch ein ermunterndes Gebet, und das letzte Wort hatte die Blaskapelle mit einem wahrhaft deprimierenden Trauermarsch, der selbst den härtest gesottenen Fußballern die Augen flutete. Eine Funeral Band in New Orleans war Dreck dagegen. Die Anwesenden heulten wie die Schlosshunde.

Plötzlich stieg aus dem Sarg eine elegante Linie Rauch auf.

Riesenaugen. Offene Münder. Noch mehr Tränen. Auch der Pfarrer. Dankbare Blicke gen Himmel. Die Musik verstummte. »Möge der Heilige Geist mit ihm sein!«, rief der Pfarrer.

Ein Flämmchen züngelte hoch. Der Pfarrer löschte es mit einem Spritzer Weihwasser und deutete Andi und Diego an, den Sarg nun bitte wieder zu schließen.

Mader saß vor einem Café am Arnulfsplatz. Er sah Leute in Abendgarderobe auf dem Weg ins Theater, Studenten, die lachend zum Wirtshaus *Kneitinger* gingen, zwei Nonnen, die Eis aßen. Schoko und Schlumpf. Mader blickte nachdenklich in den noch hellblauen Regensburger Abendhimmel, in dem sich zwei orangefarbene Kondensstreifen kreuzten.

Jetzt hatte er den offiziellen Teil hinter sich. Er hatte sich ausführlich mit Gruber, dem Chef der Regensburger Kripo, besprochen. Guter Typ. Regensburg. Ging das? Er dachte an seine Kindheit in Prüfening, sein Einzimmerapartment in Königswiesen, seine Eltern, die er vorhin seit sehr langer Zeit mal wieder besucht hatte. Auf dem Friedhof. Die Inschrift seiner Mutter auf dem gemeinsamen Grabstein war inzwischen fast so verwittert wie die seines Vaters, der dreißig Jahre vor ihr gestorben war. Im Dienst. Als Polizist. Er selbst war damals fünfzehn gewesen. Sein Vater siebenunddreißig. Die Sparkasse am Neupfarrplatz. Banküberfall mit Geiselnahme. Sein Vater hatte sich gegen die Geiseln austauschen lassen. Ein Held. Nein, ein Idiot. Die Geiselnehmer verschwanden mit ihm und der Beute von 1,4 Millionen Mark. Ohne jede Spur. Wie war das möglich? Klar, es gab noch keine Mobiltelefone, keine Satellitenbilder, aber es gab schon SEKs, Zielfahnder. Wie konnte das Fluchtauto, ein weißer Audi 100, einfach so verschwinden? Das Ganze war ein einziger Albtraum. Denn die Bankräuber hatten sich mit dem Geld aus der Bank nicht zufriedengegeben, sondern bald darauf eine weitere Million für die Geisel verlangt. Übergabe aus dem Fenster eines Regionalzugs. Ein

Lichtsignal, und der Geldsack landete kurz vor Ergolfing im nächtlichen Gebüsch. Obwohl die Zugstrecke bestens überwacht war, gab es keine Spur von den Tätern und dem Geld. Und sein Vater wurde nicht freigelassen. Er wurde Wochen später im Rechen eines Stauwehrs in der Donau gefunden. Lungen voll Wasser, der Körper aufgequollen, Wunde am Hinterkopf.

Mader hatte in Regensburg seine Polizeiausbildung absolviert. Mit dem festen Ziel, diesen Fall einmal aufzuklären. Aber irgendwie hatte er dieses Ziel aus den Augen verloren, nein, es nie ernsthaft verfolgt. So viele andere Sachen waren wichtig geworden. Und seine Mutter wollte irgendwann damals nichts mehr von der Sache hören, ihre Trauer abschließen. Sie war ja noch jung. Sollte er es jetzt versuchen? Einen Neustart, hier in Regensburg? Er hatte dem Dezernatsleiter Gruber gesagt, dass er noch die einzelnen Abteilungen im Präsidium kennenlernen wollte. Nur ein Vorwand, um nicht gleich absagen zu müssen und etwas Zeit zu gewinnen. Den Fall seines Vaters aufzuklären reizte ihn. Aber zu welchem Preis? »Hey, Karli, was machst'n für ein Gesicht?«

Mader blickte auf. Strahlte seinen alten Freund Peter Nerlinger an. »Mensch, Servus!« Die beiden drückten sich kräftig die Hände. Peter war im selben Alter wie Mader, aber einen guten Kopf größer. Und gut in Form, wie Mader nicht ohne Neid feststellen musste. Peter winkte dem Kellner und hatte sogleich einen Espresso vor sich.

»Gut schaust du aus, Peter. Machst du Sport?«

»Dreimal darfst du raten.«

»Sag bloß, beim Jahn?«

»Seniorenmannschaft.«

»Wie lang ist das her?«

»Ein halbes Leben.«

Sie beide bei Jahn Regensburg. Bis zur B-Jugend. Mader Verteidiger, Peter Mittelfeld. Nur einen Katzensprung von ihrer Schule entfernt, dem Goethe-Gymnasium.

Peter rührte Zucker in seinen Espresso. »Du bist immer noch bei der Polizei?«

»Wo sonst. Was macht deine Kanzlei?«

»Alles gut. Hab mir Partner reingeholt und mach jetzt ein bisschen weniger. Nur das, was Spaß macht. Vor allem die Sportsachen.« Er stürzte den Espresso herunter.

»Hab ich auf deiner Homepage gelesen. Rechtsberatung für Sportagenturen. Betreust du auch Spieler?«

»Nein. Wir machen die juristische Seite für die Agenturen und Berater, zum Teil auch Vermögensverwaltung.«

»Da geht's um ganz schöne Beträge, oder?«

»In manchen Fällen ja. Aber weißt du, ich mach auch ehrenamtliche Rechtsberatung für Vereine. Schlecht für die Kasse, gut fürs Gewissen.«

»Und fürs Image.«

Peter lächelte. »Tue Gutes und rede darüber.«

»Sag mal, kennst du Raffael Stöger?«

»Wen?«

»Raffael Stöger. Spielerberater.«

»Ach ja, den. Klar, in der Branche kennt man sich.«

»Vertrittst du den auch?«

»Karl, ich spreche prinzipiell nicht über meine Klienten. Liegt was gegen ihn vor?«

»Nein, ich hab ihn nur neulich kennengelernt. Beim Fußball.«

»Aha. Aber jetzt sag endlich: was machst du in Regensburg?«

»Ich hab ein Angebot.«

Peter grinste ihn an. »Der Gruber geht. Ja, Mensch, da suchen die natürlich einen alten Hasen. Du wieder in Regensburg! Das wär ja ein Ding. Aber mal ehrlich: Regensburg ist nicht München.«

»Wem sagst du das? Trotzdem, sich das mal anzuhören kann nicht schaden.«

»Karl, ich hab noch einen Termin, wir treffen uns dann um neun im *Kneitinger.*« Er legte ein Zwei-Euro-Stück auf den Tisch und ging.

EXTRA

»Jungs, hundert extra für jeden!« Miller steckte Andi und Diego jeweils zwei Fünfziger in die Brusttaschen ihrer grauen Anzüge. Sie sahen Miller erstaunt an. Großzügigkeit war nicht das Markenzeichen ihres Chefs. Miller strahlte. »Irgendein Heini vom DFB hat angerufen. Sagte, dass die Show mit dem Djuvic großartig war. Das mit dem Trikot und der Sargauskleidung. Aber alles nichts gegen die Rauchfahne! Wie immer ihr das gemacht habt – er war völlig von den Socken. Luckys Seele fährt gen Himmel. Ganz großes Kino! Ein neuer Stern am Beerdigungshimmel geht auf. *Trauerhilfe Miller – ist ein echter Knüller.* Oder so ähnlich. Ich sehe es genau vor mir: das klassische Bürobegräbnis *sponsored by Leitz,* das Autoverkäuferbegräbnis mit vergoldeten Felgen am Sarg, Bikerbeerdigung mit Ledersarg, also innen, außen viel Chrom und was mit Airbrush, Ärzte ganz in Weiß, Polizisten in schusssicheren Särgen, Soldaten mit Tarnnetzen und Nationalhymne, wenn man den Sarg öffnet. Oder wir machen Hardrockbegräbnisse mit Sargboxen, aus denen dann *Rinnstein* dröhnt. Pathos! Leidenschaft! Fantasie! *Trauerhilfe war gestern, Trauerevent ist heute.* Ich hab auch schon eine super Idee für unser neues Firmenlogo. Wie dieses Ed-Hardy-Zeugs, Totenkopf mit Hawaiiblümchen, so tattoomäßig. *Trauerhilfe Miller ist ein echter Killer!* So, jetzt aber huschhusch, damit die Kunden nicht warten.«

»Der Chef spinnt«, sagte Diego, als selbiger weg war.

»Kannst du laut sagen. Ed Hardy ist megaout.«

»Aber hundert Euro sind hundert Euro.«

»Verdammt, ja! Du, der Zlatan hat 'nen Supertipp. Osnabrück gegen Rostock.«

»Ich zock nur erste Liga.«

»Die bessere Quote kriegst du woanders. Rostock verliert 0:2. Ist amtlich.«

»Wie, amtlich?«

»Na, amtlich. Der Schiedsrichter kriegt 'nen Bonus. Ich setz meine hundert.«

Andi gab ihn seine hundert. »Pass gut drauf auf! Ich bin zurzeit a bisserl knapp.«

KLETTE

Zlatan atmete tief durch. Zuerst hatte er einen Schweißausbruch gekriegt, als plötzlich die Polizei am Handy war, dann war er doch noch ins Präsidium gefahren. *Pressing! Nicht abwarten, schneller sein! Nach vorne gehen! Angreifen! Ganz cool Rede und Antwort stehen.* Hatte er gemacht. Eine kleine Rothaarige und ein Softie. Er hatte ein bisschen aus dem Fußballnähkästchen geplaudert, ein paar Worte über den armen Lucky verloren. Ja, klar kannte er ihn. Wie man sich eben vom Fußball kennt. Nein, Lucky hatte bei ihm keine Vitamintabletten gekauft. Der pfiff sich doch angeblich alle möglichen illegalen Sachen ein. Erzählte man sich. Mit so was hatte er nichts am Hut. Definitiv. Er war ja Jugendtrainer. Da musste man Vorbild sein. Nicht nur fußballerisch. Er hatte von seinem vertrauensvollen Job als Jugendtrainer bei den Sportfreunden Obergiesing erzählt. Was den Softie sehr interessiert hatte. Natürlich kannte er den Paul aus der E-Jugend. Großes Talent. Offensives Mittelfeld. Bestimmt nächstes Jahr bei ihm in der D-Jugend. Und er nahm nicht jeden.

Die Typen hatten keine Ahnung. Blindgänger. Und er war der Superchecker. Aber er musste vorsichtig sein. Den Rest der Ware hatte er mit Berti entsorgt. Kurze Geschäftspause, bis sich die Wogen geglättet hatten. Er musste aufpassen. Da hatte Berti schon recht. Berti... Der Typ war eine echte Klette. Stöger hatte ihn gewarnt. Hoffentlich hielt Berti sein Maul. Er musste dafür sorgen, dass Berti bei Laune blieb, dass er ein bisschen Taschengeld zum Zocken hatte. Er musste ihm ein paar Dödeljobs verschaffen.

PLASTIKATOME

»Scheißweiber!«, zischte Zankl, als er die Wohnungstür hinter sich zugeknallt hatte. Von außen. Er brauchte ein paar Schritte an der frischen Luft, um runterzukommen. Ja, verdammt, er hatte die falschen Windeln für Clarissa gekauft. Schnöde *Pampers,* wo es doch *Happy Öko-Kack* hätte sein müssen. Oder wie die Dinger hießen. Und er hatte Salz an das Karotten-Kartoffel-Mus getan, das er eigenhändig zubereitet hatte. Schnippeln, kochen, stampfen. Alles umsonst. »Salz, bist zu wahnsinnig?!«, hatte Conny gezetert. ›Ja, logisch, sonst schmeckt der Baaz nach nix!‹ Hatte er nicht gesagt. Aber gedacht. Jetzt konnte er nur hoffen, dass Conny den Plastikbeutel der Karotten nicht im Mülleimer fand. Denn es waren hundsgewöhnliche Karotten aus dem *Tengelmann*. Wenn Conny den Beutel fand, würde sie ihm bestimmt einen Vortrag über Phtalatmigration halten, ihm erklären, wie die bösen Plastikatome und Weichmacher aus der Tüte in die guten Karotten wanderten. Zankl war genervt und hungrig. Ohne es zu merken, war er auf seinem Gewaltmarsch schon in der Goethestraße angekommen. Im anatolischen Grilllokal *Antepsofrasi* bestellte er sich einen extragroßen Dönerteller mit viel Scharf und stopfte sich grimmig garantiertes Nichtbiofleisch in den Mund. Wunderbar knusprig. Und salzig!

KAPRIOLEN

Dosi liebte Fränkis ausgefallene Ideen. Fränki hatte heute beim Einkaufen im *Rossmann* einen Lenkdrachen gekauft. Der jetzt mit seinem bunten Flatterschwanz lustig über den Isarauen am abendlichen Himmel tanzte. Dosi konnte sich nicht erinnern, wann sie das letzte Mal beim Drachensteigen gewesen war. Was für ein Spaß! Fränki hielt eine Spule, sie die andere. Der Drachen machte wilde Kapriolen.

Hummel war schnurstracks heimgegangen. Obwohl ihn das Wetter sehr zu einem Biergartenbesuch verlockt hatte. Aber er wollte arbeiten. Für sich. Schreiben. Er musste an diesen Zlatan denken. Sehr sonderbarer Typ. Aber diese Fußballbegeisterung. Dass er mit ihm geredet hatte, als wäre er Pauls Vater, hatte sich gut angefühlt. Irgendwie erwachsen. Am liebsten hätte er Karla angerufen und es ihr erzählt. Aber das wäre vielleicht schräg gekommen. Und würde ihn nur vom Arbeiten abhalten. Hummel machte sich ein paar Spaghetti und hörte dabei Etta James. Die Bierflasche auf der Fensterbank war beschlagen.

Nach dem Essen holte er seine Schreibkladde raus, las die letzten Zeilen und fuhr mit seinem Krimi fort.

Das Telefonat mit den tschechischen Kollegen hatte nichts ergeben. Trotzdem fuhr Brandner ins Dixieland, *den riesigen Puff an der Bundesstraße nach Eger. Natürlich sagte hier keiner »Puff« dazu, sondern das Teil nannte sich* Eros Lounge *und war mit tonnenweise billigem Glimmer auf Zwanzigerjahre gestylt. Drinnen natürlich kein Zwanzigerjahrejazz, sondern stumpfester Euro-Techno.* Bummsbummsbumms… *Das hörte Brandner bis auf den Parkplatz. Jedes Mal, wenn sich die gläserne Automatiktür öffnete, wummerte es druckvoll. Ein ständiges Kommen. Und Gehen. Besichtigung war natürlich nicht angesagt. Eine deutsche Uniform in diesem halbseidenen Schuppen. Am Ende machte noch jemand von ihm ein Foto. Brandner studierte die zahlreichen Familienkarossen mit deutschen Kennzeichen auf dem Parkplatz und registrierte befriedigt die erschrockenen Gesichter der Ausflügler, die neben ihm ein- und ausparkten. Er hatte absichtlich seine Dienstmütze aufgesetzt. ›Ja, liebe Familienväter, ihr glaubt wohl, ihr seid hier vögelfrei, aber Chief Inspector Brandner sieht euch alle, eure hochnotgeile Erregung, eure schuldbeladenen Blicke entgehen ihm nicht. Aber er wird euch nicht erlösen.‹*

Hummel hielt inne. ›Nein, das geht gar nicht‹, dachte er. ›Das kriegt ja einen klerikalen Sound. Und wenn es Ironie wäre, dann versteht es wieder keiner.‹ Er malte ein paar Kreisel auf das angefangene Blatt, dann steckte er die Kappe auf den Füller. ›Nein, der Brandner ist doch ein Rocker, der muss das ganz cool machen, ohne viel Gedanken. Jeder nach seiner Fasson.‹ Hummel machte sich ein neues Bier auf und wechselte die CD. Was Fröhliches: Sam & Dave. *I'm a Soulman!*

SCHLANGE

»Geht da vielleicht mal was vorwärts?!«, motzte Dosi, als sich die Schlange am Kiosk Reichenbachbrücke so gar nicht bewegte. Der Erste in der Reihe drehte sich genervt um – und staunte nicht schlecht: »Hey, Dosi!«

»Zankl, was machst du denn hier?«

»Ich hab nicht genug Geld dabei, will die zwei Bier aber trotzdem mitnehmen und anschreiben lassen. Das wollen die nicht.«

»Lass mich mal machen.« Dosi kam nach vorne und fuhr den Kioskmann an. »Hallo, haben Sie noch nie Ihren Geldbeutel zu Hause vergessen?«

Dosi zog ihren Polizeiausweis. »Wollen Sie, dass ich mir

Ihren Laden mal im Detail anschau? Alkohol an Jugendliche, wie sieht's denn damit aus?« Sie drehte sich um und nahm zwei Jungs in der Warteschlange ins Visier. »Nur Cola!«, sagte der eine. Der andere grinste frech und nuschelte: »Cola Zero Koffeinfrei.« Der Kioskmann sah Dosi dumm an. Die knallte einen Zwanziger auf den Tresen: »Sechs Bier und zwei Tüten Chips, Wasabi!«

Der Geldschein reichte zwar dafür knapp nicht, aber der Kioskmann war zu verdattert und händigte die Ware aus.

»Danke«, sagte Zankl, als sie über die Brücke zum anderen Flussufer gingen.

»Was machst du hier?«, fragte Dosi.

»Ärger daheim.«

»Was Ernstes?«

»Nein. Das Übliche. Und du?«

Dosi deutete von der Brücke auf den quietschbunten Lenkdrachen, der am inzwischen tiefroten Abendhimmel seine Kreise zog.

Kurz darauf saßen sie zu dritt auf der Wiese. Vor ihnen flackerte ein Grablicht.

»Ich wollte aber euren Romantikabend nicht stören«, sagte Zankl und prostete ihnen zu.

»Na ja, wer Einsamkeit sucht, ist hier eh verkehrt«, meinte Dosi.

»Sag mal, Fränki, spielst du eigentlich Toto?«, fragte Zankl.

ZEHN MILLE

»Und wer ist dieser Putin?«, fragte Diego, als er mit Andi im *Sixty Lions* auflief.

»Das muss dich nicht interessieren. Er zahlt gut. Zehn Mille.«

»Zehn Mille? Für jeden?«

»Nein, zusammen.«

»Oh.«

»Jetzt tu mal nicht so. So viel Geld auf einem Haufen hast du noch nie gesehen.«

»Woher kennst du den, diesen Putin?«

»Ist doch egal. Die haben einen Personalengpass, und dann haben sie mich gefragt.«

»Wer sind ›sie‹?«

»Frag nicht so viel. Denk an die zehn Mille.«

»Fünf Mille. Okay, ich frag nicht. Aber ich bring keinen um!«

»Nein, wir sollen nur einen hopsnehmen.«

»Wen?«

»Einen Typen, einen Geschäftsfreund.«

»Wie, einen Freund? Wenn die befreundet sind, brauchen sie ihn doch nicht …?«

»Mann, Diego, jetzt halt endlich die Klappe. Wir nehmen einen Typen hops, bringen ihn zu Putin und kriegen einen Haufen Schotter, klar?«

»Ja, klar. Man wird ja noch fragen dürfen.«

»Wenn er überhaupt kommt. Also es ist nicht ganz sicher, ob er auch kommt. Aber wenn er kommt, nehmen wir ihn hops und kriegen zehn Mille. Ois easy, null Risko.« Er zeigte dem Wirt zwei Finger. Als die Bier vor ihnen standen, prosteten sie sich zu.

»Wenn wir den Job gut machen, schwimmen wir im Geld.«

Diego nickte ergeben.

WHISKEY-GOLD

Mader war auf dem Heimweg vom *Kneitinger.* Ihm schwirrte der Kopf. Das Bier, die vielen Worte. Sie hatten sich großartig unterhalten. Nicht nur über die alten Zeiten. Auch über heute, die Arbeit, das Leben so allgemein. Peter hatte eine beeindruckende Bilanz: verheiratet, drei fast erwachsene Söhne, ein großes Haus in Prüfening und eine gut gehende Anwaltspraxis. Tja, ein kleines Ungleichgewicht zwischen den beiden alten Freunden – finanziell, statusmäßig.

Mader war Kriminalbeamter in mittlerer Führungsposition, alleinstehend, und bewohnte eine kleine Dreizimmerwohnung in einem Wohnblock in Neuperlach. Kein Vergleich. Bajazzo bellte. Er spürte, dass Mader ihn in seiner Bilanz vergessen hatte. »Ja, Bajazzo, du hast ja recht«, sagte Mader und sah zu ihm hinunter. Bajazzo markierte gerade den Eckstein eines mittelalterlichen Gemäuers.

Sie erreichten das Hotel. Vor dem *Orphée* standen drei Bistrotische. Einer war besetzt von einem verschwitzten Geschäftsmann, der sich bei einem Weißbier durch die Mails in seinem Blackberry scrollte, an dem anderen saß ein ineinander verschlungenes junges Paar, er in Jeans und T-Shirt, sie in einem bezaubernden Fiftieskleid – weiß mit großen roten Tulpenblüten. Reizend, fand Mader. Bei Damenmode war er ganz oldschool. Der dritte Tisch war frei.

Eigentlich wollte Mader ins Bett, aber die in Laternengold getauchte Gasse vor dem Hotel reizte ihn zum Verweilen. Er ließ sich nieder und bestellte einen Whiskey. Bier hatte er heute genug gehabt. Bajazzo streckte sich wohlig auf dem immer noch warmen Kopfsteinpflaster aus.

Ein schöner Abend. Mit einer Ausnahme. Als Mader Peter gesagt hatte, dass er mit dem Gedanken spielte, das Verbrechen an seinem Vater aufzuklären, hatte Peter sehr emotional reagiert. Ablehnend. Wie er denn auf die Idee komme? Nach so vielen Jahren. Ob er nicht die Vergangenheit ruhen lassen könne? »Das habe ich viel zu lange gemacht«, hatte er trotzig geantwortet. »Ich kann nicht an einem Ort arbeiten, wo ich mit so vielen offenen Fragen konfrontiert bin.« Peters Meinung »Vorbei ist doch vorbei, das ist jetzt vierzig Jahre her!« hatte ihm gar nicht gefallen. Gefiel ihm auch jetzt nicht. Nun gut, jeder hatte seine Sicht auf die Dinge, ein Anwalt tickt anders als ein Polizist. Noch dazu war er, anders als Mader, nicht der Sohn. Mader nippte nachdenklich an seinem Whiskey.

PRIORITÄT

»Mader, schön, dass Sie noch mal kommen«, begrüßte ihn Dezernatsleiter Gruber am nächsten Morgen im Regensburger Polizeipräsidium, »haben Sie es sich überlegt?«

»Überlegt habe ich viel, aber es gibt Dinge, die mich hindern.«

»Aha. Und was?«

»Die Geschichte mit meinem Vater.«

Gruber nickte nachdenklich. »Verstehe. Ich erinnere

mich an den Fall. Ich war damals ein junger Polizist in Nürnberg.«

»Na ja, in der Aufregung um das Olympia-Attentat ging das ziemlich unter.«

»Sagen Sie das nicht. Der Überfall auf die Bank, die Geiselnahme. Ihr Vater war ein Held.«

»War er nicht.«

»Mader, was haben Sie vor?«

»Ich glaube, dass damals Fehler gemacht worden sind.«

»Die Polizei hat ihr Möglichstes getan. Die Fahndung war leider erfolglos. Einer der großen ungeklärten Fälle hier in Regensburg.«

Mader dachte nach. 1972. Alles im Olympiafieber. München. Die Geiselnahme. Das Fiasko in Fürstenfeldbruck. Welche Priorität hatte da eine Entführung in Regensburg? Nein, das war ungerecht. »Darf ich die Akten zu dem Fall einsehen? Nach über vierzig Jahren dürfte das doch kein Problem sein, oder?«

»Meinen Segen haben Sie. Kommen Sie heute Nachmittag wieder. Ich lass Ihnen die Sachen in ein freies Büro bringen.«

DURCHTRAINIERT

Die Cessna rollte auf der Betonpiste vor den kleineren Flugzeughallen am Flughafen Salzburg aus. Ein weißer Mercedes 500 glitt lautlos auf die Cessna zu. Die Bordtreppe wurde heruntergeklappt.

Spiegelbrille im grellen Mittagslicht. Stahlgrauer Anzug, weißes Hemd, keine Krawatte. Unter feinen Stoffen durchtrainierte Oberarme und Oberschenkel. Kein

Bürohengst oder Börsenparkettheini. Auch die blondierten Bürstenhaare sprachen dagegen. Markante Nase, harter Zug ums Kinn.

Die rechte hintere Tür des Mercedes schwang geräuschlos auf.

Mit der Eleganz einer Raubkatze stieg der Mann ein.

»Servus, Mirko«, sagte der Fahrer, ein kleiner, drahtiger Kerl, der den Sitz auf die höchste Stufe gestellt hatte, um in der großen Limousine den Überblick zu behalten. Seine kurzen Arme bedingten einen eher uncoolen Abstand des Oberkörpers zum Lenkrad. Aber er hatte den Wagen 1a im Griff. Der Mercedes brauste über die Betonpiste auf die Ausfahrt zu, fädelte mühelos in den dichten Verkehr ein, überholte mehrmals, dann Autobahnauffahrt. Linke Spur. Lichthupe.

»Pogo, warum weiß?«, fragte Mirko.

»Was?«

»Der Wagen. Warum weiß?«

»Schwarz hatten sie nicht da.«

»Weiß ist scheiß!«

»Ich weiß. Warum Salzburg?«

»Ich trau Deutsche nicht.«

»Tja. Wie geht's in Kärnten?«

»Gut. Schloss fast fertig. Kriegt Preis für Fassade.«

»Schön.«

»Wie genau ist passiert mit Lucijan?«

»Pokalspiel. Umgefallen. Herz.«

»Unfall?«

»Angeblich Doping, Überdosis.«

»Zlatan hat geschworen, dass er passt auf. Dreck, Dreck, Dreck! Lucijan bekommt großes Begräbnis.«

»Äh, ja, also …«

»Was denn?«

»Ähm, später …« Pogo konzentrierte sich auf den dichten Verkehr.

Mirko beugte sich nach vorne und legte seinen rechten Unterarm um Pogos Kehle. Verminderte seine Luftzufuhr. Erheblich. Pogo wand sich, hielt das Lenkrad aber streng auf Kurs. Der Griff lockerte sich.

»Was ist mit Lucijan?!«

»Er ist schon unter der Erde.«

»Was?!«

»Du warst in Brasilien, wir dachten …«

»Ihr nicht denkt. Ihr Scheiße!«

»Mirko! Es wäre nicht gut gewesen, wenn du auf der Beerdigung aufgekreuzt wärst. Da warten deine Feinde nur drauf. Die Russen sind nicht begeistert, dass du mit ihnen keine Geschäfte mehr machen willst.«

Mirko atmete tief durch. »Ihr hättet sagen müssen! Das ist meine Job. Meine kleine Bruder. Lucijan!« Mirko verstummte, versank in dunkle Gedanken.

Plötzlich schrie er auf. Pogo sah besorgt in den Rückspiegel.

»Fahr da raus!«, brüllte Mirko ihn an und griff von hinten ins Lenkrad.

Der Mercedes schleuderte in die Parkplatzeinmündung. Mit einer Vollbremsung brachte Pogo den Wagen zum Stehen. Mirko stürmte raus. Zum Erstaunen der Pinkel- und Brotzeitgäste kletterte er über den Maschendrahtzaun und verschwand im angrenzenden Waldstück.

Kurz darauf erklang von dort ein gespenstisches Heulen. Pogo kratzte sich am Kopf und dachte an Transsylvanien. Seine Heimat. Nein, die Wölfe dort heulten schöner. Er steckte sich erst mal eine an.

Einige Zigaretten später kehrte Mirko zurück. Sein Sakko war an Revers und Taschen eingerissen, die Knie seiner Hose waren schmutzig. »Wo ist Lucijan?«, zischte er.

»In Aichach. Auf dem Friedhof.«

»Fährst du hin!«

Zurück auf der Autobahn. Hinter der Grenze war die Geschwindigkeitsbegrenzung von hundertzwanzig aufgehoben. Pogo trat das Gaspedal durch. Die Beschleunigung drückte die beiden Insassen in die Lederpolster. »Er hat immer noch genommen diese Mittel?«

»Heißt es.«

»Zlatan muss bezahlen.«

»Mirko, ich glaub, wir sollten uns zurückhalten. Es läuft gerade sehr gut. Was wir echt nicht brauchen, ist noch mehr Unruhe. Zwei Tote sind genug.«

»Zwei?«

»Ja, ein Fußballer ist vom Olympiaturm gefallen.«

»Na und? Heißt was?«

»Dass die Polizei auf hundertachtzig ist. Die stellen Fragen im Fußballmilieu. Bei Zlatan waren sie auch schon.«

»Und?«

»Alles gut. Die wissen nix. Aber wenn die jetzt anfangen, in Luckys Sachen zu wühlen, und doch irgendwas finden, ist das nicht gut für uns. Gar nicht gut. Vor allem wenn die rauskriegen, dass du noch lebst.«

»Habt ihr Handy und Computer?«

»Ja, ist alles weg. Aber man weiß ja nie.«

»Wer ist Toter von Olympiaturm?«

»Didi Schosser, Jungprofi, sollte zu Bayern.«

Mirko ließ sich nachdenklich in die Lederpolster sinken.

Mader hatte Zeit zu überbrücken, bis die Akten da waren. Er wollte ein paar Stätten seiner Jugend besuchen. Saß in der Buslinie 1, wie früher. Stieg an seiner alten Haltestelle aus. Er ging die Straße runter, bog rechts ab und stand kurz darauf vor dem Goethe-Gymnasium. Der große alte Kasten. Wie froh er war, als er da raus war. Mit Ach und Krach hatte er das Abitur geschafft. Peter war alles leichtgefallen damals. Einserabitur, Jurastudium. Er hingegen war direkt auf die Polizeischule gegangen. Um die jäh unterbrochene Karriere seines Vaters fortzusetzen? Vielleicht. Zweifelhafte Zeit damals. Die Einsätze in Wackersdorf, wo die jungen Polizisten hingekarrt wurden. Der ganze politische Unsinn. Franz Josef Strauß. Nein, nostalgisch war er nicht. Wirklich nicht. Obwohl, es gab auch einiges, was ihm hier in seiner Jugend gefallen hatte, jenseits der Schule. Die mittelalterliche Stadt, die Steinerne Brücke, die Auenlandschaft der Donau, die Badeseen, die urigen Kneipen, das Kino im Leeren Beutel mit den französischen Filmen, die Kungfu-Streifen in den Kammerlichtspielen. Sein erster Besuch bei *McDonald's* in der Bahnhofstraße.

Und Veronika natürlich. Warum fiel ihm jetzt Veronika ein? Klar, er hatte mit Peter im Biergarten über alte Zeiten gesprochen. Und nach ein paar Bier von ihr geschwärmt. *Veronika!* Ob sie jemals geahnt hatte, dass er in sie verknallt gewesen war? Bestimmt. Alle Jungs standen auf sie. Er konnte sich genau erinnern, wie er sie einmal am Baggersee mit ihren Freundinnen getroffen hatte und sie ihn gefragt hatte, ob er sich nicht zu ihnen legen wollte. Nichts wollte er lieber als das, und trotzdem wäre er am liebsten weggelaufen. Als ihre Freundinnen alle im Wasser waren, hatten sie sich richtig gut unterhalten. Übers Kino. Er liebte vor allem französische Filme, sie amerikanische. Aber Catherine Deneuve fand sie ebenfalls toll. Sein größter Wunsch war es damals gewesen, einmal im Dunkeln Veronikas Hand zu halten, sie schüchtern zu küssen, ihren Kopf an seiner Schulter zu spüren, egal bei welchem Film. Aber dazu sollte es nie kommen. Veronika wurde in der dreizehnten Klasse schwanger. Von einem verheirateten Mann, der sich dann wegen ihr scheiden ließ. Natürlich! Für diese Frau!

Bajazzo zerrte an der Leine. Mader klipste sie los und ließ ihn auf den Grünstreifen vor dem Schulgebäude kacken. Er war zu sehr in Gedanken versunken, um die Hinterlassenschaft in ein Plastiktütchen zu packen. Er ging zum Jahn-Stadion hinüber, sah durch das Torgitter. Dort herrschte durchaus Investitionsbedarf. Goldene Zeiten waren hier auch mit der kurzen Präsenz in der zweiten Liga nicht angebrochen.

Er dachte an damals, als er und Peter in einer Mannschaft waren. Schuldbewusst fasste er sich an den Bauch. Keine Chance mehr.

VATICANA

Professor Schimmel betrat das *Centrale*, die Edelosteria in der Schellingstraße. Er nahm im Halbdunkel des Lokals die Sonnenbrille ab, orientierte sich. Alle Tische besetzt.

»Scusi, Sie haben reserviert?«, fragte der Kellner.

»Ich bin mit Dr. Günther verabredet.«

»Ah, il dottore! Kommen Sie!«

Der Kellner führte den Gast an einen der kleinen Tische im hinteren Bereich des Lokals. Dort saß Günther, vertieft in die Speisekarte. Schimmel räusperte sich, Günther sprang auf. »Herrmann, das ist toll, dass es doch noch klappt. Schön, dich zu sehen!«

»Ganz meinerseits.«

»Komm, setz dich doch! Wie lange haben wir uns nicht gesehen?«

»Fünf Jahre mindestens.«

»Geht's dir gut? Wann wirst du endlich Minister?«

»Bald.«

»Wirklich?«

»Es sieht gut aus. Nach den Wahlen. Darf ja auch mal einer vom Fach werden. Und meine Eintrittskarte in den Klub ist die Leitung der Konferenz.«

»Ja, ein großer Schritt für die Sicherheitspolitik in Richtung Osteuropa.«

»Für uns ein Schritt in die richtige Richtung. Für die ehemaligen Blockstaaten ein Siebenmeilensprung nach Westen. Der Stellenwert von innerer Sicherheit kann gar nicht hoch genug eingeschätzt werden. Ich bin mir sicher, dass Berlin die Zeichen der Zeit erkennen wird.«

»Ein Innenminister, der weiß, wie es bei der Polizei aussieht. Einer von uns. Das wäre es! Du bist der Beste.«

»Danke! Und was macht deine Karriere?«

Der Kellner unterbrach sie. »Die Herren haben schon gewählt?«

»Sag du!«, dröhnte Schimmel. »Ich nehme das Gleiche.«

Günther strahlte. »Allora, als Primi nehmen wir die Ravioli ai porcini, dann die Bistecca alla Puglia con verdure fritte. Ach ja, vorweg bitte noch eine Insalata mistica mare. Herrmann, da sind Sardellen drin, ich sage dir, die gibt es in dieser Qualität nur vor der sardinischen Küste. Ganz zart, nicht diese Salzheringe, wirklich fein.« Er drehte sich wieder zum Kellner: »Als Dessert dann bitte die Crema Vaticana.« Und wieder zu Schimmel: »Die wird mit Eischaum vom Wachtelei gemacht, ein Gedicht. Und was meinst du, dazu einen Vatterati?«

»Watt?«

»Ein spritziger Weißer aus dem Piemont.«

»Nein, leider. Ich hab nachher noch eine Sitzung mit dem bayerischen Innenminister.«

»Oh, wirklich?«

»Die bayerischen Kollegen wollen hören, was wir uns in Berlin zur Verbesserung der länderüberschreitenden Kommunikation der Polizei im Bund ausgedacht haben. Ich bin ja der Meinung, dass die zentral gesteuert werden sollte. Oder?«

»Ganz deiner Ansicht. Einer muss den Überblick haben.«

»Horst, du hast doch ein Faible für Öffentlichkeitsarbeit?«

»Durchaus.«

»Ähem«, machte der Kellner wieder auf sich aufmerksam.

»Äh ja, dann bringen Sie uns bitte eine große Flasche Pacini.«

Der Kellner sammelte die Karten ein und entschwand in Richtung Küche.

»Das Wässerchen kommt aus einer kleinen Bergquelle am Gran Sasso. Ganz in der Nähe des Campo Imperatore. Wo damals der Duce ausgeflogen wurde. Ganz exquisit.«

Schimmel lächelte. »Horst, du verstehst es zu leben,

Respekt! Sag mal, wie macht sich dein Marlon? Hoffentlich ganz der Vater?«

»Nun ja, sein Auftreten ist etwas unkonventionell, aber er ist ein hervorragender Polizist. Die Kollegen schätzen ihn sehr.«

»Ja, dieser grässliche Jeanslook. Aber er wird schon noch auf den Geschmack kommen.«

»Na ja, Brioni kann er sich noch nicht leisten.«

»Mein Anzug ist *made in Germany.* Ein kleiner Herrenausstatter in Berlin. Schneider in vierter Generation. Alles Handwerk. Hier, schau mal.« Er schlug das Revers zurück und präsentierte einen dezent glänzenden Futterstoff.

»Sehr schön«, befand Günther.

Schimmel fuhr mit der Rechten in eine unsichtbare Stofffalte und förderte ein iPad mini zutage. »Trägt überhaupt nicht auf. Wahrscheinlich könnte ich da auch eine Walther einstecken, und man würde sie nicht sehen. So was kriegst du nicht von der Stange.« Er legte das iPad auf den Tisch und tippte darauf. »Hier hab ich mein ganzes Büro drin.«

»Das nenn ich mal einen Businessanzug«, sagte Günther trocken.

»Ich geb dir die Adresse. So ein Anzug ist ein echtes Schnäppchen.«

Der Kellner brachte das Wasser.

Schimmel wischte auf seinem iPad herum. »Schau, das ist das Organigramm von meinem Laden.«

Günther betrachtete interessiert den Strukturbaum. »Was bedeuten die farbigen Balken?«

»Grau ist unten: Arbeit, Arbeit, Arbeit. Darüber grün: weitgehend selbstständig, mit gewissen Befugnissen. Rot:

Strategie, Anweisungen, Leitlinien. Ganz oben Gold: repräsentieren. Der Minister. Ich selbst bin im oberen roten Bereich. Die Gestaltungsmöglichkeiten sind fantastisch, da bewegst du echt was. Aber ich werde auch nicht jünger. Ich will Gold. Nur noch die große Linie, kein Tagesgeschäft.«

»Na, das wird sich ja bald erfüllen.«

»So ist es. Und jetzt kommst du ins Spiel.«

»Ich?«

»Ich brauche im roten Bereich verlässliche Leute. Die ich nicht kontrollieren muss, denen ich blind vertrauen kann. Was denkst du?«

»Politik? Ich?«

»Aber natürlich! Wie lange willst du noch ein mickriges Dezernat leiten?«

»Mickrig? Das hier ist München!«

»Du weißt, was ich meine. Der ganze Schmutz, die kleinen Ganoven, die persönlichen Motive: Mord, Habgier, Ehebruch. Geht dir das nicht auf die Nerven?«

»Ja, manchmal schon.«

»Du bist einer von denen, die in der ersten Reihe stehen müssen. Leitlinien ausgeben, Mitarbeiter motivieren. Ich brauche jemanden, der meine Linie nach außen vertritt. Du bist doch ein Meister der Kommunikation. Ich brauche jemanden mit Fingerspitzengefühl und einem Händchen für die richtige Wortwahl. Ich brauche jemanden wie dich.«

Günther war knallrot angelaufen ob dieses Tsunamis an Lob und brachte kein Wort heraus. Was Schimmel herzlich wenig störte. Er fuhr fort mit den Beschreibungen des abenteuerlichen Lebens voller komplexer Verantwortlichkeiten und grandioser Gestaltungsmöglichkeiten im Berliner Innenministerium. »Perfekt für Leute, die es in der DNA haben, zu entscheiden …«

Erst die Steinpilzravioli konnten seinen Redeschwall stoppen.

Sie aßen schweigend.

»Hervorragend«, sagte Schimmel, als er die kleinen Kostbarkeiten beseitigt hatte und sich die Lippen mit der Stoffserviette abtupfte. »Und, was denkst du?«

»Köstlich.«

»Ich meine mein Angebot.«

»Wer übernimmt dann meinen Posten?«

»Dieser Mader?«

»Äh, ich weiß nicht. Ihm fehlt ein bisschen das Vermittelnde, Kommunikative. Ich versuche ihn schon andauernd nach Regensburg wegzuloben. Da wird eine Dezernatsleitung frei. Aber er zieht nicht so richtig. Ich hab ihn jetzt noch mal hingeschickt.«

»Gut, da findet sich schon eine Lösung. Ein guter Polizist mit viel Praxis.«

Jetzt ging Günther ein Licht auf. »Tut mir leid, Marlon ist da noch zu jung, das kriegen wir nie durch.«

Schimmel lachte. »Glaubst du, ich will meinem Sohn eine Chefstelle schnitzen? Nein, Dezernatsleiter kann Marlon nicht. Aber Maders Stelle wäre durchaus reizvoll. Wenn er geht. Aber lassen wir die Spekulationen. Wichtig ist, dass die richtigen Leute an den richtigen Stellen sitzen. Du wirst jedenfalls kaum zu ersetzen sein. Ist denn dieser Mader zumindest inhaltlich gut?«

»Ausgezeichneter Ermittler. Erstaunliche Aufklärungsquote. Aber oft zu eigenständig. Der zieht sein Ding durch. Dem ist es egal, was die Presse schreibt. Mir nicht. Wir haben immer wieder Probleme. Doch gegen seine Bilanz kann man nichts sagen. Auch seine Leute: Individualisten, aber irgendwie funktioniert das Team.«

»Was machen die im Moment?«

»Zwei tote Fußballer. Marlon ist da eine große Hilfe. Auch wegen seiner Fußballerfahrung.«

»Ja. Wollte immer Profifußballer werden, war ja sogar mal beim FC Augsburg. Ist dann aber doch in meine Fußstapfen getreten.«

»Was sicher kein Fehler ist«, sagte Günther und hob sein Glas Aqua minerale.

Sie tranken und prosteten sich zu.

»Diese Sicherheitskonferenz ist das absolute Novum«, erklärte Schimmel. »Wir haben endlich den vielstimmigen Osten am Tisch und geben gebündelt unser Knowhow zum Thema ›innere Sicherheit‹ weiter. Damit werden diese Länder stabilisiert und für uns kontrollierbar, verlässliche Partner. Auch in Handelsfragen. Diese Beziehungen eröffnen uns ganz neue Wirtschaftsräume. Verstehst du?«

Günther nickte.

»Du kommst doch zu meinem Vortrag?«

»Naturalemente, Herrmann.«

»Weißt du was, ich habe eine großartige Idee – du und deine Leute, ihr beteiligt euch an der Sicherung der Tagung.«

»Die Kripo?«

»Ja, klar, du, Marlons Team, ausgewählte Mitarbeiter anderer Abteilungen.«

»Ich weiß nicht – die Kripo?«

»Groß denken, Horst, groß denken! Ich werde das nachher gleich mit eurem Innenminister besprechen. Eine wunderbare Gelegenheit. *Just do it!* Wir haben Leute vom BKA vor Ort, die GSG 9, Spezialisten für Videoüberwachung, da lässt sich eine Menge lernen! Es wäre toll, wenn ihr Münchner auch dabei seid.«

»Herrmann, die Münchner Polizei ist bei der Tagung durchaus involviert.«

»Natürlich. Unsere Local Forces. Aber ihr von der Kripo, das wär doch echt mal was! Für euch ist das doch total interessant. Dann siehst du mal, wie meine Leute arbeiten. Wer weiß, wohin dich deine Karriere noch führt. Und ich sag's dir ganz ehrlich: Ich kenne bei der Münchner Polizei niemanden so gut wie dich. Dein Know-how vor Ort kann entscheidend sein für die Qualität des Einsatzes.«

»Und wer macht das Tagesgeschäft?«

»Das schafft dieser Mader doch sicher alleine für die paar Tage. Vermutlich interessiert er sich ja nicht mehr groß für neue Impulse im Berufsbild der Polizei.«

Günther lächelte verunsichert.

»Du hingegen«, fuhr Schimmel fort, »kannst mir ein bisschen auf die Finger schauen. Und mir Feedback geben. Ist für mich auch Neuland in so einer Doppelfunktion. Ich leite die Konferenz und bin gleichzeitig für das Sicherheitskonzept verantwortlich. Ich agiere vor und hinter den Kulissen, ich bin überall. Verstehst du? Personalunion!«

Günther nickte. Ein bisschen überfordert. Schimmel wischte weiter über sein iPad. »Guck mal, Horst, ich hab hier auch meine ganzen Fotos und Videos drauf. Schau, das ist Marlon bei der Firmung … Ach, wie die Zeit vergeht!«

Sie prosteten sich erneut zu.

Zwei fette Saatkrähen saßen auf dem hölzernen Kreuz des blumenüberhäuften Grabhügels auf dem Friedhof in Aichach. »Der goldene Fußball schaut schon super aus, oder?«, sagte die eine Krähe. »Bloß Blumen wär ja auch fad.«

»Pah. Die Goldkugel ist von der EM 2012«, erklärte die andere. »Rudis Resterampe.«

»Ich geb mir die Kugel.«

Beide lachten krächzend.

»Die lassen sich ja jetzt echt was einfallen heute. So Themenbegräbnisse.«

»Die bunten Wimpel sind nicht schlecht. Den Sechzger nehm ich meinem Sohn mit.«

»War das denn ein wichtiger Fußballer, der hier drunter liegt?«

»Sicher nicht. Der war von hier. Aichach 05.«

»Und warum dann der ganze Klimbim?«

»Na, vermutlich, weil die im Pokal gegen Sechzig standen.

Hey, wir könnten doch mal nach München fliegen. Was meinst du? So ein richtiges Spiel, Bayern, in der Arena.«

»Wie kommen wir da rein?«

»Dreimal darfst du raten.«

»Ist die Arena nicht oben zu?«

»Wie kommst du denn auf die Idee?«

»Die Bayern-Spieler sind doch bestimmt empfindlich. Die brauchen ein Dach überm Kopf, damit es den Stars nicht aufs Hirn regnet.«

»Im Gegenteil, die brauchen Luft nach oben. Du, das ist Big Business. Da musst du nicht nur laufen und kicken, sondern auch rechnen und lesen können. Von wegen: Hirn.«

»Ich habe gesagt *aufs Hirn* und nicht, dass es *Hirn regnen* soll.«

»Apropos Hirn. Schau dir den Typen mal an. Der hat definitiv nicht zu viel davon. Zupf mich an der Schwanzfeder!«

Auftritt Mirko. Negativ geladen bis unter die Haarspitzen. Mit einer wütenden Handbewegung kickte er Kies vom Gehweg auf die beiden Saatkrähen.

Flatterflatter.

Mirko ging vor dem Grab auf die Knie und faltete die Hände.

Er murmelte vor sich hin, vertieft ins Zwiegespräch mit dem toten Bruder.

Plötzlich stand Berti neben ihm. »Ich hab gewusst, dass du kommst.«

Mirko zuckte zusammen und sah auf. »Nichts weißt du, Berti.«

»Es gab immer Gerüchte, dass du lebst.«

»Warum ist Lucijan tot?«

»Weil er sich wieder das Zeug reingepfiffen hat. Weil er schneller und besser sein wollte als alle anderen.«

»In Aichach!«

»Ja, komisch, ne? Macht alles keinen Sinn. Weißt du, was ich denke? Dass das alles kein Zufall ist. Da wollte dich jemand aus deiner Höhle locken. Hat ja geklappt. Ich dachte, ich warte auf dich und warne dich. Vielleicht kommen wir beide ja ins Geschäft.«

Mirko trat auf Berti zu. Ganz nah. Nur ein paar Zentimeter. Zwischen Nase und Nase gerade mal eine Erdnuss. Hochkant. Und Berti hatte ein Messer im bejeansten

Schritt. »Weißt du, Berti, wer meine Bruder anfasst, fasst mich an. Wer meine Bruder tot macht, mach ich tot. Und du bist tote Mann, wenn du hast damit zu tun. Capito, Berti?«

Bertis glühendes Gesicht war schweißnass. Er nickte minimalistisch, panisch vor Angst, sich einen Hauch zu viel zu bewegen.

»Von wem Lucijan hat Dopingdreck?«

»Ich weiß es nicht.« Er spürte den Druck auf die Klinge.

»Zlatan?«, fragte Mirko.

»Zlatan sagt, jemand ist in sein Auto eingebrochen. Da war das Zeug drin. Ich hab keine Ahnung, wer ...« Der Druck ließ nach.

Mirko atmete tief durch, drehte sich auf dem Absatz um und schleuderte das Messer auf den Goldball im Blumenmeer.

Peng!

Dann traf Mirko eine Ladung Vogelkacke.

SUPERHELDEN

Günther hatte eine handverlesene Auswahl von Kriminalbeamten in den kleinen Sitzungssaal gebeten. Insgesamt gut zwanzig Leute. Dosi, Hummel und Zankl saßen ganz hinten.

»Sind wir jetzt beim Personenschutz?«, murrte Hummel.

»Na komm, ist doch mal ganz spannend«, meinte Zankl, »bisschen gucken, wie das die Superhelden machen.«

Dosi sah ihn verwundert an. »Das meinst du ernst, oder?«

»Ja, logisch. Sondereinheiten, GSG 9, das ist richtig Action, wenn die loslegen.«

»Alles klar, Bruce Willis. Dann stirb halt langsam.«

»Schaut mal, Marlon nutzt seine Beziehungen«, sagte Hummel und deutete nach vorne, wo Marlon in der ersten Reihe Platz genommen hatte.

»Zankl, dann solltest du auch mal an deiner Beziehung zu ihm arbeiten«, sagte Dosi. »Vielleicht hätten wir dann alle was davon.«

»Psst, es geht los!«, ermahnte sie Hummel.

Der Mann, der das Einsatzkonzept erklärte, trug entgegen Zankls Vorstellungen keinen einteiligen Kampfanzug in Camouflage, sondern eine C&A-Jeans und ein kariertes Freizeithemd. Eher KVR als polizeiliche Einsatzleitung. Seine Waffen bestanden auch nicht aus MP und Elektroschocker, sondern aus einem silbernen HP-Notebook, mit dem er via Beamer eine Powerpoint-Präsentation an die Wand warf. Im Wesentlichen war darauf der Stadtplan des Münchner Zentrums zu sehen. Mit unterschiedlichen Farbmarkierungen.

Im Fokus: der Tagungsort der Konferenz. Das *Luitpold* – ein äußerlich eher unscheinbares Hotel an der Prinzregentenstraße auf Höhe der Villa Stuck. Die rote Zone – Sicherheitsstufe 1 – erstreckte sich von der Villa Stuck bis zum Eingang des Krankenhauses Rechts der Isar an der Ismaninger Straße. Die blaue Zone – Sicherheitsstufe 2 – ging vom Restaurant *Bogenhausener Hof* über die Maria-Theresia-Straße bis zum Max-Weber-Platz. Auf der anderen Seite bis zum Prinzregentenplatz. Einsatzzentrum sollte die Polizeistation an der Kreuzung Prinzregenten-/Grillparzerstraße sein.

Der Mann im karierten Hemd hatte keine Maschinenpistole, redete aber wie eine. Als sie sich nach der Einsatzbesprechung in Maders Büro trafen, brummten ihnen die Köpfe von den Details. Aber das Wesentliche hatten sie mitbekommen. Es ging vor allem ums Überwachen, und da war gar nicht so sehr ihre sichtbare Präsenz gefragt, sondern besonders der massive Einsatz von Videokameras. Der Job der einheimischen Polizisten war es vor allem, die Sicherheitsspezialisten mit Ortskenntnissen zu unterstützen. Der Einsatzleiter hatte im besten Amtsdeutsch von »inbedded local forces« gesprochen.

»Na bitte, das klingt ja doch nach Bruce Willis«, fand Zankl.

»Eher nach Irakkrieg«, meinte Hummel.

Jetzt schneite Dr. Günther herein. »So, liebe Kollegen, da wäre ich. Ich muss nicht erwähnen, dass ich mich außerordentlich glücklich schätze, Sie alle bei dieser Weiterbildungsmaßnahme dabeizuhaben. Ich sage ausdrücklich ›Weiterbildung‹, weil es die seltene Gelegenheit ist, hinter die Kulissen eines groß angelegten Sicherheitseinsatzes zu blicken. Lernen von den Profis. Stehen Sie den Kollegen bitte mit Rat und Tat zur Seite, wenn es um lokale Informationen geht. Ansonsten: machen Sie es wie ich – *Learning by doing!*«

»Und unsere normale Arbeit?«, fragte Hummel.

»Wenn ich richtig informiert bin, stocken die Ermittlungen zu den beiden toten Fußballern im Moment etwas?«

»Ja, das trifft es durchaus«, gab Dosi zu.

»Legen Sie eine Atempause ein, werfen Sie nach dieser Konferenz einen frischen Blick auf die Fälle!«

»Und wenn es einen neuen Fall gibt?«

»Das will ich nicht hoffen. Aber dann haben wir zumindest keinen Mangel an Polizisten in der Stadt. Im Übrigen, denken Sie an die großflächige Videoüberwachung. Da klärt sich ein Verbrechen manchmal ruckizucki.«

»Klar, im Hasenbergl.«

»Frau Roßmeier, noch eine Frage?«

»Nein, danke, alles super.«

»Bestens. Dann helfen Sie jetzt den Kollegen bei den Vorbereitungen.«

»Und Mader?«, fragte Hummel.

»Der ist ab morgen wieder in Amt und Würden und wird die Stellung in Ihrem Stammbereich halten. Und natürlich kann er Sie sofort abziehen, wenn es die Lage erfordert. Zankl und Hummel, Sie sind der Einsatzleitung Blau zugeordnet, Schimmel und Roßmeier Rot.«

Zankl wollte schon protestieren, aber er war ganz froh, nicht bei Marlon zu sein. Klar, dass der im roten Bereich war. Im Zentrum der Macht, beim Herrn Papa.

ILLUSORISCH

Mader saß in einem kleinen Büro im Regensburger Polizeipräsidium. Vor ihm auf dem Tisch stand alles, was die Polizei über seinen Vater und den damaligen Fall wusste: ein Meter Akten. Er zwang sich, all die Unterlagen und Fotos von damals anzusehen, blätterte durch Abschlussberichte erfolgloser Befragungen, Durchsuchungen, Ermittlungen. In einem der Ordner fand er ein Foto seines Vaters in Uniform. Mitte dreißig, ein kerniger, furchtloser Mann. Warum hatte sich sein Vater zu der wahnwitzigen Aktion hinreißen lassen? Geisel im Tausch gegen die

Bankangestellten? Weil er Menschenleben retten wollte? Weil er glaubte, das Risiko im Griff zu haben? Warum hatten sie ihn umgebracht, obwohl sie das Lösegeld längst hatten? Mader blätterte im Schnelldurchlauf durch die Unterlagen.

Schließlich schlug er den letzten Leitz-Ordner entmutigt zu. Aber was hatte er erwartet? Dass er in den Akten die Lösung des Falls entdeckte? Auf die Schnelle? Ja, irgendwie hatte er das insgeheim erhofft. Dass man damals irgendwas übersehen hatte. Illusorisch. Das Foto seines Vaters hatte er herausgetrennt und eingesteckt. Er verließ das Büro, um Bajazzo beim Pförtner abzuholen. Er wollte abends in München sein.

EXPORTSCHLAGER

»Sehr geehrte Damen und Herren, Kolleginnen und Kollegen,

ich bin außerordentlich stolz darauf, diese Internationale Konferenz zur Zusammenarbeit bei der Inneren Sicherheit zu eröffnen. Vor ein paar Jahren wäre ein solches Treffen noch völlig undenkbar gewesen. Innere Sicherheit gilt als eines der großen Staatsgeheimnisse eines jeden Landes. Aber heute ist innere Sicherheit ein Exportschlager erfahrener Demokratien, ein Wachstumsmarkt sozusagen. Hiervon können und sollen auch Sie profitieren. Ich spreche nicht von Nord-, Süd-, West- oder Osteuropa, sondern von dem einen Europa, einem Staatenverbund mit gemeinsamen Zielen und Wertvorstellungen. Wahrscheinlich habe ich nur eine leise Ahnung davon, was staatliche Autonomie nach Jahrzehnten politischer Diktatur für Ihre Länder bedeutet, aber ich gehe davon aus, dass der historische Stellenwert ähnlich hoch ist wie damals für uns bei der Wiedervereinigung von West- und Ostdeutschland. Ich erinnere mich sehr gut an die massiven Umwälzungen, an die komplette Neuorganisation des bürgerlichen Lebens in unseren östlichen Landesteilen. Wissen Sie, was wir in den neuen Bundesländern getan haben? Wir haben nicht lange überlegt, was wir von den DDR-Strukturen übernehmen, wie wir sie modifizieren können, nein, wir haben sie von Grund auf abgeschafft und unsere westdeutschen Systeme und Erfahrungen implementiert. Nicht anders war es nach dem Krieg, als uns die Amerikaner ihre demokratischen Wertvorstellungen vermittelt haben. Und wir sind gut gefahren damit.

Ein Staat, der im Inneren sicher ist und seine demokratische Grundordnung verteidigt und staatsfeindliche Elemente in Schach hält, bietet wirtschaftliche Sicherheit – das Rückgrat für wirtschaftliche Investitionen, für Konsum und Wohlstand. Und somit für politische Stabilität. Diese Grundpfeiler müssen verteidigt werden, und diese Verteidigungsbereitschaft muss sichtbar und spürbar sein. Gefahren gehen heute nicht mehr von feindlichen Staaten aus, sondern von bestens ausgerüsteten kleinen Gruppierungen, die durch gezielte Aktionen einen Staat in Windeseile destabilisieren können. Waffen bedeuten Macht. Ebenso die Kontrolle darüber. Hierbei können wir Sie unterstützen. Natürlich wissen wir, dass Sie bislang Ihre sicherheitsrelevanten Güter vornehmlich aus Russland bezogen haben. Aber es ist ein freier Markt, es gilt Angebot und Nachfrage. Qualität und Preis sind die maßgeblichen Koordinaten – wie in allen wirtschaftlichen Beziehungen. Und hier können wir sehr viel bieten. Inklusive eines detaillierten Wissenstransfers, der im Blockdenken früherer Zeiten nicht möglich gewesen wäre. Ja, neue Zeiten sind angebrochen. Profitieren Sie von unserem geballten Fachwissen, von der Erfahrung unserer Exekutive bei Bedrohungen von innen, auch mit Blick auf Großveranstaltungen, seien dies nun Demonstrationen oder Sportereignisse. Profitieren Sie von der hohen Qualität unserer Sicherheitsgüter und vom Gedanken eines freien Marktes in Europa. Als überzeugter Europäer spreche ich Sie als Europäer an: Lassen Sie uns gemeinsam einen wichtigen Beitrag für ein starkes Europa leisten. Wehrhaft gegen Bedrohungen von innen und außen, wehrhaft gegen Wirtschaftskriminalität, Drogenhandel und Prostitution, wehrhaft gegen terroristische Umtriebe von Extremisten, die unseren Wohlstand und Frieden bedrohen. Lassen Sie uns enger zusammenrücken, lassen Sie uns verlässliche Wirtschaftspartner sein.«

Tosender Applaus, Standing Ovations. Dr. Günther war auch aufgestanden. Allerdings eher aus Reflex, wie in der Kirche. Was hatte er da gerade gehört? Ein lupenreines Verkaufsgespräch für deutsche Waffen! War sein Freund und Doktorvater, der Staatssekretär Professor Dr. Herrmann Schimmel, ein schnöder Waffenlobbyist? Durfte man das überhaupt als hoher Staatsbeamter? So offensiv für Waffengeschäfte werben? Na ja, wo hört Politik auf, wo fängt Wirtschaft an? Oder umgekehrt.

»Na, mein Lieber, wie schaust du denn aus der Wäsche?«, fragte ihn ein strahlender Schimmel. »Wie hat dir mein kleiner Vortrag gefallen? Das war doch mal das Gegenteil von *Fuck the EU.*«

»Gut, äh, aber ich, ich weiß nicht. Was ist denn mit

dem Waffenkontrollgesetz? Das regelt doch den Handel mit Rüstungsgütern streng, also sehr streng?«

»Mein Lieber, von Rüstungsgütern spricht heute keiner mehr. Es geht um ›Sicherheitsprodukte‹. Mit dieser Sprachregelung kommt deren defensiver Charakter zum Ausdruck. Und noch in dieser Legislaturperiode wird es eine Gesetzesvorlage geben, die speziell für die ehemaligen Ostblockstaaten den Handel mit sicherheitsrelevanten Produkten grundlegend reformiert und liberalisiert. Es geht ja um ein gemeinschaftliches europäisches Interesse. Und das ist erst der Anfang. Irgendwann wird auch die Türkei dazukommen. Wo demokratische Strukturen entstehen, muss der Staat die Kontrolle behalten, die politischen Prozesse begleiten und in die richtigen Bahnen lenken. Sonst herrscht Chaos. Ja, das ist Zukunftsmusik, aber die Türkei ist ebenfalls Europa. Auch wenn das manchen Politikern nicht schmeckt. Die Türkei ist unser Brückenkopf zum Orient. Denk nur an diesen riesigen Markt! Das radikal Neue meines Konzepts ist die Zusammenführung von Innen- und Außenpolitik. Das Innere ist das neue Außen! Und umgekehrt.«

»Es geht also vor allem um Wirtschaftspolitik?«

»Aber natürlich, Horst! Und um Entwicklungshilfe und Fiskalpolitik. Ich verfolge einen ganzheitlichen Politikansatz. Wenn die Gesetzesvorlage für die Neuverordnung zum Vertrieb sicherheitsrelevanter Güter durch ist, dann beginnen neue politische Zeiten!«

»Lass mich raten: Die Gesetzesvorlage ist von dir?«

»So ist es. Das ist der Grundstein für meinen Ministerposten! Und hoffentlich auch die Basis für unsere Zusammenarbeit. Ich brauche dann tüchtige Menschen und kluge Köpfe. Leute wie dich. Komm, darauf trinken wir!«

Mader hatte von der Galerie aus zugehört. Waffengeschäfte – ganz neuer Gedanke. War nicht Djuvics Bruder eine Größe im internationalen Waffenhandel gewesen? Vielleicht hatte Lucky Djuvic da auch seine Finger drin und war unter die Räder gekommen? Obwohl – so ein Kleinkrimineller? Mader sparte sich die Häppchen. Bajazzo wartete draußen im Hof.

GANGSTERFILM

Mirko schlüpfte in die Schuhe und in die schwarze Lederjacke, die er sich heute in einem Laden beim Hauptbahnhof gekauft hatte. Ziemlich prollig. Sie roch scharf nach Leder und Gerbmittel. Katzenpisse – eine Warnung: *Ein Tick zu nah, und ich hau dir in die Fresse!* Er schraubte den Schalldämpfer auf den Lauf seiner Pistole und steckte sie in die Jacke.

Als er aus seinem Hotel auf die Schillerstraße hinaustrat, fielen ihm die beiden Typen in dem schwarzen Golf sofort auf. Nummernschild DN. Mietauto. Die Männer stiegen aus. Ein schlaksiges Handtuch und ein kleiner Dicker. Gefährlich sahen die nicht aus. Aber sein geschultes Auge sah die Ausbuchtungen unter der Achsel und über dem Hintern. Er beschleunigte seine Schritte. Taxistand. Stieg ins erste Taxi. Sah noch, wie die Typen zu ihrem Auto umkehrten. »Münchner Freiheit«, sagte Mirko zum Fahrer: »Tempo!«

Der Taxifahrer ließ sich Zeit und kräuselte die Nase wegen des strengen Geruchs.

Sie fuhren los. Mirko sah im Rückspiegel den Golf. »Fährst du schneller!«

Der Fahrer sagte nur: »Wir sind hier in Deutschland.«

Mirko sah ihn erstaunt an, dann lachte er. »Ja, genau.«

Sie rollten auf eine rote Ampel zu. Mirko wedelte mit einem Fünfziger vor dem Gesicht des Fahrers. »Fährst da drüber!«

Der Fahrer schüttelte den Kopf. »Sie steigen jetzt besser aus.«

Mirko nickte. Dann schlug er ihm ohne jede Vorwarnung mit der Faust ins Gesicht, öffnete die Fahrertür, löste den Gurt und schubste ihn raus. Er rutschte rüber und gab Gas. Der nachfolgende Golf überrollte fast den Taxifahrer, der sich benommen aufrappelte.

Mirko gab Gas. Und lachte. Das war nach seinem Gusto. Wie Gangsterfilm. Bloß, dass nicht die Bullen hinter ihm her waren, sondern vermutlich Freunde aus dem wilden Osten. Exfreunde. Klar, dass die Russen sauer waren, wenn er jetzt neue Geschäftskontakte knüpfte. Da die Deutschen endlich marktfähige Preise hinkriegten, gab es keinen Grund, auf ewig mit denselben Geschäftspartnern zusammenzuarbeiten. Passte ja auch ins generelle politische Klima. Die Menschen in Osteuropa orientierten sich schließlich alle nach Westen, warum sollten sie das bei Waffengeschäften nicht auch machen?

Mirko donnerte mit dem Taxi in den Altstadttunnel. Das Tempolimit von sechzig interessierte ihn einen Kehrricht. Was ihn mit Blick auf seine Verfolger aber wunderte: Woher wussten die eigentlich, dass er hier ist? Sein Kommen war nicht geplant gewesen. Der Tod seines Bruders? Hatte Berti recht? Hatten sie ihn aus seiner Höhle gelockt? Okay, das wäre ihnen gelungen! Aber dass sie so weit gingen, um an ihn heranzukommen! Hass stieg in ihm hoch. Er trat das Gaspedal durch. Sah in den Rückspiegel. Sie waren immer noch an ihm dran. Jetzt schoss er aus dem Tunnel. An der Staatskanzlei vorbei. Kurz vor der Maximilianstraße legte er eine Vollbremsung hin, ließ den Wagen herumschleudern. Gegen die Fahrtrichtung. Hielt genau auf den nachfolgenden Golf zu. Diego schloss die Augen, Andi war schockstarr. Hundert Meter, neunzig, sechzig, dreißig Meter, jetzt, nein, im letzten Moment wachte Andi auf und riss das Lenkrad herum. Der Wagen donnerte auf den Bordstein, schoss hoch wie eine Rakete und knallte in das bodentiefe Schaufenster eines Designermöbelladens. Glasregen. Die italienische Sofalandschaft nur noch ein Schatten ihrer selbst. Der Golf reichlich zerknittert. Da würden die bei Hertz Augen machen.

Als Mirko einen weiteren Powerslide machte, touchierte das Taxi ein Verkehrsschild, das den hinteren Kotflügel aufriss, der wiederum den Reifen aufschlitzte. Der Wagen schleuderte gegen eine Litfaßsäule. Das Taxi war Schrott. Die zwei Sicherheitsbeamten der Staatskanzlei setzten sich in Gang. Mirko verschwand in Richtung Oper.

Andi und Diego schälten sich aus dem Wrack.

»Los, Diego, hinterher!«

»Hey, Andi, lass es, das bringt doch nix!«

»Diego, komm! Denk an die zehn Mille!«

»Hey, das Auto ist Schrott. Das gibt 'nen Haufen Ärger!«

»Das ist Vollkasko, jetzt komm!«

Mirko überquerte gerade die Maximilianstraße. Drehte sich um. Sah seine Verfolger. Neuturmstraße. Vor ihm die Polizeistation. Da war er vor ihnen sicher. Aber da hatte auch er nichts verloren. Er bog nach rechts ab, sah den Hintereingang vom Hofbräuhaus, wo gerade zwei Kellner rauchten. Er huschte hinein, durchquerte die Klos, spähte in die Schwemme. Dort Hölle: *International-Drinking-Humpta-Explosion*. Er stellte sich hinter eine Säule, wartete. Es dauerte nicht lange, bis die beiden Verfolger im Gewühl auftauchten. Andi betrat den Saal ebenfalls von der Rückseite, Diego kam durch den Vordereingang. Sie scannten den überfüllten Raum. Brüllende Blasmusik. Mirko musste grinsen. München begann ihm zu gefallen. Er schlich sich von hinten an den Dicken heran und griff ihm in die Hose. Als er Diegos Waffe im Griff hatte, raunte er ihm ins Ohr: »Ganz ruhig, Arsch, sonst unten noch mehr Loch. Schickst du deinen Kumpel nach draußen, dann sprechen wir.«

Diego machte Andi ein Handzeichen. Panischer Fingerzeig zum Ausgang. Dort war es unübersichtlich – viele Leute, Touristen, Raucher, Türsteher. Andi versuchte sein Glück, wollte Mirko die Waffe entwinden, die immer noch in Diegos Hosenbund steckte. Schlechte Idee: Ein Schuss löste sich. Diego ging weinend in die Knie. Mirko stürzte mit der entsicherten Pistole davon.

»Geht's?«, fragte Andi.

»Nein, geht nicht!«, röchelte Diego.

Andi rannte los. Diego humpelte hinterher. Die Touristen verfolgten alles fasziniert. Filmaufnahmen? *Derricks* Rückkehr? *Tatort*? Was man hier alles erleben kann! Tolle Stadt!

Mirko verschwand in einer Seitengasse zum Marienhof. Diego schaffte es nicht weit, lehnte sich an eine Hausmauer. Sein Hintern brannte wie Hölle. Für ihn war das Rennen gelaufen.

Aber Andi blieb dran. Als er aus der Gasse auf den Marienhof lief, schlug eine Kugel neben ihm ein. Er hatte keinen Schuss gehört. Schalldämpfer? Ein Schaufenster vom Dallmayr zerbröselte, und die Alarmanlage heulte los. Andi sah Mirko in die U-Bahn verschwinden. Sein Blick fiel auf die Videoanlage beim U-Bahn-Eingang. Er zog eine schwarze Kopfsocke aus der Tasche und zog sie sich tief über den Kopf. Plus Sonnenbrille. Dann stürmte er die Rolltreppe runter. Sah sich im Zwischengeschoss um. Niemand. Unten fuhr die U-Bahn ein. Er stürmte weiter. Hier vorne war fast niemand auf dem Bahnsteig. Weiter hinten viele Menschen. Andi rannte auf sie zu. Sein Blick flackerte. Jetzt sah er Mirko. Ganz hinten. Einsteigen? Andi zögerte. Einsteigen? Er sah ihn nicht mehr. Er zögerte immer noch. »Zurückbleiben bitte!« Das Kommando galt ihm.

Mirko hatte Andi gesehen und war nicht eingestiegen, war weitergelaufen zu den Rolltreppen, die zur S-Bahn hochführten. Gerade fuhr die S1 Richtung Freising ein. Er bestieg den Zug. Die Türen schlossen sich. Er sah auf den Bahnsteig. Jetzt tauchte sein Verfolger auf, war auf den letzten Metern Rolltreppe. Warum fuhr der verdammte Zug nicht los? Mirko duckte sich hinter den Türstock. Sah Andis Gesicht, die Wut, als dieser wie besessen auf den Türknopf drückte. Nichts geschah. Der Zug war schon abgefertigt. Aber er stand immer noch. Andi versuchte es einen Wagen weiter vorn. Jetzt gab es einen Ruck, und die Druckluft in den Türen ließ nach. Entriegelt. Mirko schlich nach hinten, duckte sich in eine Vierergruppe. Andi stieg ein, die Türen waren zu, der Zug fuhr an. Es war nicht viel los in der S-Bahn. Gleich würde er ihn entdecken. Nicht, dass Mirko Skrupel hatte, von der Waffe Gebrauch zu machen, aber das war ungut in der S-Bahn. »Nächster Halt: Karlsplatz, Stachus.« Ein

Pulk mit jungem Partyvolk stieg dort aus. Mirko drückte sich dazwischen. Er sah auf die Türen der S-Bahn, konnte nicht sehen, ob sein Verfolger ebenfalls draußen war. Er blieb in dem Pulk und fuhr mit auf der Rolltreppe nach oben, ins Stachus-Zwischengeschoss. Huschte neben der *Hofpfisterei* in eine Wandnische.

Andi lief an ihm vorbei. Mirko atmete auf und wartete eine lange Minute. Dann trat er aus der Nische. »Jetzt bist du fällig, Arsch!«, sagte Andi und drückte ihm die Kanone ans Kinn.

DURCHSCHLAGSKRAFT

Dr. Günther fühlte sich inzwischen pudelwohl unter den in- und ausländischen Würdenträgern. Es gab italienische Köstlichkeiten, und die großzügig gereichten Alkoholika führten zu einem recht hohen Geräuschpegel. Die militärischen Würdenträger gaben der Veranstaltung den Charakter eines Staatsakts. Brustabzeichen blitzten mit Champagnergläsern um die Wette in dem altehrwürdigen Saal der Münchner Residenz.

»Sehr festlich, tolle Atmosphäre!«, schwärmte Schimmel.

»Ja, in München gibt's Dinge, die nicht mal Berlin hat.«

»Sag das nicht, mein Lieber, du wirst es schon noch sehen.«

Dr. Günther lächelte verlegen. Er sah sich schon auf der großen Politikbühne stehen, umringt von Fernsehkameras und Reportern, die ihm die Mikrofone entgegenstreckten: *Sehr geehrte Damen und Herren von der Presse, zum gegenwärtigen Zeitpunkt können wir Ihnen lei-*

der aus sicherheitsrelevanten Gründen noch nichts zum Stand der Ermittlungen in dem Entführungsfall sagen, aber seien Sie gewiss, dass wir alles Notwendige in die Wege leiten, um das Leben von Kanzler Schimmel nicht zu gefährden … Jetzt brummte sein Handy. Unauffällig zog er es heraus. Dienstlich natürlich. Er nahm das Gespräch an und lauschte. Besorgtes Gesicht. Er drückte es aus, ging die zwei Schritte zu Schimmel und nahm ihn beiseite: »Herrmann, die Kollegen haben angerufen – Schießerei in der Innenstadt.«

Schimmel zog ebenfalls sein Handy aus der Tasche und checkte seine Nachrichten. Dann nahm er Günther am Arm. »Komm, Horst, wir fahren zum Einsatzzentrum.«

»Glaubst du, es hat mit der Konferenz zu tun?«

»Egal. Wenn die Fahndung erfolgreich verläuft, verkaufen wir das den Ossis als Beweis für die Durchschlagskraft unserer Sicherheitspolitik. Perfekt!«

Schimmel führte im Fond seiner Limousine einige Telefonate, und als sie am Einsatzzentrum eintrafen, verfolgte Günther nur noch als Zaungast die Aktionen Schimmels. Schimmel ließ sich vom Einsatzleiter informieren und betrachtete mit großem Interesse die Überwachungsvideos aus U- und S-Bahn. Günther hatte erwartet, dass sein Freund jetzt den großen Max machen würde, aber das Gegenteil war der Fall. Er war beeindruckt, wie sehr sich Herrmann zurücknehmen konnte. Nach einer Stunde hatte Schimmel genug gesehen. »Ha, Horst, das war aufregend«, sagte er, als sie vor die Polizeistation traten.

»Nun ja, ich weiß nicht, ob ›aufregend‹ der richtige Begriff ist, ich würde eher sagen: beunruhigend.«

»Ach komm, Horst. Darum geht's doch in unserem

Job. Dass die bösen Jungs böse Dinge tun und dass die guten Jungs sie jagen. Und die Guten werden gewinnen.«

»Meinst du?«

»Aber natürlich! Über kurz oder lang. Du hast es doch gesehen: Gegen die gut geschmierte Maschinerie des Rechtsstaats und unsere lückenlose Videoüberwachung haben sie keine Chance. Alles nur eine Frage der Zeit.«

»Der eine Typ sah osteuropäisch aus.«

»Moment – die Osteuropäer sind unsere Handelspartner. Politik und Wirtschaft dulden keine Vorurteile. Horst, jetzt schau halt nicht so betroffen!«

»Tu ich das?«

Schimmel klopfte ihm auf die Schulter. »Nein, ich mach nur Spaß. Gefällt mir alles sehr gut, was ich bei euch sehe. Haltet bitte pressemäßig den Ball flach wegen der Schießerei. Das macht keinen guten Eindruck auf unsere Gäste, also auf ihr subjektives Sicherheitsempfinden. Außer wir erwischen die Typen schnell, dann gerne. Geh, ich hab jetzt richtig Lust auf ein Bier.«

STRUKTURFÖRDERUNG

Spot an. Mirko kniff die Augen zusammen. Er hatte unbändigen Durst.

»Siehst müde aus, Mirko«, sagte eine Stimme aus dem Dunkel.

»Oh, der kleine Putin«, stöhnte Mirko.

»Schnucki, kannst immer noch Andrei zu mir sagen. Wir kennen uns doch. Haben gute Geschäft gemacht die letzten Jahre.« Der kleine Putin beugte sich vor und schob sein unbehaartes Haupt in den Lichtkegel. Sein dickes

Gesicht glänzte speckig, er grinste. »Hast du Durst?« Er schob ihm ein Glas Wasser hin. Mirko fasste es nicht an. Putin knipste das Grinsen aus. »Warum willst du Geschäftspartner wechseln?«

»Weil bei euch Qualität nicht stimmt.«

»Aber Preise.«

»Nicht mehr.«

»So?«

»Made in Germany kostet inzwischen gleich.«

»Aber illegal. Waffenkontrollgesetz.«

»Heißt bald Strukturförderung.«

»Entwicklungshilfe, ha! Verarsch ich mich selber!«

»Wirst du sehen.«

»Ja, ich sehe. Scheißkonferenz. Ich hab schon mit den anderen gesprochen. Ist alles Verhandlungssache. Sind nicht gut zu sprechen auf dich. Haben gesagt: Erst dreht Lucky durch und dann Mirko eigenes Ding. Warum sprichst du nicht mit mir?«

»Was hat Lucijan damit zu tun?«, fragte Mirko.

Putin lachte. »Was hat Lucijan …? Lucky ist Arsch, immer große Klappe. Reißt Maul auf, dass er geht zu Polizei. Erzählt über Waffengeschäfte. Ausgerechnet deine Bruder. Fanden die anderen nicht lustig, gar nicht lustig.«

»Bullshit. Ihr habt ihn umgebracht, um mich herzulocken.«

»Dann würdest du hier nicht sitzen, sondern liegen. Mit Kugel in Kopf. Ich bin Geschäftsmann, du bist Geschäftsmann, du hast Kontakte, ich hab Ware. Ich bin nicht deine Gegner, ich pass auf dich auf.«

»Wer hat Lucijan umgebracht?«, fragte Mirko.

»Vielleicht einfach Unfall. Doping ist gefährlich für Herz. *Plopp!*« Der kleine Putin schnalzte mit der Zunge.

Mirko wollte vom Stuhl aufspringen, war aber festgeschnallt.

Putin stand auf, streckte sich, gähnte. »Überlegst du noch ein bisschen. Dann reden wir weiter. Andi, Diego!« Andi schob ihn samt Stuhl über den Estrich, Diego humpelte voran, öffnete die Stahltür zu seinem Verlies.

Als die Tür zufiel, war es stockfinster bis auf die Kontrollleuchte von einem Heizkessel. Mirkos Gedanken rasten. Wer hatte Lucijan umgebracht? Warum? Hatte Lucky wirklich versucht, diese Typen zu erpressen? Nein, er wusste nicht mal ansatzweise, wer da in dem Geschäft drin hing, wer genau was machte. Ihm fiel das große Burgfest vorletztes Jahr in Grünwald ein. Da waren alle dagewesen. Lucijan und er auch – inkognito. Hatte sich jemand im Suff verplappert? Lucijan war seit Langem ein Risikofaktor gewesen. Immer große Klappe, immer Geldsorgen. Auch deswegen hatte Zlatan auf ihn aufpassen sollen. Schöner Mist, sie hatten ihn tatsächlich aus seinem Versteck gelockt. Er überlegte – Putin war keine Bedrohung, Putin wollte ihn nicht umbringen, er brauchte ihn, seine Kontakte, seine Erfahrung.

BISSCHEN MEHR

Dosi und Marlon saßen in einer Bar in der Wörthstraße in Haidhausen. Auf der Brüstung des großen offenen Schaufensters. Keine Cocktails, sondern naturtrübes Kellerbier in Steinkrügen. Es war halb eins. Die Leute flanierten durch die Sommernacht. Alle paar Minuten die erleuchteten Fenster der Trambahn. Marlon hatte ein bisschen von sich erzählt, über seinen beruflichen Werdegang und dass sein Vater ihn immer wieder in besondere Positionen bugsieren wollte, BKA und so, dass er aber mit einem ganz normalen Ermittlerjob zufrieden sei. »Und du?«, fragte er Dosi.

»Ach, ich könnt mir schon noch ein bisschen mehr vorstellen«, meinte die.

Marlon sah Dosi an und lächelte. »Das Zeug dazu hättest du.«

KONDITIONEN

»Ich hab gewusst, du nicht dumm«, sagte Putin, als er am nächsten Morgen einem kooperativen Mirko gegenübersaß. »Du fährst zurück Kärnten, ich rede mit Geschäftsfreunde. Mirko, sagst du deine deutsche Kontakte, dass du nicht arbeitest für sie. Und dass wir machen neues Angebot. Alles bleibt, Konditionen natürlich besser.«

»Besser?«

»Und sicherer. Nix Parlament, das sagt in letzte Moment: njet.«

Mirko nickte. Obwohl er von höchster Stelle wusste, dass der Deal klappen würde. Aber das interessierte ihn im Moment nicht wirklich. Er hatte letzte Nacht ein Gefühl wiederentdeckt, dessen Schärfe er in dieser reinen Form bisher nur im Krieg erfahren hatte: HASS. Klar und beißend wie selbst gebrannter Schnaps. Der machte nicht blind, sondern schärfte den Blick. Klare Grenzen. Schwarz und weiß, keine Zwischenstufen, kein Grau. Das Geschäft war ihm im Moment scheißegal. Er hatte genug Kohle. Er würde neue Geschäfte machen. Waffen werden immer und überall auf der Welt gebraucht. Er lächelte und sagte zu Putin: »Gut. Geschäft bleibt wie immer. Du lässt mich gehen.«

Putin sah ihn ernst an. »Du verschwindest. Nach Hause. Sofort. Polizei ist auf hundertachtzig wegen Schießerei. Meine Leute bringen dich.«

EXOTISCH

Der Einsatz von Maders Team für die Konferenz war vorbei. Die Nachbesprechung der »Weiterbildung« fand in Günthers Büro statt. Selbiger war ausgesprochen guter Laune und bedankte sich überschwänglich für die hervorragende Kooperation: »Ich habe nur Gutes über Sie gehört, Kollegen. Das erfüllt mich mit großem Stolz. Herzlichen Dank! Machen Sie heute etwas eher Schluss, nutzen Sie das schöne Wetter.« Über seine Lippen kamen sogar exotische Worte wie »Freibad« und »Biergarten«.

»Was ist denn mit dem los?«, fragte Hummel hinterher.

»Ist vielleicht zu Höherem berufen«, meinte Zankl und gähnte.

Dosi sagte nichts. Blickte verstohlen zu Marlon. Der war wie immer. Süß.

»Okay, Leute, schönes Wochenende dann allerseits«, sagte Mader und zog sich in sein Büro zurück.

»Haben wir was Falsches gesagt?«, fragte Marlon.

»Ich glaube, diese Regensburg-Geschichte geht ihm an die Nieren«, mutmaßte Dosi. »Er hat ein Jobangebot und weiß nicht so recht, was er machen soll.«

»Dann wird ja seine Stelle frei«, bemerkte Marlon.

Dosi sah ihn erschrocken an. Zankl und Hummel tauschten Blicke.

GEFÖHNT

Andi tigerte in dem engen Hotelzimmer auf und ab. »Was macht der Typ so lange auf dem Scheißhaus?«

»Im Bad«, korrigierte Diego und rieb sich den Hintern. »Zum Glück war des nur ein Streifschuss…«

Andi schloss das Fenster des Hotelzimmers. Der Verkehrslärm von der Schillerstraße verstummte. Jetzt war das Rauschen der Dusche deutlich zu hören. Andi setzte sich neben Diego aufs Bett. Diego popelte in der Nase. Zog ein langes Krusterl heraus und betrachtete es nachdenklich.

Andi ebenfalls. Murmelte: »Giacometti.«

Diego sah ihn blöd an und ließ die Skulptur im Mund verschwinden.

»Prost Mahlzeit«, meinte Andi und stand auf. »Jetzt hat er lang genug geduscht.« Er drückte die Klinke der Badtür. Betrat den Raum. Kein Mirko. Das kleine Oberlicht stand offen. Andi fluchte, machte die Dusche aus, stieg auf den Badewannenrand und steckte den Kopf hinaus. Zehn Meter senkrecht nach unten. Kein Sims, kein Halt. Diego stand in der Badezimmertür. Nur kurz, dann sauste der Föhn auf seinen Hinterkopf, und Mirko stürmte zur Tür raus. Andi drehte sich abrupt um, verlor den Halt und stürzte in die Wanne. Riss dabei den Wasserhahn auf, die Dusche ging an.

AHOI

Gerade legte die Fähre ab, Hummel sah von seinem Notizbuch auf.

»Das war die letzte«, sagte Karla.

»Und wie kommen wir jetzt wieder weg?«

»Schwimmen.«

»Na, servus.«

»Willst du noch mal weg?«

›Na ja, ich bin Polizist, da weiß man nie‹, wollte Hummel schon sagen. Aber das verkniff er sich. Man musste den Teufel ja nicht an die Wand malen. Er würde nachher sein Handy einfach ausschalten. Irgendwann war es ja auch gut. Ungewöhnlich für ihn, an einem Freitagnachmittag schon das Wochenende einzuläuten. Aber er war Günthers Ratschlag gefolgt und um vierzehn Uhr nach Hause gegangen, um zu Karla und Paul rauszufahren, zu ihrem »Zweitwohnsitz«, einem Festcampingplatz auf der Buchau. Die Insel im Staffelsee war mit einer kleinen Motorfähre zu erreichen. Nur ein paar Minuten mit dem Boot, aber meilenweit weg vom Alltag. Beim ersten Bad im See war die ganze hektische Woche aus seinem Kopf gespült worden. Dann hatte er es sich auf der Campingliege im Schatten bequem gemacht und durchs Gebüsch das Glitzern des Wassers betrachtet. Ein bisschen gedöst, nachgedacht. Und ein bisschen geschrieben.

Er starrte auf seine Notizen. Gerade hatte er einen tollen Gedanken gehabt. Nur welchen? Das passierte ihm andauernd. Dass seine Gedanken abschweiften. Und die guten Ideen auf der Strecke blieben. Er blätterte in seinem Notizbuch eine Seite zurück. *Peng!* Das Notizbuch flog samt Ball ins Gebüsch.

»Hey, Paul, spinnst du?«

»Kommst du jetzt endlich!?«, rief Paul.

»Was schreibst du da eigentlich?«, fragte Karla, die sich bereits am Grill zu schaffen machte.

»Ich muss endlich mit meinem Krimi weiterkommen. Meine Agentin hat sich bei mir gemeldet. Warum das so lange dauert.«

»Ja, warum?«

»Weil ich nie Zeit habe. Und die nötige Ruhe.«

»Dann bist du hier genau richtig. Hier lenkt dich keiner ab.«

»Außer Paul.«

Karla sah ihn ernst an.

»Hey, nur Spaß. Ich spiel gleich mit ihm Fußball. Weißt du, das mit dem Schreiben, das meine ich ernst. Ich bräuchte nur ein bisschen mehr Zeit. Aber wenn es klappt, also wenn es richtig gut läuft, dann kann ich mir sogar vorstellen, nur das zu machen.«

»Wieso denn? Du bist doch Beamter!«

Jetzt sah Hummel sie irritiert an.

»Ich mein ja bloß«, sagte Karla und schüttete Holzkohle auf den Grill.

»Stell dir vor, wie viel Zeit ich dann hätte«, versuchte es Hummel. »Dann wär ich den ganzen Tag daheim und könnte für Paul Mittagessen kochen, wenn er von der Schule kommt.« Hummel stockte. Was redete er denn da?

Sie gab ihm einen Kuss.

»Kommst du jetzt endlich?!«, rief Paul wieder.

Hummel legte das Notizbuch beiseite und erhob sich von der Liege. Er sah das goldene Glitzern des Wassers in der Abendsonne, er sah zwei Kinder in grellen Schutzwesten in einem Kanadier vorbeipaddeln, roch die scharfen Grillanzünder. *Camping!* Er! Ein Hauszelt auf einer hölzernen Plattform. Camping war das eigentlich nicht. Eher Schrebergarten oder Reihenhaus. Nachbarn, die rechts und links das Gleiche taten. Den Grill vorbereiten, den Tisch fürs Abendessen decken. Durch die Stoffwände hörte man jedes Wort. Sei's drum.

Er ging durch die dichte Schutzhecke hinaus auf die Wiese. Zwei, drei Kuppelzelte, ein paar Mädchen, die Gummitwist spielten, und Paul, der ein Champions-League-Finale mit sich selbst austrug. Hummel blickte zum Ende der Insel, zur Anlegestelle der Fähre. Er sah über das Schilf und die Bäume in die Berge. Die Alpenkette glühte vor tiefrotem Horizont. Er seufzte gedankenverloren. Nur kurz, dann traf ihn der Ball zielgenau in die Weichteile.

PRINZIPIEN

Mader hatte beschlossen, weiterzumachen, nicht aufzugeben bei seiner eigenen Geschichte. Er war wieder nach Regensburg gefahren. Die Idee ließ ihn nicht los, dass damals jemand von der Polizei beteiligt gewesen war. Irgendjemand war gut informiert gewesen über die Ermittlungen. Eigentlich war jetzt Wochenende, aber das spielte für ihn keine große Rolle. Traurig genug. Er saß alleine im Hotel beim Abendessen und versuchte, sich an dem wunderbaren Seewolf mit Lauchgemüse zu erfreuen. Das Telefonat mit Peter lag ihm noch im Magen. Mader hatte ihn vorhin gefragt, ob er mit seinem Vater sprechen könne, über damals. Peter hatte das vehement abgelehnt. Sein Vater sei dement und habe keine Ahnung mehr, was damals passiert war. Es war zur Auseinandersetzung gekommen. Peter war der festen Meinung, dass man irgendwann mal die Vergangenheit ruhen lassen muss. Das Gespräch hatte etwas Grundsätzliches, fast

Juristisches. Mader ärgerte das zutiefst. Er hasste Prinzipienreiterei. Wobei auch er seine Prinzipien hatte. Und dazu gehörte der Satz: *Mord verjährt nicht.*

VORBILD

Zlatan war zufrieden. Das Sondertraining mit den Jungs war trotz der schwülen Abendhitze super gewesen. Morgen gegen Concordia würden sie die drei Punkte holen und auf den zweiten Tabellenplatz vorrücken. Ganz sicher. Er hatte heute zum Abschluss im Tor mitgespielt, und die Jungs hatten gut draufgehalten. Das waren keine Kinder mehr, die zeigten vollen Körpereinsatz. Er war richtig ins Schwitzen gekommen und hatte nach dem Training für alle Eis und Spezi ausgegeben. Gefiel ihm – Coach sein. Und Vorbild. Jetzt würde er noch schnell auf ein Bier ins *Sixty Lions* gehen. ›Hoffentlich treff ich da nicht diese beiden Leichenwäscher‹, dachte er. Denn sein todsicherer Tipp mit Rostock war ein Schlag ins Wasser gewesen. Dass der Schiedsrichter ausgewechselt wurde, hatte er ja nicht wissen können. Auf nichts mehr war Verlass!

Als Zlatan beim *Sixty Lions* eintraf, waren im Gastraum nur ein paar Stammgäste beim Kartenspielen. Erleichtert stellte er sich an den Tresen und orderte ein Bier. Jetzt fiel ihm das halb volle Bierglas auf. Ohne Besitzer. Im nächsten Moment kam Diego vom Klo. »Eam schaug o!«, entfuhr es Diego. Zlatan drehte sich langsam zur Tür. In der stand bereits der geile Andi: »Ja, eam schaug o …«

SCHWARZER SAMT

Hummel lag auf der Matratze und horchte. Draußen auf der Campingwiese kauerten noch ein paar Städter ums Lagerfeuer und unterhielten sich. Über Boote, Zelte, Goretex, Schlafsäcke bis minus neunzig Grad. Was man so in der Wildnis braucht. Die Nachbarn links saßen noch vor ihrem Zelt und pichelten, die rechts schnarchten bereits lautstark. Hier hörte man wirklich alles. Aber auch die Grillen, die immer noch zirpten, und das Wasser, das sanft ans Ufer schwappte. Gerade war er bei den Toiletten gewesen und hatte in den glitzernden Sternenhimmel gestaunt. Unglaublich! Wie im Traum. Nadelstiche in schwarzem Samt.

Na ja, das Neonlicht, die Spinnweben und die Mücken auf dem Klo waren dann wieder recht realistisch qogewesen.

Plötzlich spürte er Karlas warme Hand an seinem Bauch.

»Hey, psst, Karla.«

»Was denn?«

»Na, deine Hand.«

»Und?«

»Paul schläft nebenan. Hier hört man jeden Ton.«

»Eben. Sei stad!«

TAGTRAUM

»Zefix, Hummel, warum gehst du nicht an dein Handy!«, blaffte Zankl, als Hummel ihn am nächsten Morgen zurückrief.

»Weil ich frei hab.«

»Wo bist du?«

»Am Staffelsee. Nur kein Neid. Ich war schon im Wasser. Es ist Samstagmorgen. Und ich hab frei!«

»Du hattest frei. Wir haben eine neue Leiche. Dieser Zlatan. Erschossen.«

»Echt? Wo?«

»Beim Platz der *Sportfreunde Obergiesing*.«

»Das ist der Verein, in dem Paul spielt!«

»Paul?«

»Der Sohn von Karla, meiner Freundin.«

»Schön. Ja. Du, wir brauchen jeden Mann. Mader ist in Regensburg. Wann kannst du hier sein?«

»In zwei Stunden, schätz ich.«

»Beeil dich.«

Karla kam gerade mit Paul vom Abwasch zurück. Sie sah es ihm an. »Sag's nicht. Du musst arbeiten?«

Hummel nickte. »Ein neuer Fall. Tut mir leid.«

»Es gibt immer einen neuen Fall, nicht wahr?«

»Ich fürchte: ja.«

Als Hummel auf der Zehn-Uhr-Fähre saß, fühlte er sich mies. Ja, es gab immer einen neuen Fall. Wenn er Erfolg hätte mit dem Schreiben, dann gäbe es nur auf dem Papier neue Fälle. Und deren Timing würde er bestimmen. Er könnte zu Hause schreiben, wäre immer da. Oder hier auf der Insel. Auch unter der Woche. Ohne die ganzen Leute.

Schriftstellertagtraum. Seifenblasen.

Die Fähre legte in Seehausen an. Im Biergarten vor dem Wirtshaus saßen schon die ersten Ausflügler und Trachtler vor ihren Bierkrügen. Am liebsten hätte er sich einfach dazugesetzt. Ein Weißbier, ein Paar Weißwürste, eine Breze und ins Gebirge schauen. Tja. Er sah auf die Kirchturmuhr. Wenn er sich beeilte, erwischte er den Zug um halb elf nach München.

SPORTFREUNDE

Zlatan lag zwischen Altglascontainern und seinem Auto ein paar Meter entfernt vom Fußballplatz der *Sportfreunde Obergiesing.* Kleidung komplett durchweicht. In der Nacht hatte es ein heftiges Gewitter gegeben. Gesine untersuchte die Leiche. Auf dem Sportplatz fand gerade ein gut besuchtes Turnier der B-Jugend statt. Für die Polizei interessierten sich im Moment nur ein paar wenige Passanten. Dank der parkenden Autos war nicht wirklich viel zu sehen.

»Die spielen da einfach«, sagte Dosi kopfschüttelnd. »Zankl, wo bleibt der Hummel?«

»Kommt später. Amore.«

»Und Mader?«

»In Regensburg.«

»Auch Amore?«

»Weiß man's? Hast du Marlon Bescheid gegeben?«

»Ja. Wer hat denn Zlatan gefunden?«

»So ein Flaschensammler. Wollte Pfandflaschen aus dem Container fischen. Hat Zlatan Familie?«

»Frau, zwei Kinder. Ich informier sie.«

»Gut.« Er wandte sich an Gesine. »Kannst du schon was sagen?«

»Einschuss in der Stirn. Aus nächster Nähe. Glatter Durchschuss. Eher wenig Schmauchspuren. Vermutlich Schalldämpfer.«

»Eine Hinrichtung. Schalldämpfer benutzt man nicht im Affekt. Das blaue Auge, die Schrammen?«

»Keine Ahnung.«

Ein Motorrad bremste scharf. Feuerrote Ducati 900. Marlon nahm den Helm ab. »Sorry, Leute, ging nicht schneller.«

»Schöne Maschine«, sagte Dosi.

»Man gönnt sich ja sonst nichts. Wo sind Mader und Hummel?«

»Hummel kommt später. Mader ist nicht da.«

Marlon besah sich die Leiche und ließ sich von den anderen auf den aktuellen Stand bringen. »Unser Zlatan«, murmelte er.

»Du kennst ihn?«, fragte Zankl erstaunt.

»Die Fußballwelt ist bunt, aber klein.«

»Kannte er unsere beiden anderen Toten?«

»Nicht unwahrscheinlich.«

»Sollen wir jetzt zum Verein rüber?«, fragte Dosi. »Vielleicht hat der Wirt vom Vereinsheim oder der Platzwart oder jemand anders was gesehen oder gehört.«

Zankl sah zum Platz, wo es hoch herging. Am Spielfeldrand hatten sich ein paar Eltern in der Wolle. »Das soll Hummel später machen, wenn weniger los ist. Der Sohn seiner Freundin spielt hier. Vielleicht kennt er ein paar Leute.«

»Na, das gibt sicher einen Pluspunkt in seiner neuen Beziehung.«

Mader wollte wegen des neuen Mordfalls sofort nach München zurückfahren, aber Zankl hatte ihm das ausgeredet. Klar, Zankl war ehrgeizig, aber konnte er ihm die Leitung des Falls überlassen? Warum eigentlich nicht? Sollte er sich mal in der ersten Reihe beweisen. Zumal er, Mader, derzeit mit seinem Kopf ganz woanders war. Im tiefen Keller seiner Vergangenheit, wo er nach der Wahrheit suchte. Er hatte gestern Abend im Hotel noch lange gegrübelt. Ja, der Fall stank zum Himmel. Man hätte seinen Vater finden müssen. Regensburg war kein Großstadtmoloch, wo man einfach abtauchen konnte, das war eine mittelgroße und recht überschaubare Stadt. Warum hatte die Geldübergabe so reibungslos geklappt? Warum war man den Entführern nicht auf die Spur gekommen? Ein weißer Audi 100. So viele Beamte waren im Einsatz gewesen. Was, wenn es nicht nur einen Maulwurf gegeben hatte? War unter den Entführern ein Polizist gewesen, der über jeden Schritt der Fahndung genauestens informiert war. Musste sein Vater sterben, weil er ihn erkannt hatte?

Ihn wunderte es nicht wirklich, dass Peter seine Nachforschungen so heftig ablehnte. Sein Vater war damals schließlich ebenfalls in der erfolglosen Ermittlungsgruppe gewesen. Peters Vater… Mader überlegte, wie Peter damals gewesen war, als das mit der Geiselnahme passierte. Er erinnerte sich gut an diese Zeit. Peter war durch den Wind, unstet. Aber sie waren damals beide fünfzehn, mitten in der Pubertät. Mader sah sich selbst damals – ein verwirrter Teenager. Plötzlich hatte er eine ganz genaue Vorstellung davon, was passiert war. Nicht dass unbedingt Peters Vater daran beteiligt gewesen war, aber doch zumindest ein Kollege aus dem nahen Umfeld. Ein Verbrechen in den Reihen der Polizei. Ob die Ermittlungen jemals in diese Richtung gelaufen waren? Würde er dazu Hinweise in den Akten finden? Gab es interne Ermittlungsakten? Er würde mit den Dienstplänen beginnen.

KRUMME DINGER

Als Dosi und Marlon *Sabrina's Boutique* betraten, dekorierte Sabrina gerade Bikinis mit Stecknadeln an eine Fototapete mit Tropenstrand. Hinter dem Verkaufstresen stritten zwei Mädchen um Modeschmuck. Dosi schnürte es die Kehle zu.

»Kann ich Ihnen helfen?«, fragte Miss Boutique.

»Nein, ich, ja, äh …« Dosi kramte ihren Ausweis hervor. »Wir sind von der Polizei.«

»Oh, was hat Zlatan wieder gemacht? Mit hundert durch die Stadt? Ich hab ihm schon tausend Mal gesagt …«

Dosi schüttelte den Kopf. »Sind Sie Sabrina Doblanovic?«

»Ja? Ist was passiert …?«

»Können wir irgendwo ungestört sprechen?«

Dosi hasste es, schlechte Nachrichten zu überbringen. Marlon hatte damit kein großes Problem. Die junge Frau sank im Hinterzimmer auf dem Stuhl zusammen, als Marlon ihr erzählte, warum sie hier waren. Die Kinder bekamen nichts von der Hiobsbotschaft mit und stritten vorne im Laden munter weiter. Marlon ging sehr professionell mit der Situation um, spendete ein bisschen Trost, stellte ein paar Fragen zu Zlatans Arbeit und Lebensstil, nach Freunden und Feinden, versprach den äußersten Einsatz der Polizei, um das »perfide« Verbrechen aufzuklären. Letzteres fand Dosi dann doch ein bisschen zu dick aufgetragen. Trotzdem bedankte sie sich hinterher bei ihm, dass er diesen Job übernommen hatte.

»Glaubst du, sie weiß wirklich nicht, mit wem ihr Mann Stress hatte?«

»Ich hab keine Ahnung.«

»Eine Ehefrau weiß so was doch. Wenn sie sagt, dass er komisch in letzter Zeit war, wird sie ihn doch gefragt haben, was los ist. Er muss ihr doch was erzählt haben?«

Marlon zuckte mit den Achseln.

»Wir müssen rauskriegen, wie er wirklich sein Geld verdient hat«, sagte Dosi. »Die Boutique wirft sicher nicht viel ab. Kann man mit Sportartikeln gut verdienen?«

»Kommt drauf an. Wenn er genug Kunden im Vereinsgeschäft hatte …«

»So ein Trainergehalt ist nicht sehr hoch, oder?«

»Trainer sind ehrenamtlich. Da gibt's gar nix.«

Marlon kramte den Motorradschlüssel heraus. Dabei fiel ihm der Schlüsselbund runter.

Dosi hob ihn auf, stutzte, sah Marlon scharf an. »Das erklärst du mir jetzt!«

»Was?«

»Das ist der Schlüsselbund von der Doblanovic. Der lag auf dem Tisch, an dem wir gesessen sind.«

Marlon grinste. »Wir schauen uns jetzt mal bei denen daheim um.«

»Hey, du hast sie doch nicht alle!«

»Wenn Zlatan krumme Dinger gedreht hat, dann

checken wir seine Wohnung, bevor seine Frau was verschwinden lässt.«

»Never.«

»Hey, komm. Nur gucken.«

»Ohne Durchsuchungsbeschluss machen wir gar nichts.«

»Mit welchem Argument willst du einen Durchsuchungsbeschluss bekommen? Er ist das Opfer. Wenn wir was über ihn rauskriegen wollen, müssen wir uns seine Wohnung anschauen.«

»Nein. Und überhaupt: Was hättest du gemacht, wenn ich das mit dem Schlüssel nicht mitgekriegt hätte?«

»Dosi, ich hab's gewusst, dass du überkorrekt bist. Ich wollte dich da nicht reinziehen.«

»Dass ich nicht lache.«

»Also gehst du mit?«

»Alleine gehst du jedenfalls nicht. Und wenn wir die Doblanovic einfach gefragt hätten, ob wir uns mal bei ihr zu Hause umschauen dürfen? Nur als Idee?«

»Dosi, hier geht es um Mord. Ein zwielichtiger Typ stirbt, und sein Mausi wird uns gerade erzählen, was er so alles getrieben hat, und sagen: ›Ja, bitte, schaut euch in unserer Wohnung um.‹ Komm, Dosi, wir riskieren einen Blick, und dann sind wir wieder weg.«

»Und wie kriegt sie den Schlüssel wieder?«

»Sie wird ihren Schlüssel ganz zufällig vor ihrem Laden wiederfinden. Hast du seine Adresse?«

Dosi nickte müde. »Cannabichstraße 4. Kolumbusplatz.«

Marlon deutete auf die Ducati. »Leider nur ein Sitz.«

»Ich nehm den 52er-Bus. Wir treffen uns vor der Haustür.«

Dosi ging zum Bus. Ganz geheuer war ihr Marlon immer noch nicht. Der war tatsächlich so ein Schimanski-Typ. Hielt sich nicht gern an Spielregeln. Ja, auch sie hatte den Eindruck, dass Zlatan keine ganz weiße Weste hatte. Aber gut, wenn es der Wahrheitsfindung dient.

ERNSTE SACHE

Hummel traf gerade am Platz der *Sportfreunde Obergiesing* ein. Dort herrschte immer noch reger Betrieb. Ein Motorrad heulte auf und schoss die Straße herunter. Als Hummel die Absperrung erreichte, sah er den schwarzen Fleck im Rinnstein. Blut? Öl? »Erschossen«, hatte Zankl gesagt. ›Wahnsinn‹, dachte Hummel, ›einen Steinwurf entfernt vom Fußballplatz, wo Paul trainiert.‹ Außer dem Fleck deutete nichts mehr auf ein Verbrechen hin. Innerhalb der Absperrung stand der Wagen von Zlatan. Die KTU würde ihn sicher bald abholen. Hummel war öfters mit Paul hier vorbeigekommen auf dem Weg zur Trambahn. Wenn der Täter Zlatan hier aufgelauert hatte, dann vermutlich hinter den Altglascontainern oder im Gebüsch. Vorsichtig bog Hummel die Zweige beiseite. Nichts, außer reichlich Hundekacke. Müll, Kaugummipapiere und Zigarettenfilter hatte die Spurensicherung vermutlich mitgenommen. Aus purer Neugier sah Hummel in das Einwurfloch des Glascontainers. Hatten die anderen sicher schon gemacht. Was war das? Im Braunglas lag ein Kabel. Hummel brach einen Ast von einem Busch ab und fischte es aus dem Container – ein schwarzes Kabel mit einem Adapter für den Zigarettenanzünder im Auto. Er zog aus dem Spender von *Doggi-Loo* an dem

Stoppschild einen schwarzen Plastikbeutel und steckte das Kabel hinein. Dann spähte er in Zlatans Wagen. Sah den kreisrunden Fleck des Saugnapfes an der Frontscheibe.

Hummel ging grübelnd zur Trambahn. Musste er das jetzt Karla erzählen? Dass hier ein Mann erschossen wurde? Der auch noch Trainer in Pauls Verein war. Ja klar musste er das. Heute Abend wollten sie zurück sein. Denn Paul hatte morgen ein Spiel. Aber ob das wirklich stattfand? Noch war laut Zankl niemand offiziell informiert, um wen es sich bei dem Toten handelt. Sonst hätten die sicher das Turnier gleich abgebrochen. Hätten sie das wirklich? Am Spielfeldrand hatte Hummel schon gelernt, dass Fußball nicht einfach ein Sport ist, sondern eine ernste Sache. Wenn nicht gar die ernsteste Sache der Welt. Beim ersten Punktspiel war er schockiert gewesen, wie sich Eltern, Trainer, Schiedsrichter und auch Spieler gegenseitig an die Gurgel gingen. Inzwischen hatte er sich daran gewöhnt.

EHRLICHE ARBEIT

Marlon stand an seiner Ducati vor der Cannabichstraße 4 und rauchte.

»Wartest du schon lang?«, fragte Dosi, die gerade vom Bus kam.

»Geht schon.«

Sie betraten das enge Treppenhaus. Es roch streng nach Bohnerwachs. Sie steigen in den ersten Stock hinauf. Marlon horchte. Dosi gab ihm den Schlüssel. Er sperrte lautlos auf. ›Wie ein Einbrecher‹, dachte Dosi, nicht ohne

Bewunderung. Sie betraten eine teuer und geschmacklich zweifelhaft eingerichtete Wohnung. Größer als gedacht. Viel größer. Offenbar war zur zweiten Wohnung auf diesem Stockwerk durchgebrochen worden. Kitschige Bilder an der Wand, wuchtige Polstermöbel auf lila Auslegware, Dutzende von Fußballpokalen und eine große kroatische Fahne.

Dosi fühlte sich unwohl. Marlon zog seelenruhig Schreibtischschubladen auf und blätterte durch Papiere. Dosi nahm ein Fotoalbum aus dem Regal. Familienbilder, Fußballbilder. Sie stockte. Auf einem der Bilder war Zlatan mit einem jungen Spieler zu sehen. Lucky Djuvic. Arm in Arm. Das war weit mehr als »flüchtig«, wie Zlatan seine Bekanntschaft mit Djuvic bei ihrem Gespräch auf dem Revier bezeichnet hatte. Dosi zeigte Marlon das Bild. Der nickte nachdenklich … und legte den Zeigefinger auf die Lippen. Jetzt hörte sie es: Ein Schlüssel drehte sich im Türschloss.

Marlon zog Dosi an sich und deutete ins angrenzende Zimmer. Sie huschten hinein. Dosi brach der Schweiß aus. Wie sollten sie das erklären? Verdammt noch mal! Marlon schob sie weiter ins Esszimmer und in den Hauswirtschaftsraum. Deutete zur Tür. Dosi verstand nicht. Doch, jetzt sah sie es. Das war keine gewöhnliche Zimmertür. Marlon drehte die zwei Riegelschlösser auf und schob Dosi ins Treppenhaus. Zwei Wohnungen, zwei Eingänge. Leise schloss Marlon die Tür, und sie schlichen sich durchs Treppenhaus nach unten.

»Das war knapp«, stöhnte Dosi, als sie vor der Haustür standen.

Marlon nickte und bot ihr eine Zigarette an.

Sie rauchten.

»Wer war das?«, fragte Dosi.

»Keine Ahnung. Vielleicht die Putzfrau.«

»Jedenfalls steckt in dieser Wohnung zu viel Geld für ehrliche Arbeit. Und das Foto! Lucky und Zlatan waren Kumpels!«

VENEZIA

Mader hatte noch mal die Akten studiert. Jetzt war er sich sicher. Bei dem Verbrechen damals waren Regensburger Beamte involviert gewesen. Aber wie sollte man das nach so vielen Jahren nachweisen? Einsicht in die alten Dienstpläne hatte er noch nicht nehmen können. Kollege Gruber wollte sich darum kümmern. ›Guter Mann‹, dachte Mader. Montagnachmittag wären die Sachen da. Spätestens Dienstag. Mader machte sich Vorwürfe. Er hatte viel zu lange gewartet. Er hätte sich viel eher mit dem Thema befassen müssen. Er holte Bajazzo ab. Der war bester Dinge, denn er hatte beim Pförtner des Präsidiums zwei Wiener und ein Stück Schweinebraten bekommen. Nette Leute hier. Ja, Regensburg war eine Reise wert. Reise – wohlgemerkt. Mehr nicht. Seine Heimat war München!

Mader ging gedankenverloren in Richtung Hotel. »Karli?«

»Äh, ja…?« Er drehte sich um und sah einer großen blonden Frau ins fein geschnittene Gesicht.

»Kennst du mich nicht mehr?«, fragte sie.

»Äh…« Nein, das konnte nicht sein. Oder doch? »Veronika? Veronika Kirchgässler.«

»Veronika stimmt. Aber sonst Meier. Kirchgässler, das

war einmal. In einer anderen Zeit. Was machst du hier? Das ist ja eine Ewigkeit her!«

Wohl wahr, eine Ewigkeit. »Äh, ich bin beruflich hier«, sagte er schließlich. »Und du?«

»Ich lebe hier, also nicht in der Stadt, aber in Beratzhausen. Sag, wie geht es dir?«

»Gut, danke. Und dir?«

»Auch gut. Wollen wir einen Kaffee trinken gehen? Ich hab gerade ein bisschen Zeit.«

»Ich, äh, eigentlich wollte ich zum Hotel, meine Tasche holen und zurück nach …«

»Ach komm, wir gehen ins *Venezia*.«

»Wohin?«

»Sag bloß, das hast du vergessen?«

Natürlich wusste er, was und wo das *Venezia* war. Die Eisdiele, in der sie die Schule geschwänzt hatten, in der sie sich stundenlang an einem Eiskaffee festgehalten hatten, um den Vormittag zu verratschen. Die Eisdiele am Haidplatz. Gab es die wirklich noch? Das *Venezia*. O mei.

BÜROHENGST

»Die Spurensicherung hat alles gecheckt?«, fragte Hummel. »Auch den Flaschencontainer?«

»Natürlich«, sagte Zankl.

»Ich hab noch was gefunden.« Hummel holte den Plastikbeutel mit dem Kabel aus der Tasche und ließ es auf den Konferenztisch rutschen. »Das Kabel könnte von einem Navi sein. War im Braunglas.«

Zankl schüttelte den Kopf. »Mist. Dosi, hast du gecheckt, ob in Zlatans Auto ein Navi war?«

Dosi überlegte. »Ich bin mir nicht sicher. Ja, könnte sein.«

»Als ich da war, war keins drin. Definitiv«, sagte Hummel. »Nur der Abdruck vom Saugnapf an der Windschutzscheibe.«

»Na super. Dann hat jemand das Teil geklaut, als wir weg waren und Hummel noch nicht da war. Sonst wäre das Kabel nicht im Container. Den hatte die Spusi nämlich gecheckt.«

Marlon nahm das Kabel und betrachtete es interessiert.

»Hey!«, sagte Zankl, »nicht anfassen!«

»Oh, sorry.«

Zankl zog Gummihandschuhe an und steckte das Kabel zurück in den Beutel. »Marlon, deine Fingerabdrücke sind im System?«

»Klar.«

»Gut, dann sehen wir mal, wer außer dir und Hummel noch seine Pratzen an dem Kabel hatte. Ob es überhaupt von Zlatan ist. Ihr drei geht jetzt bitte noch zum Verein.«

»Oha, bist du jetzt der Chef hier?«, fragte Dosi.

»Nur, solange Mader nicht da ist.«

»Das will ich hoffen. Und was machst du, während wir arbeiten?«

»Ich schreib den Bericht.«

»Unser toller Bürohengst.«

Zankl schnaubte.

FÜNFTES RAD

Mader saß mit Veronika, seiner Vroni, im Eiscafé *Venezia* am Haidplatz. Zeitsprung. *Way back into time.* Alles genauso wie damals, also fast genauso, ein Tick moderner, freundlichere Farben, besser geschnittene Kleidung und Haare der Passanten, auf der Straße keine Käfer oder Kadetts, sondern Smart, Corsa oder Prius. Aber sonst: der Platz, die Häuser, das Café – wie früher. Veronika hatte beim Ober etwas bestellt, was nicht auf der Karte stand. »Goldei« – eine große Kugel Vanille, die in einem Glas mit Eierlikör und kaltem Kaffee schwamm, mit Sahne oben drauf. Das war damals der Renner. Maders Wangen glühten. Bajazzo war sich nicht sicher, was er von der Aktion hier halten sollte. Er fühlte sich wie das fünfte Rad am Wagen. Dezent drehte er sich weg.

Mader und Veronika redeten und redeten. Dämme brachen. Was in den bald vierzig Jahren alles passiert war, wie es damals gewesen war, in der Schule, im Sommer, am Baggersee, im Freibad. All die Worte, die damals nicht ausgesprochen worden waren, rauschten jetzt wie die Niagarafälle über ihre Lippen. Bajazzo waren es eindeutig zu viele Worte. So kannte er sein Herrchen nicht. Nun gut, bis auf seine Schwärmerei für diese französische Schauspielerin. Aber das war ja nur eine Fantasie, ein cineastischer Tagtraum. Das hingegen war echt! Geflöte und Gesäusel, Gekicher und Geschmunzel. Und das Herumzwirbeln blonder Haare in grazilen Fingern mit rot lackierten Nägeln. *Puh!*

SUPERTYP

Gerade hatte Hummel sich von Marlon und Dosi getrennt. Zu dritt hatten sie die Leute vom Verein befragt. Dosi im Vereinsheim, Marlon und er jeweils in einem Trainerraum. Die Befragten waren sehr kooperativ gewesen. Jeder hatte etwas über Zlatan zu sagen. Auf der nach oben und unten offenen Beliebtheitsskala wurde alles bedient, vor allem die Extreme – zwischen Supertyp und Superarschloch. Zlatan spaltete und hatte definitiv eine Menge Feinde. Im Verein und vermutlich auch sonst im Leben. Dosi und Marlon waren jetzt unterwegs zu Zlatans Witwe, um sie noch mal näher zu befragen. Hummel hatte ebenfalls eine heikle Aufgabe. Allerdings privater Natur. Er musste Karla mitteilen, was passiert war. Hummel sah auf die Uhr. Halb sieben. Jetzt müssten sie bald vom Staffelsee zurück sein. Morgen war das Punktspiel gegen den TSV Ost, da sollte er Paul begleiten. Falls Karla Paul nach dieser Neuigkeit gehen ließ. Das Spiel würde jedenfalls stattfinden. Der Vereinspräsident hatte ihm gesagt, dass es für eine Absage zu spät sei. War ja bereits von Samstag auf Sonntag verschoben worden wegen des heutigen Heimturniers der B-Jugend. Das konnte man den Kids nicht antun. Zlatan hätte das bestimmt genauso gesehen.

LOCKER

»Wir hätten das mit Zlatans Foto ansprechen müssen!«, meinte Dosi vorwurfsvoll zu Marlon.

Der schüttelte den Kopf. »Und, was hättest du gesagt, wo wir es herhaben? Ich weiß, du findest das nicht so super. Aber sieh mal, jetzt wissen wir was, was wir sonst vermutlich nicht so schnell rausgekriegt hätten. Die beiden waren eng. Jetzt bin ich gespannt, was seine Frau dazu meint. Wenn wir das wissen, sprechen wir mit den anderen.«

»Willst du ihr das Bild unter die Nase halten?«

»Klar.«

Dosi schüttelte den Kopf.

»Hey, jetzt mach dich mal locker, Dosi. Ich wollte dich eh schon längst mal fragen: Hast du heute Abend was vor?«

»Spinnst du jetzt?«

»Na, hinterher. Nach unserem Hausbesuch bei Frau Doblanovic. Nur auf ein Bier?«

Sie sah ihn erstaunt an.

»Oder hat dein Verlobter was dagegen?«

»Marlon, deine Scheißselbstsicherheit geht mir echt auf den Zeiger.«

PARADIES

Der Portier im Hotel war so freundlich gewesen, Bajazzo zu übernehmen. Was Bajazzo durchaus gelegen kam, denn das Gebalze seines Herrchens nervte außerordentlich. Was gefiel Mader an der aufgetakelten Tussi? Vielleicht projizierte er seine französische Traumfrau in diese Regensburgerin? Maximal die Haarfarbe passte. Bahnte sich da was an? Was Ernstes? Was, wenn sie keine Hunde mochte? Solche Gedanken gingen Bajazzo durch den Kopf, als er unter dem Empfangstresen im Hotel vor sich hin döste. Mader hatte vorhin seine Tasche wieder in sein noch freies Zimmer hochgebracht und kurz darauf, in eine Wolke Rasierwasser gehüllt, das Hotel verlassen. ›So ein Gockel‹, dachte Bajazzo und gähnte herzhaft.

Mader war kein Gockel. Nur froh und beschwingt. Hier im *Casa Antica*, einem italienischen Lokal in der Regensburger Altstadt, mit seiner Jugendliebe, die sich mehr als passabel gehalten hatte. Ja, klar, ein paar Falten, aber immer noch das bezaubernde Lächeln, das alles und nichts versprach, und die wunderbaren langen blonden Haare. Veronika ging locker für zehn Jahre jünger durch. Mader gefiel, was er sah. Sehr sogar. Und ihr ging es offenbar genauso. Er hatte die letzten Jahre kaum auf sein Äußeres geachtet. Aber egal, jetzt war er im Paradies. Also, in einer klischeehaften Vorstellung davon: Kerzen, beschlagene Weingläser, die kühle Luft von der Gasse. Und zwei türkisblaue Augen, in die er sich einfach hineinfallen lassen wollte.

GANZ ENG

»Respekt!«, murmelte Dosi, als sie nach dem Hausbesuch bei Zlatans Witwe auf dem Heimweg war. Sie ging zu Fuß den Giesinger Berg hinauf. Wie Marlon vorhin das Gespräch zwischen einfühlsam und eiskalt geführt hatte, nicht schlecht! Wie er vor dem Wohnzimmerregal gestanden war, hineingegriffen und sich mit dem Foto in der Hand umgedreht hatte: »Ihr Mann und Lucky Djuvic! Interessant. Ein Familienfoto? Woher kennen Sie Djuvic?« Ihre Antwort: »Ich kenne nicht alle Freunde meines Mannes«, hatte er nicht gelten lassen, sondern nachgelegt: »Djuvic ist ebenfalls tot, wie Sie sicher wissen.« Als sie weinend auf dem Sofa zusammengesunken war, hatte er wieder den fürsorglichen Ton angeschlagen: »Frau Doblanovic, Sie sagen uns, was Ihr Mann so getrieben hat, und wir versprechen Ihnen, dass wir den Mörder Ihres Mannes finden. War er eng befreundet mit Lucky?«

»Lucijan, er nannte ihn Lucijan. Ja, das war mal ganz eng.«

»Aber?«

»Lucijan war ein schwieriger Mensch. Hatte immer Ärger. Wegen Geld, Frauen, Fußball. Zlatan hat sich um ihn gekümmert.«

»Warum?«

»Lucijan hatte einen älteren Bruder. Mirko. Mit dem war Zlatan zusammen im Krieg, damals auf dem Balkan. Zlatan hat ihm versprochen, dass er auf Lucijan aufpasst. Als Lucijan nach München kam, hat Zlatan ihm geholfen mit Wohnung und Job. Auch das mit dem Verein hat er geregelt. Dann hat sich Lucijan nicht mehr bei uns gemeldet. Ich weiß nicht, ob Zlatan noch mit ihm in Kontakt war.«

»Und der Bruder von Lucijan?«

»Ist tot. Bei einem Hausbrand in Augsburg.«

»Was wissen Sie über Zlatans Geschäfte?«

»Er hat mit Sportartikeln gehandelt.«

»Sportwetten, Aufputschmittel?«

»Nein, Zlatan war ein Ehrenmann.«

»Sabrina, davon zahlen Sie keine große Wohnung und eine Boutique. Er wird Ihnen doch was über seine Geschäfte erzählt haben! Wir brauchen Namen!«

Frau Doblanovic hatte den Kopf geschüttelt und sich an denselbigen getippt. »Ist alles hier drin, hat Zlatan immer gesagt.«

›War alles drin‹, dachte Dosi jetzt. Sie hatte die Heilig-Kreuz-Kirche erreicht. Marlons Einladung auf ein Bier hatte sie ausgeschlagen. Vielleicht etwas zu schroff. Was soll's. Marlon … Die Bar in der Wörthstraße. Das war ein richtig schöner Abend gewesen. Jetzt begannen die Glocken zu läuten. ›Hoffentlich ist Fränki nicht sauer, dass ich so spät komm. Und hoffentlich hat er was gekocht!‹

KASSENSTURZ

Hummel war allein zu Hause. Karla war sauer. Zu Unrecht, wie er fand. Zu seinem Job gehörten nun mal die Schattenseiten des Lebens – mehr noch: Sie waren die Grundlage seiner Arbeit. Er arbeitete in der Mordkommission, nicht bei *Wüstenrot*! Irgendwie machte sie ihn mitverantwortlich dafür, was bei den Sportfreunden Obergiesing gestern Nacht passiert war. Das war doch lächerlich. Klar, sie hatte Angst um Paul. Zumindest hatte sie ihm erlaubt, Paul morgen zum Spiel zu bringen. »Polizeischutz«, hatte er scherzhaft gemeint. Was sie überhaupt nicht komisch fand. Aber auch ihn kostete es durchaus Überwindung, sonntags um halb acht aus dem Bett zu springen. Jetzt musste er nur hoffen, dass nicht wieder etwas Dienstliches dazwischenkam, sonst wäre der Ofen aus. Den heutigen Abend musste er jedenfalls alleine verbringen. Aber so schlecht war das auch wieder nicht. Mal wieder Kassensturz machen, Bilanz ziehen. Er hatte sich an der Tankstelle mit Chips und Bier eingedeckt. Jetzt saß er in der Küche, hatte eine CD von Jimmy Ruffin aufgelegt, das erste Bier aufgemacht und sich eine Zigarette angesteckt. Durch das offene Fenster drangen Abendkühle und das leise Rauschen der Bäume im Hinterhof herein.

Liebes Tagebuch,

passt das alles zu mir? Ich weiß es nicht. Ach, Beate … Ich war so nah dran gewesen. Vielleicht hätte ich sie einfach fragen sollen, ob sie mich heiraten will? Aber was, wenn sie »nein« gesagt hätte? Und was, wenn sie »ja« gesagt hätte? Wäre sie jetzt schwanger, und wir würden uns eine überteuerte Wohnung im Münchner Speckgürtel suchen? Mit Gartenanteil? Oder Reihenhauswahnsinn mit netten Nachbarn – brrr.

Liebes Tagebuch, genug des Jammerns. Das nervt mich selbst am meisten. Habe ich schon mal einen freien Abend, will ich den auch nutzen: ein Bier, eine Zigarette, gute Musik, Stift und Papier. Vielmehr brauche ich nicht. No woman, no cry. *Ich werde jetzt noch ein paar Seiten an meinem Krimi schreiben. Und die werd ich dann Frau von Kaltern schicken. Die wird Augen machen!*

PELZIG

Mader erwachte am Sonntagmorgen mit dröhnenden Kopfschmerzen. Er schwitzte wie ein Schwein. War verwirrt. Alles wahr? Nein, er lag allein im Bett. Jetzt sah er die Lippenstiftspuren am Kopfkissen. Also doch. Er spulte den Film zurück. Der Abend in dem italienischen Lokal. *Veronika!* Ihre Lippen, die nach frischen Erdbeeren schmeckten. Noch beim ersten Kuss hatte er sich geschworen, den Geschmack nie zu vergessen. Selbst wenn es nur *Labello* war. Aber jetzt waren die Erdbeeren passé, untergegangen in der muffig-sauren Pelzigkeit seiner Mundhöhle. Er stolperte ins Bad, trank wie ein Verdurstender. Dann fiel ihm Bajazzo ein. Er griff zum Telefon.

»Ja, es wäre schön, wenn Sie den Hund wieder entgegennehmen«, sagte eine junge Frauenstimme höflich. Das »e« von »nehmen« klang wie ein genervtes »ä«.

Mader sah auf die Uhr. Kurz nach acht. Er ließ sich zurück ins Kissen fallen. Noch mal Zusammenschnitt: Sie hatten getrunken und gelacht. Alte Geschichten, Aktuelles, Vronis unglückliche Ehe mit einem Lokalpolitiker, der ständig unterwegs war, ihre Kinder, von denen zwei schon außer Haus waren, ihre Einsamkeit, ihre Sehnsüchte, seine Einsamkeit, seine Sehnsüchte. Und schließlich der erste Kuss. Und dann sie beide hier. Ihre fliederfarbene Unterwäsche unter dem Sommerkleid mit den zarten Mohnblüten, ihr weicher Bauch, ihr großer Busen, an den er sich schmiegte wie ein Schiffbrüchiger. ›Ich möchte zerfließen in ihr‹, hatte er gedacht. Und dann musste er eingeschlafen sein. Erschöpft, zufrieden, willenlos. War das so passiert? Er wusste es nicht. Aber er wünschte es sich. Sein Kopf dröhnte, als wäre dort ein Bautrupp mit Presslufthämmern zugange.

AM LIMIT

Hummel stand am Spielfeldrand und verfolgte mit mäßigem Interesse das Spiel der E-Jugend. Klar, Paul war in Hochform und sah toll aus in seinem Auswärtstrikot mit der 6 auf dem Rücken, aber Hummels Stimmung war gedämpft. Der Anpfiff von Karla steckte ihm noch in den Knochen. Gut, er war erst zehn nach acht bei ihnen eingetroffen. Aber er hatte beim Bäcker noch Schokocroissants geholt. Jaja, für ein gemeinsames Frühstück hätte es eh nicht mehr gereicht, doch es zählte ja auch die gute Absicht. So sah er das zumindest. »Mach dir nichts draus«, hatte Paul gemeint, »Mama ist im Moment emotional ein bisschen am Limit.«

»Wegen mir?«, hatte er gefragt.

»Ach quatsch, du bist noch das geringste Problem.«

Sehr tröstlich. Als sie endlich den Sportplatz erreicht hatten, musste er sich auch noch die mahnenden Worte des Trainers anhören, dass halb neun auch halb neun bedeutet und nicht 8.37 Uhr. ›Toll! Hackt nur alle auf mir rum!‹, hatte er gedacht. Jetzt sah er, wie Paul von rechts außen eine wunderbare Flanke auf den Zehner machte. *TOR!!!* Die frühe Sonne hüpfte wie auf Kommando über die Hausdächer und tauchte den Fußballplatz in warmes Licht. Plötzlich war alles gut. War wirklich alles gut? Von dem toten Trainer hatte keiner ein Wort gesagt. Na ja, was hatte er erwartet? Schweigeminute? Schwarze Armbinden? *TOR!!!* Paul hatte das 2:0 geschossen. *TOR!!!* Hummel riss die Arme hoch.

OMAS PASTINAKE

Zankl hatte alles auf dem Wohnzimmerteppich ausgebreitet. Nicht auszudenken, wenn er etwas vergaß! Sonnenschutzcreme Faktor 30, Popocreme, Windeln *(Happy Öko-Kack)*, Schwimmwindeln (gab's nicht öko), Schwimmring, Schwimmflügel (beide DIN 57223), UV-sicheres Langarmbadeshirt und Sonnenhut (beides Australian Standard), Sandkastensachen (Schaufel, Rechen, Gugelhupf), drei Gläser Babybrei (Omas Pastinake, Kaka bzw. Karotte-Kartoffel, Toscanaturale), eine Trinkflasche aus phtalatfreiem Kunststoff mit abgekochtem Wasser, Heftpflaster, Lätzchen, Feuchttücher, Taschentücher, Badesandalen (auch phtalatfrei), eine Tupperdose (vermutlich nicht phtalatfrei) mit Apfelschnitzen (bio, eh klar).

Puh! Und das waren nur Clarissas Sachen. Schon dafür würde die große Sporttasche nicht reichen. Er brauchte noch die Strandmuschel, die große Decke, ach ja, Clarissas Krabbeldecke und die Liege für Conny. War's das? Er war sich sicher, dass er etwas ganz Entscheidendes vergessen hatte. Wahrscheinlich seine Badehose. Das aktuelle *Kicker*-Heft? Nein. Keine Diskussion. Lieber die neue *Nido*. Er könnte das *Kicker*-Heft ja darin verstecken …

»Meine Güte, wie schaut es denn hier aus?«, fragte Conny verschlafen und im Nachthemd. »Wolltest du nicht Frühstück machen?«

ACHTZEHN

Mader saß jetzt im Regionalexpress nach München und lächelte selig. Draußen zogen die Felder bei Neufahrn vorbei. Bajazzo lag zu seinen Füßen. Maders Kopfweh war verschwunden. Fast. Nur ein letzter süßer Schmerz. Er hatte bei der Dame an der Rezeption zwei Tabletten erhalten und ihr über den Zimmerpreis hinaus ein ordentliches Trinkgeld für Bajazzos Beherbergung gegeben. »Das gebe ich den Kollegen von der Nachtschicht«, hatte die junge Frau gesagt. Wann war Vroni wohl gegangen? Würden sie sich wiedersehen? Aber selbst wenn es bei diesem einem Mal bleiben sollte, es war die Erfüllung gewesen.

Das Einlösen eines Versprechens, das ihm das Leben mit achtzehn gegeben hatte. Mader fühlte sich nicht wie achtzehn, aber bestimmt zwanzig Jahre jünger als Mitte fünfzig. So, als hätte er noch vieles vor sich. Ja, das hatte er auch! Das Leben hielt immer noch Überraschungen parat. Auch für ihn.

AUGENBLICK

Dosi und Fränki liebten sich am späten Vormittag. Wie so oft am Sonntag. Dosi hatte unter der Woche einfach so wenig Zeit und war dann abends oft nur erledigt. Jetzt nicht. Aber sie ertappte sich dabei, dass sie plötzlich an Marlon dachte, sein herbes Gesicht mit dem Dreitagebart. Nur für einen Moment, einen ganz kurzen Augenblick. Dann war sie wieder ganz bei Fränki. Oder bei sich.

ADRENALIN

Marlon bretterte mit seiner Ducati durchs Allgäu. Gas raus vor der Kurve, runterschalten, Motorbremse, Schräglage bis an die Fußrasten, Gas auf, Reifen am Limit. Die Augen hinter dem getönten Visier weit offen, Stirn schweißnass, Gesichtszüge aufgelöst. *Adrenalin!* Auf einer langen Geraden ließ er das Vorderrad steigen, um dann scharf zu bremsen und in eine Parkbucht einzuscheren. Die Bremsen glühten, als er vom Bike stieg. Er hängte den Helm an den Rückspiegel, zündete sich eine Zigarette an und sog den Rauch tief ein. Sah auf das graue Band der Straße. Sonnenwarm. Die Luft über dem Asphalt flirrte.

ALLERHAND

Frau von Kaltern war mehr als verblüfft, als sie nach dem späten Sonntagsfrühstück den Rechner hochfuhr und Hummels Mail in ihrem Postfach fand. »Allerhand, dieser Hummel! Kaum hört man ein paar Wochen nichts von ihm, schon taucht er wieder auf. Der Burschi!« Sie öffnete das angehängte *Word*-Dokument. »Ah, diese Bayerwaldgeschichte. Da bin ich mal gespannt. Das hatte sich doch ganz vielversprechend angelassen …« Sie holte sich eine Tasse schwarzen Kaffee und steckte sich eine Zigarette an. Dann begann sie zu lesen.

Für Recht und Ordnung in dem kleinen Dorf Peinting bei Grafenau war Polizeimeister Brandner zuständig. Heute hatte er einen Spezialauftrag: Die Ehefrauen des Bürgermeisters Pramminger und des Großbauern Hublsteiner hatten ihn gestern angerufen, weil sie ihre Männer vermissten. Die zwei reichsten Bauern in der Gegend. Brandner vermutete, dass die beiden irgendwo in der Bordellszene des Grenzlands versumpft waren. Doch das Telefonat mit den tschechischen Kollegen hatte nichts ergeben. Jetzt hatte er ein ungutes Gefühl. Denn hier auf dem Land verschwindet man nicht einfach so. Zwei Personen schon dreimal nicht.

Brandner kurvte mit dem alten Dienst-Golf durch die Gegend und hielt die Augen offen. Er wollte schon zu seiner Dienststelle zurückkehren, als er doch noch Hublsteiners Mercedes entdeckte. Am Straßenrand in einer Parkbucht. Brandner stellte sich neben den Mercedes und stieg aus, streckte die Glieder. Dann ging er ein paar Meter in den Wald hinein, um zu biseln.

Frau von Kaltern stöhnte und schob den Kaffee weg.

Als sein goldener Strahl dampfend ins Gebüsch schoss, sagte Brandner: »Ja, was hamma denn da?!« Fasziniert betrachtete er die Gruppe stattlicher Steinpilze, jetzt leider frisch geduscht. »Mei, schad«, murmelte er und stapfte tiefer in den Wald hinein. Heute war offenbar sein Glückstag, denn er sah immer wieder Steinpilze am Wegesrand, sodass seine Mütze bald nicht mehr reichte, um die Pilze zu beherbergen. Er stopfte sich die Jackentaschen voll und setzte seinen Weg fort. Bis zu einer Lichtung. Der Bodennebel schwebte noch über dem langen Gras, mystisch erhellt vom kalten Glanz der Morgensonne.

»Eigentlich ganz stimmungsvoll«, sagte Frau von Kaltern. »Ich sehe es direkt vor mir. Suspense!« Sie zündete sich eine neue Gauloise an und inhalierte tief.

Am Rand der Lichtung stand ein Jägersitz. Brandner ging hinüber und sah sich um. Ein Tropfen fiel auf sein Haar. Er sah in den Himmel. Keine Wolke. Noch ein Tropfen. Diesmal auf die Wange. Als er ihn wegwischte, sah er, dass der Regen rot war. Entsetzt blickte er zum Hochsitz hinauf. Trat einen Schritt zur Seite. Sein Schuh quatschte. Der Boden war vollgesogen wie ein Schwamm. Brandner brauchte nicht viel Fantasie, um sich vorzustellen, was das war.

BLUT.

Brandner stieg die Leiter hoch. Auf dem Hochsitz fand er den Pramminger. Der saß lässig zurückgelehnt auf der Bank, ein kühler Zug im erstaunten Gesicht. Der hintere Teil seines Kopfes fehlte. Den hatte ihm jemand mit einer großkalibrigen Flinte weggeknallt. Pramminger letzte Gedanken kleb-

ten am Stamm der nächsten Fichte. Eintopf für einen Fliegenschwarm und ein Bataillon Ameisen.

»Wunderbar! Hummel, Sie können es ja!«, jubelte Gerlinde von Kaltern und zerdrückte hektisch ihre Kippe in dem großen *Doornkaat*-Porzellanaschenbecher. Sie stürzte den inzwischen kalten Kaffee herunter.

Woher mochte der Schuss gekommen sein? Brandner blickte hinab auf die Lichtung, wo sich allmählich der Nebel auflöste. Jetzt sah er auch den zweiten Vermissten, den Hublsteiner, dahingestreckt im grünen Moos.

»Also, a Jagdunfall is des ned«, kombinierte Brandner und griff zum Handy, um bei seinem Chef Verstärkung anzufordern.

Dann zündete er sich auf den Schreck erst mal eine Zigarette an. Pramminger tolerierte das mit gedankenverlorenem Blick. Brandner sah wieder auf die Lichtung hinab. Im Gras blitzte etwas. Er stieg vom Hochsitz und ging zu dem Baumstumpf am Ende der Lichtung. Dort lag eine Patronenhülse. Großes Kaliber. Er war schon versucht, sie einzustecken, nein, er war hier nicht der ermittelnde Beamte! Sein Chef informierte bestimmt die Leute von der Straubinger Mordkommission. Und die brachten sicher gleich die Spurensicherung mit. Mordkommission – das würde ihn auch mal reizen. So eine richtige Mordermittlung mit Täterprofil und so. Vielleicht bot der Polizeidienst doch noch eine Perspektive für ihn? Lohnte sich das? Sein Mindesthaltbarkeitsdatum war ja schon fast erreicht.

Gerlinde von Kaltern nickte zustimmend. »Sehr gut, ein bisschen Psychologie, Midlife-Crisis, Frust. Die Leute mögen diese runtergerockten Typen, Zweifler, Loser. Der Typ muss natürlich Alkoholiker sein und zu Hause traurige Musik hören. Bob Dylan. Oder Leonard Cohen. Mindestens. Wobei – dieser Brandner ist doch kein Intellektueller. Dann eben die Stones. Und für Drogen ist der Brandner auch schon zu alt. Oder?« Nachdenklich goss sich Gerlinde von Kaltern den ersten Cognac des Tages ein, entflammte eine neue Zigarette.

Schon bald kam Brandners Chef Dietmar Gerber mit zwei Streifenpolizisten den Waldweg entlang. Gerber hielt seine Mütze in der Hand und zeigte Brandner strahlend seine Beute: »Steinpilze, direkt beim Parkplatz vorne. Und noch feucht vom Morgentau.«

Brandner deutete zu den beiden Leichen. »Der Pramminger sitzt da oben, und der Hublsteiner liegt da hinten. Hingerichtet. Großkalibrige Waffe. Da drüben bei dem Baumstamm liegt eine Geschosshülse.«

»Sie haben nichts angefasst!«

»Natürlich nicht.«

»Gut. Die Kollegen aus Straubing sind in einer Stunde hier. Schauen wir uns schon mal um.« Gerber stiefelte los durchs kniehohe Gras, den Blick starr auf den Boden gerichtet. Plötzlich stutzte er. Zwischen den Halmen schimmerte ein schwarzer Gegenstand. Er zog die Latexhandschuhe an und griff vorsichtig nach dem Fundstück. Eine Pistole. Mit spitzen Fingern hob er sie hoch. Ungeschickt. Sie entglitt ihm, und er griff zu. Ein lauter Knall! Brandner und die beiden anderen Polizisten warfen sich zu Boden. »I shoot you, dirty Motherfuggas!!!«, gellte eine verzerrte Stimme. Brandner hob den Kopf und sah in Gerbers bleiches Gesicht. Eine Spielzeugwaffe mit einem Soundchip. Gerber grinste dämlich,

dann drückte er noch mal ab. »Bumm! I shoot you, dirty Motherfuggas!!!« Die beiden Streifenpolizisten duckten sich wieder ins Gras.

»Interessant«, meinte Gerber.

Er steckte die Waffe in einen Plastikbeutel und reichte ihn Brandner. »Sichern Sie das für die Straubinger.«

»Ja, vielleicht ist das die Tatwaffe«, meinte Brandner ergeben.

»Wir müssen jeder noch so kleinen Spur nachgehen!« Gerber suchte weiter den Boden ab. »Mit dem Äußersten rechnen, in das Gehirn des Täters hineinkriechen, seine Gedanken lesen, sie voraussehen …«

»Ach komm, Hummel. Du verarschst mich!«, zischte Gerlinde von Kaltern. »Oder wahrscheinlich schlimmer noch: Du meinst das ernst! Oh, Mann, Hummel, so wird das nie was.« Sie tröstete sich mit einem Doppelten.

HART UND TROCKEN

Hummels Sonntag hatte sich zwiespältig weiterentwickelt. Achterbahnfahrt der Emotionen. In Hochstimmung hatte er mit Paul den Kantersieg von 6:1 mit zwei Toren und einer Vorlage von Paul gefeiert. Im Vereinsheim des TSV Ost bei Pommes und Spezi. Pauls Redefluss war gar nicht zu stoppen gewesen. Jeder Spielzug wurde noch mal aus allen Blickwinkeln dargestellt. Es war halb zwei, als sie bestens gelaunt bei Karla aufkreuzten. Die leider etwas angespannt war. Der Schweinebraten, den sie zur Feier des Tages zubereitet hatte, war hart und trocken, die Knödel waren im Wasser zerfallen. Bedrückt hatte Hummel sein Handy rausgezogen und gesehen, dass er es heute Morgen gar nicht eingeschaltet hatte. Acht vergebliche Anrufe von Karla. Der erste schon um zwei nach acht. Die anderen ab zwölf Uhr im Zehn-Minuten-Takt. Hatten sie für Mittag wirklich was vereinbart? Er konnte sich nicht erinnern. Hatte Karla sie überraschen wollen? Das war ihr zweifellos gelungen. Aber das alles war nicht so schlimm wie der letzte Satz, den sie ihm mit auf den Weg gegeben hatte: »Auf dich kann man sich einfach nicht verlassen!«

Wenn man sich auf diesem Planeten auf jemanden verlassen konnte, dann auf ihn! Hummel war wie benommen von Karlas Haus direkt an die Isar marschiert, hatte keinen Blick gehabt für ihre sommerliche Schönheit, war einfach losgelaufen. Der Vorwurf hatte ihn bis ins Mark getroffen. Wie konnte sie einen blöden Schweinebraten so wichtig nehmen?

Verärgert war er die Isar entlanggestapft, hatte große Kiesel in die rauschende Welle unterhalb des Maximilianeums geworfen, war am Heimweg spontan im Hofbräukellergarten eingekehrt, um bei einer Maß Bier und einer Breze über die Zukunftsfähigkeit seiner Beziehung mit Karla nachzudenken. Bei der zweiten Maß waren seine Gedanken bereits etwas abgeschweift. Bei der dritten waren sie auf ein Nebengleis geraten. Aber einem kreativen! Das Bier hatte sein poetisches Feuer geweckt, weshalb er die Gunst der Stunde nutzen wollte, um an seinem Krimi weiterzuschreiben. Als er nach Hause kam, hatte er blöderweise noch seine Mails gecheckt. Und fand Frau von Kalterns vernichtendes Urteil vor. Tja, als ob es noch nicht genug wäre, wenn Karla ihn frustrierte. Aber dank seines fortgeschrittenen Bierkonsums war Hummel bereits im Scheißegalmodus. Streng genommen war ja alles immer nur Ansichtssache. Ja, klar! Vielleicht hatte er Frau von Kalterns Urteil beim ersten Lesen falsch verstanden. »Implosion der Logik und des Geschmacks.« Sie war ja immer so ironisch und furztrocken. Er las die Mail noch mal und verstand sie jetzt richtig: als Lob seines Magischen Realismus! Alles gut. Der Tag wurde doch noch sein Freund. Erleichtert teilte er das seinem Tagebuch mit, nicht ohne vorher noch eine Flasche Bier zu köpfen.

EINMANNARMEE

Mirko lag auf dem Bett im Zimmer einer billigen Pension am Pasinger Marienplatz. Gegen einen kleinen Aufpreis hatte der Portier auf die Vorlage eines Ausweises verzichtet. Mirko war zufrieden, fühlte sich lebendig wie lange nicht mehr. Kein Abwarten, kein Überlegen, pure Aktion. Er hatte nicht damit gerechnet, dass es so leicht war, Putins Handlanger loszuwerden. Würden Putin und seine Leute sein Geschäft behindern? Und wenn schon. Im Moment bewegte ihn nur ein Gedanke: Warum musste Lucky sterben? Hatte er das Maul zu weit aufgerissen? Hatte er jemand erpresst? Hatte er Geschäfte gestört? Die Teilnehmer der Südostkonferenz waren keine homogene Gruppe, hatten alle ganz eigene Interessen – politisch-national, wirtschaftlich, persönlich. Aber eins einte sie – alle wollten Waffen kaufen. Innere Sicherheit, pah! Es ging um Macht, das Sichern von Macht. Sonst nichts. Legitim genug. Wer immer für Luckys Tod verantwortlich war, er würde ihnen allen eine Lektion erteilen. Ja, er würde zwei Fliegen mit einer Klappe schlagen:

Er würde Luckys Tod rächen und demonstrieren, wozu schon eine Einmannarmee imstande ist. Wie er selbst aus dieser Nummer herauskam, war ihm egal. Wie konnte er alle auf einem Haufen erwischen? Das Tagungshotel war ein Hochsicherheitstrakt. Er musste es anders versuchen.

EMOTIONAL

Mader fühlte sich wie ein neuer Mensch. Er war zum Entschluss gekommen, dass Zufriedenheit das war, was er am meisten anstrebte. Und zufrieden war er im Moment. Sogar am Montagmorgen auf dem Weg ins Büro. Am Straßenrand sah er einen Autoanhänger mit einer großflächigen Werbung. Eine mehr oder weniger attraktive Frau rekelte sich in Unterwäsche mit einem Glas Sekt auf einem Laken. Werbung für den Eskortservice *Diamant*. »Gönnen Sie sich eine emotionale Luxusreise«, war vor der Handynummer zu lesen. Eine »emotionale Luxusreise« hatte er am Wochenende gemacht. Definitiv. Die Reise hatte seine Sinne, seinen Blick geschärft für die schönen Dinge im Leben. Warum hatte er in den letzten Jahren sein Sexualleben so völlig ausgeblendet? Vielleicht sollte er seiner Umwelt signalisieren, dass er auch ein Mann ist, der Zuwendung braucht. Generell, prinzipiell. Seine große Liebe gehörte eh Catherine, da war die Gefahr von zu großer Nähe bereits im Vorfeld gebannt.

Mader war am Max-Weber-Platz aus der U-Bahn gestiegen. Er wollte zu Fuß in die Stadt laufen. Er ging auf den Landtag zu, links übers Isarhochufer runter zum Kabelsteg beim Müller'schen Volksbad. Das Wasser rauschte über das Wehr, verwandelte das Morgenlicht in einen glitzernden Schleier. Er dachte an den Seidenglanz von Vronis Strumpfbeinen. Er überquerte die Widenmayerstraße an der Ampel beim Mariannenplatz, passierte Sankt Lukas, sah an der Kirchenfassade hoch. Das große runde Glasfenster schien von innen heraus zu glühen. Endlos viele Farben. War ihm noch nie aufgefallen. Weiter durchs Lehel und durch die Unterführung zur Hildegardstraße. Den rauschenden Altstadtring nahm er gar nicht wahr, wohl aber das betörende Blau des Himmels – Vronis Augen – und das kräftige Licht der Morgensonne – ihr Lachen –, das die Hausfassaden strahlen ließ. »Heute machen wir eher Schluss, Bajazzo. Und gehen noch in den Biergarten.«

Bajazzo bellte zustimmend.

Mader sah sich um. Ihm gefiel der wilde Mix des Viertels. Die Hochkultur der *Kammerspiele*, das Bonzige des Hotels *Mandarin Oriental* mit den Luxusautos vor der spiegelnden Glasfront, der bröckelnde Putz der Polizeistation hundert Meter weiter und das noch lautlose Hofbräuhaus mit der unsäglichen Souvenirmeile Orlandostraße. Vogelwild das alles.

Durch eine enge Gasse, deren Namen er sich nie merken konnte, erreichte er den Marienhof.

Als er schließlich bestens gelaunt an seinem Schreibtisch saß, hatte er das Gefühl, bereits eine Menge erlebt, ja sogar etwas geleistet zu haben. Hatte er auch. Er hatte nachgedacht.

Nicht nur Veronika beschäftigte ihn. Nach Jahrzehnten hatte er es gewagt, sich mit dem Schicksal seines Vaters auseinanderzusetzen. Er war endlich über seinen Schatten gesprungen, hatte die alten Akten und Dokumente angesehen. Er holte das Foto seines Vaters aus der

Brieftasche und betrachtete es. Nicht, dass er sich nun sicher war, den Fall aufklären zu können, aber er konnte dem ins Gesicht sehen, was damals passiert war. Und wenn ehemalige Kollegen tatsächlich etwas damit zu tun hatten, dann würde er es herausbekommen. Seine Gedanken wurden jäh unterbrochen. Von Dr. Günther, der unangenehm gut gelaunt sein Büro betrat. »Wo sind denn die Kollegen, mein lieber Mader?«

»Bajazzo ist schon da.«

»Sehr gut. Was gibt es Neues von der Fußballfront?«

»Zankl hat am Wochenende die Ermittlungen geleitet. Ich denke, um neun Uhr sind alle da, dann besprechen wir uns.«

»Sehr gut. Und, wie sieht es mit Regensburg aus? Haben Sie sich endlich entschieden?«

»Sagen Sie, warum wollen Sie mich eigentlich unbedingt loswerden?«

»Loswerden? Ich? Sie? Ich will nur Ihr Bestes. Ich will Ihre Karriere fördern!«

»Aha. Und wer übernimmt dann meinen Posten hier? Zankl? Hummel? Oder Frau Roßmeier?«

»Nein, das geht nicht. Alles sehr gute Leute. Aber wenn einer der drei plötzlich Chef der anderen zwei ist, gibt das nur böses Blut.«

»Also eine externe Lösung?«

»Ich weiß es noch nicht. Was halten Sie eigentlich von Marlon Schimmel?«

Mader sah ihn erstaunt an. »Das ist nicht Ihr Ernst?«

»Also, wie macht er sich?«

»Schimmel ist eher fürs Praktische. Außendienst. Nicht für den Schreibtisch. Außerdem kommt er von der Sitte.«

»Aber mit Gewaltverbrechen haben die es da auch zu tun.«

Mader stöhnte leise. »Bloß weil sein Vater …«

»Sehr schön. Dann sehen wir uns gleich um neun.«

»Depp!«, zischte Mader, als sich die Tür geschlossen hatte. Bajazzo hob den Kopf. »Nicht du!«, sagte Mader und kraulte ihm die Ohren.

13

Die Konferenz mit Dr. Günther verlief angespannt. Zankl kam sich vor, als würde man ihn in der Schule an die Tafel rufen. Und das nach dem katastrophalen Badeausflug gestern, bei dem er die große Sporttasche zu Hause im Treppenhaus stehen gelassen hatte. Was sie natürlich erst auf dem Parkplatz vom *Paradies* am Starnberger See gemerkt hatten. »Kein Thema, ich fahr schnell zurück und hol die Tasche«, hatte er genuschelt und war froh gewesen, als er allein im Auto saß und sich nicht die Gewitterwolken über Connys Kopf ansehen musste.

Dass man ihn jetzt auch noch im Büro rumkommandierte, ging ihm jedenfalls gewaltig auf den Zeiger. Klar, Günther durfte das, selbst wenn er nicht die blasseste Ahnung hatte. Ob das wirklich alles sei, was sie zu Zlatan herausbekommen hätten? – Ja, verdammt noch mal! Sie hatten am Samstag alles Menschenmögliche getan. Na ja, die Routinesachen halt. Routine war schon viel fürs Wochenende. Wie soll man denn investigative Spitzenleistungen bringen, wenn alle im Chillout-Modus waren? Nein, die Witwe hatte nichts wirklich Erhellendes zu Zlatans Umgang oder zum Tathergang beigetragen, und auch die Befragungen auf dem Sportgelände hatten nichts Nennenswertes ergeben. Ja, das Navikabel trug tatsächlich Zlatans Fingerabdrücke. Von dem Navi gab es allerdings keine Spur.

»Zumindest von Zlatans Witwe haben wir noch was«, meinte Dosi. »Da haben wir ein Foto mitgenommen.«

Marlon legte das Foto auf den Tisch. »Das sind Zlatan und Lucky Djuvic. Die beiden waren sehr eng. Frau Doblanovic hat gesagt, dass Zlatan Luckys großem Bruder Mirko versprochen hatte, sich um Lucky zu kümmern. Zlatan und Mirko kannten sich aus dem Bürgerkrieg.«

»Und Mirko handelte mit Waffen«, ergänzte Hummel.

»Dieser Mirko ist doch schon länger tot, oder?«, fragte Günther.

Hummel nickte.

»Na, wunderbar. Also kein Zusammenhang mit dem jetzigen Fall.«

Sie sahen Günther verblüfft an.

»Wenn das alles ist«, meinte Günther, »dann ist das sehr wenig. Effizienz, meine Damen und Herren, das ist es, was hier fehlt!« Dann hielt er ihnen zu allem Überfluss noch einen Vortrag, mit welch beeindruckender Professionalität sein Freund Professor Schimmel sich bei dem Polizeieinsatz wegen der Schießerei beim Hofbräuhaus eingebracht hatte. Als Mader höflich fragte, mit welchem Erfolg, erklärte Günther lächelnd: »Sie dürfen nicht davon ausgehen, dass sich alles sofort klären lässt, da sind im Hintergrund umfangreiche Ermittlungen vonnöten. Die Auswertungen der Videokameras aus U- und S-Bahn laufen noch. Selbst bei einem so straff geführten Einsatz kann man keine unmittelbaren Ergebnisse erwarten. Das wäre unrealistisch.«

»Eben«, sagte Mader ohne jede Ironie und brachte damit die Konversation komplett zum Erliegen.

Das Eintreffen von Gesine sorgte zumindest für ein bisschen frischen Wind bei dieser trüben Veranstaltung. »Ich hab noch nicht alle Untersuchungen abgeschlossen«, begann sie, »aber erst mal das Offensichtliche: Der Schuss auf Zlatan Doblanovic fiel aus sehr kurzer Distanz. Vielleicht mit Schalldämpfer. Nur geringe Schmauchspuren. Die Kugel ist am Hinterkopf wieder ausgetreten. Kaliber unbestimmt, vermutlich was Gängiges. Leider hat die Spurensicherung das Projektil nicht gefunden. Interessant sind vor allem die inneren Werte von Herrn Doblanovic. Wir werden den guten Mann auf einer Sondermülldeponie beisetzen müssen. Da könnte er dann Herrn Djuvic Gesellschaft leisten. Zlatans muskelgestählter Körper ist ebenfalls voller Eiweißpräparate und Dopingsubstanzen, plus Spuren von Koks. Das ist die Innensicht. Die Außensicht: zwei Schussverletzungen am linken Oberarm, Jahre alt. Schnittverletzungen am rechten Oberschenkel, ebenfalls älteren Datums. Operationsnarbe am Meniskus. Die Schussverletzungen haben vielleicht was mit den Tattoo auf seinem Brustkorb zu tun. Die kroatische Fahne. Wie bei Djuvic.«

»Halt, stopp«, schritt Günther ein. »Erzählen Sie mir nichts von einer Osteuropa-Mafia, nur weil die beiden ein nationalistisches Tattoo auf der Brust haben.«

»Nationales«, murmelte Mader.

Günther blitzte ihn an. »Ich möchte nicht, dass hier das Gerücht von einem osteuropäischen Bandenkrieg entsteht. Verstehen Sie? Auf der Konferenz geht es um polizeilichen Wissenstransfer für Osteuropa! Wir haben namhafte Gäste hier. Unter anderem den kroatischen

Innenminister. Marlon, Ihr Vater hat diese Konferenz organisiert. Und da wäre es kontraproduktiv, wenn zwei kroatische ... na, Sie wissen schon ...«

»Wir ermitteln in alle Richtungen«, sagte Mader trotzig.

Günther nickte. »Ja, in alle Richtungen. Tun Sie das. Und wittern Sie nicht gleich einen Bandenkrieg oder verletzten Nationalstolz. Ich muss los. Wiederschaun.«

»Ähem«, räusperte sich Gesine, als Günther zur Tür raus war. »Ich war noch gar nicht fertig. Das Wichtigste kommt noch. Ich hab unter Zlatans Fingernägeln Hautpartikel einer weiteren Person gefunden.« Sie grinste. »Und die sind in unserer Datenbank. Taufrisch sozusagen. Dieter Wallner.«

Alle sahen sie fragend an.

»Auch bekannt als Diego.«

»Jetzt schlägt's aber 13!«, sagte Dosi.

KUNSTVOLL

»So, die Herren, schön, Sie wiederzusehen, Sie kennen ja den Weg.« So begrüßte Zankl Diego und den geilen Andi im Präsidium und deutete zu den Türen der Verhörräume. Andi und Diego trugen ihre Betroffenheitsanzüge. Zankl nahm sich Diego vor, Dosi begleitete Andi in den anderen Raum. Hummel und Marlon verfolgten das Ganze vom dazwischenliegenden Zimmer.

»So, Spezi, weißt du, warum du hier bist?«, begann Dosi.

»Sind wir jetzt per du?«

»Ich schon. Also?«

Der geile Andi schüttelte den Kopf. »Wenn das hier länger dauert, kriegen wir einen Riesenstress. Wir haben eine Leiche für den Waldfriedhof.«

»Woher hast du das blaue Auge?«, fragte Zankl Diego im anderen Raum.

»Hingefallen.«

»Aha. Kennst du Zlatan Doblanovic?«

»Nie gehört.«

»Ganz sicher?«

»Ja.«

Die letzten zwei Fragen und Antworten fielen zeitgleich in beiden Räumen. Im Parallelswing ging es weiter.

»Was hast du gestern Abend gemacht?«

»Ich war mit Andi/Diego unterwegs«, sagte Diego/Andi.

»Wo?«

»Im *Sixty Lions.*«

»Und sonst?«

»Was sonst?«

»Wart ihr die ganze Zeit zusammen?«

»Ja.«

Ende Synchronreden, jetzt gingen die Fäden auseinander. Kein kunstvoll geflochtenes Seil, an dem sie sich nach vorheriger Absprache entlanghangeln konnten.

»Tja, Andi, dann ist mal Schluss mit geil«, sagte Dosi. »Du stehst knietief in der Scheiße.«

Wobei – Zankls Wortwahl fiel durchaus ähnlich aus: »Tja, Diego, dann steckst du jetzt richtig drin. Und dein Kumpel auch. Letzte Nacht wurde Zlatan Doblanovic tot aufgefunden. Und unter Zlatans Fingernägeln befindet sich deine DNA. Was fällt dir dazu ein?«

Diego rutschte nervös auf dem Stuhl herum, trank

einen Schluck Wasser aus dem Pappbecher. »Ja, ich hab ihm eine gewischt. Aber ich hab ihn nicht erschlagen.«

»Du kennst ihn also doch?«

»Ja.«

»Woher?«

»Vom Fußball.«

»Wo hast du ihm eine gewischt?«

»Vorm *Sixty Lions*.«

»Was habt ihr da gemacht?«

»Bier getrunken. Dann kam der Zlatan an, und wir haben gestritten.«

»Warum?«

»Er hatte einen Supertipp. Wir haben einen Haufen Geld gesetzt. Osnabrück gegen Rostock. Und des war voll für den Arsch.«

Zankl grinste. »Die hatten 'nen Schiedsrichterwechsel.«

»Allerdings«, meinte Diego zerknirscht. »Aber ich hab den Zlatan nicht erschlagen. Nur ein paar Watschen rechts und links.«

»Diego, des schaut jetzt gar nicht gut aus für dich und deinen Partner.«

»Der ist nicht mein Partner!«

»Wie, ich denke, ihr arbeitet im selben Unternehmen? Ich frag jetzt meine Kollegin, was der geile Andi so alles ausgeplaudert hat, und dann gucken wir mal, was wir für dich tun können. Du rührst dich nicht vom Fleck!« Zankl stand auf und verließ den Raum.

Als sie die Befragung eine Stunde später beendeten, hatten Andi und Diego genau berichtet, was sie an diesem Abend gemacht hatten. In erstaunlichem Gleichklang, obwohl sie ihnen im getrennten Verhör zahlreiche Fallen gestellt hatten. Zankl war frustriert, machte sich sein Auffrischungslehrgang »Verhörtechniken« doch nicht bezahlt. ›Aber Verdächtige sind ja nicht automatisch Täter‹, tröstete er sich. ›Leider.‹ Kurz und gut: Sie waren sich ziemlich sicher, dass die beiden Zlatan nicht umgelegt hatten.

Marlon war anderer Meinung: »Hey, was wollt ihr, ihr habt die DNA, eine gewalttätige Auseinandersetzung, wir nehmen sie noch mal ordentlich in die Mangel, und dann wissen wir, wo die Tatwaffe ist.«

Das taten sie nicht. Aber sie behielten die beiden Jungs noch im Präsidium, bis sie ihr Alibi im *Sixty Lions* gecheckt hätten.

»Aber diese Typen aus dem Stüberl können sich doch kaum erinnern, was sie morgens gemacht haben, wenn du sie abends fragst«, meinte Marlon. »Die sind doch andauernd blau. Wir lassen die beiden schmoren.«

»Ja, Günther wäre glücklich, wenn wir hier die Kleinganovenlösung anbieten können«, sagte Zankl. »Hauptsache, es sind nicht die Landsleute der wichtigen Politgäste von deinem alten Herrn.«

»Was willst du damit sagen?«, fragte Marlon gereizt.

Jetzt merkten sie, dass Gesine in der Tür stand. »Sagt mal, wann haben sich unsere zwei Jungs mit dem Opfer geprügelt?«

»Um einundzwanzig Uhr«, sagte Dosi.

»Wenn sie ein gutes Alibi nach einundzwanzig Uhr haben, sind sie raus.«

»Sie waren den Rest des Abends im *Sixty Lions*. Es gibt eine Reihe von Zeugen.«

»Man kann den Todeszeitpunkt nicht exakt bestimmen, weil die Leiche in der Nacht im kalten Regen lag. Aber ich weiß zumindest, wann Zlatan definitiv noch gelebt hat. Ich hab den Blutzuckerspiegel des Toten gecheckt. Zlatan war Diabetiker. Er hat sich seinen letzten Schuss Insulin etwa um zweiundzwanzig Uhr gesetzt.«

Mader nickte. »Danke, Dr. Fleischer. Das wird zumindest unsere zwei Verdächtigen freuen.« Er sah in die Runde. »Drei Leichen. Dreimal Leute aus dem Fußballmilieu. Lucky Djuvic, Didi Schosser und jetzt Zlatan Doblanovic. Gibt es da Verbindungen?«

Dosi überlegte. »Das passt irgendwie nicht zusammen: ein Mamabubi, der zu Hause wohnt, und zwei herbe Typen mit Halbweltkontakten. Bei Djuvic und Zlatan könnten irgendwelche Milieugeschichten dahinterstecken, aber bei Schosser …? Marlon, du kennst diesen Berti doch. Ist Eifersucht ein denkbares Motiv? Wegen dieser Lisa?«

»Ich weiß nicht. Berti ist ein Windbeutel, aber kein Killer.«

Mader überlegte kurz, dann gab er klare Anweisungen: »Hummel und Doris, Sie sprechen noch mal mit Zlatans Frau. Prüfen Sie, ob es irgendwelche Verbindungen zwischen den Toten gibt, ob Zlatan auch Schosser kannte. Zankl, Sie klemmen sich hinter die Schosser-Geschichte. Sprechen Sie mit seiner Mutter. Wir wissen noch zu wenig über ihn. Marlon und ich besuchen diesen Berti.«

KLARER KOPF

»Marlon, haben Sie schon mal ein Team geleitet?«, fragte Mader, nachdem sie den Altstadtring verlassen hatten.

»Einmal. Eine Soko nach einem Bordellbrand. War aber nicht so meins.«

»Warum?«

»Der ganze Bürokram. Ich bin lieber auf der Straße.«

Mader grinste.

»Warum lachen Sie?«

»Nur so. Danke für Ihre Offenheit. Erzählen Sie mir was zu diesem Berti Zahnfeld.«

»Berti war mal ein guter Rechtsaußen. Augsburg. Schnell, wendig. Könnte heute sogar in der Bundesliga spielen. Tut er aber nicht.«

»Was ist schiefgelaufen?«

»Er hat's nicht gepackt. Keinen Biss, kein Durchhaltevermögen. Und er zockt. Im Profifußball braucht man einen klaren Kopf. Plötzlich stand Berti ohne Verein da. Ist ein bisschen getingelt, war verletzt, hat wieder gezockt, sich Geld gepumpt, dazu Frauengeschichten. Das ganze Programm. Das war's dann mit der Fußballkarriere.«

»Und heute?«

»Hat offenbar noch die Kurve gekriegt. Regionalliga. Aber mit fünfunddreißig ist selbst da bald Schluss.«

»Was macht man nach der aktiven Zeit?«

»Wenn man gut war, Trainer oder Berater. Wenn man wirklich gut war. Also Bundesliga. Und die richtigen Kontakte hat. Sonst Wirt, Sportartikel oder so.«

»Und er ist kein Typ für ein Verbrechen aus Eifersucht?«

»Würden wir nicht alle extreme Dinge tun, wenn es um die Liebe geht?«

Mader sah ihn erstaunt an. Marlon blickte todernst zurück. Dann mussten beide lachen.

»Sie kennen sich gut aus im Fußballmilieu«, sagte Mader nach einer Weile.

»Milieu trifft es durchaus. Ja, da kenn ich mich ganz gut aus. Ich werde mich mal in der Szene wegen Zlatan umhören.«

»Tun Sie das.«

»Ich würde Doris gerne mitnehmen.«

»Natürlich. Sie kommen gut klar mit ihr?«

»Super, die hat Power.«

»Das können Sie laut sagen. Jetzt hören wir erst mal, was dieser Berti zu sagen hat.«

LEICHT VERDIENT

Dosi war unzufrieden mit dem bisherigen Verlauf des Gesprächs. »Frau Doblanovic, wenn wir den Tod Ihres Mannes aufklären sollen, müssen Sie uns schon helfen. Noch mal: Hatte Zlatan Feinde?«

»Zlatan hatte viele Feinde. Er war ein echter Mann. Aber die Familie war ihm heilig. Er hat sich um alles gekümmert. Die Wohnung, das Geschäft hier, sein Sportartikelvertrieb.«

»Kannte er Didi Schosser?«

»Wer ist das?«

»Ein Fußballer.«

»Ich weiß nicht. Kann sein. Zlatan kennt viele Spieler.«

»Und diesen Stöger?«, fragte jetzt Hummel.

»Stöger. Natürlich! Er hatte mal Ärger mit ihm. Sie wollten beide denselben Spieler vertreten. Einen jungen Kolumbianer. Hat Stöger dann gemacht, und Zlatan war sauer. Er meinte damals: ›Man sieht sich immer zweimal.‹ Da hat Stöger nur gelacht.«

»Also ein ernster Konflikt?«

»Na ja, irgendwann hab ich mitgekriegt, dass Zlatan für Stöger arbeitet.«

»Und das kam Ihnen komisch vor?«

»Ja, aber Zlatan hat es mir erklärt. Das war leicht verdientes Geld. Er musste Stögers Jungs zum Training und zu den Spielen fahren. Ich glaube, der Stöger hatte ein schlechtes Gewissen, weil er Zlatan damals so ausgebootet hat.«

»Ein Geschäftsmann mit schlechtem Gewissen?«

»Und Berti Zahnfeld?«, fragte Dosi jetzt. »Kannte Zlatan den auch?«

»Berti, ja klar. Berti ist ein Spieler. Also nicht nur Fußball, vor allem Poker. Die beiden sind befreundet, also waren befreundet. Berti hat Schulden bei Zlatan. Und zwar ordentlich.«

Das genügte. Dosi griff zum Handy.

GEZOCKT

Berti stand bereits etwas unter Druck. »Hey, komm, Marlon, ich hab euch doch gesagt, dass ich beim Kartenspielen war, als Didi Schosser gestorben ist.«

»Ja, klar, aber wie kommt es, dass wir deine Pokerkollegen nicht so wahnsinnig verlässlich finden?«

»Ihr glaubt doch nicht im Ernst, dass ich den Wichtel wegen Lisa umbringe. Und ausgerechnet auf dem Olympiaturm. Ich steh oben und warte, ob er zufällig vorbeikommt, um die Aussicht zu genießen ...«

Maders Handy klingelte. Er nahm den Anruf an und ging in die Küche.

Kurz darauf war er zurück.

»Kommen wir jetzt zu Zlatan Doblanovic«, meinte Mader. »Sie haben Schulden bei Zlatan.«

»Ja, aber deswegen bring ich ihn doch nicht um!«

»Was haben Sie Freitagnacht gemacht?«

»Gezockt.«

»Mit welchem Geld?«, fragte Marlon.

»A bisserl was geht immer.«

»Sehr originell. Also los: Wo warst du, mit wem, ich will Namen hören.«

WAS OFFIZIELLES

Zankl wunderte sich, als er den Herrn sah, der gerade in den großen Audi vor dem Haus der Schossers stieg. »Herr Stöger?«

»Ach, Herr Zankl. Irgendwas Neues?«

Zankl schüttelte den Kopf und spähte ins Wageninnere. Dort saßen zwei Jugendliche, vertieft in ihre Gameboys. »Und was machen Sie hier?«

»Ich habe mit Frau Schosser gesprochen. Wegen der Beerdigung. Der Verein will etwas Offizielles, eine Geste der Anteilnahme.«

»Warum sprechen die denn nicht direkt mit Frau Schosser?«

»Weil ich Didis Berater bin. Also war. Stimmt das mit Zlatan? Dass er erschossen wurde?«

»Woher wissen Sie das?«

»Der ganze Verein spricht darüber. Eigentlich würde er jetzt meine Jungs zum Training fahren.« Stöger deutete nach hinten ins Auto.

»Er hat für Sie gearbeitet?«

»Ja, kleine Jobs, die Jungs fahren und so. Verdammt, das ist jetzt der dritte Todesfall, oder?«

»Haben Sie eine Ahnung, wer Zlatan schaden wollte, mit wem er Streit hatte?«

»Leider nein. Zlatan war nicht gerade jemand, der Ärger aus dem Weg ging. Sehr emotional. Immer gleich auf zweihundertzehn. Aber sehr zuverlässig und ein klasse Jugendtrainer.«

»Also keine echten Feinde?«

»Ich weiß es nicht. Entschuldigen Sie, Herr Zankl, ich muss jetzt los, ins Training.«

Mit quietschenden Reifen fuhr Stöger davon.

Frau Schosser erwartete Zankl an der Haustür. Zankl atmete tief durch. ›Hallo, ich bin der Typ, der seine Kollegen das letzte Mal nicht angekündigt hat.‹ Nein, natürlich nicht. Sondern: »Hallo, Frau Schosser, mein Name ist Zankl, Kripo, wir haben telefoniert.«

»Sie kennen Herrn Stöger?«, fragte Frau Schosser.

»Ja, er hat uns angerufen, als das Unglück passierte.«

»Es war kein Unglück. Und auch kein Selbstmord, wie die Zeitungen schreiben.«

»Nein, entschuldigen Sie. Sonst wäre ich nicht hier. Und was die Zeitungen schreiben, darauf haben wir leider keinen Einfluss. Herr Stöger hat mit Ihnen über die Beerdigung gesprochen?«

»Ja, auch darüber.«

»Worüber denn noch?«

»Er hat nach Dietrichs Laptop gefragt.«

»Warum das denn?«

»Sein *Outlook*-Kalender, Adressen, Zahlungseingänge. Er macht ja das ganze Geschäftliche, also, er hat es gemacht.«

Zankl runzelte die Stirn. »Tja, wegen dem Laptop muss er wohl uns fragen.«

»Das hab ich ihm auch gesagt. Und was möchten Sie mit mir besprechen?«

»Wir müssen noch mehr über Didi wissen. Was er außer Fußball noch gemacht hat, ob er Freunde hatte, wie das mit dieser Lisa war. Wir suchen immer noch nach dem Motiv, also wir fragen uns, warum ihm jemand schaden wollte …«

EISZEIT

»Sauber, was du für Leute kennst!«, sagte Dosi zu Marlon. Sie hatten sich im Fußballmilieu umgehört: Von IQ 0 bis IQ 150 war alles dabei. Sie waren jetzt auf dem Weg ins Präsidium.

Auf der Tegernseer Landstraße fuhr Marlon plötzlich rechts ran. »Ich geb eins aus«, sagte er und deutete zur Eisdiele.

»Cool«, meinte Dosi. »Ich nehm Erdbeere, Melone, Zitrone und Schoko. In der Waffel.«

Marlon lachte, stieg aus und stellte sich an.

Dosi nieste. Sie griff in die Hosentasche. Kein Tempo. Sah sich im Auto um. Nichts. Sie öffnete das Handschuhfach. Entdeckte dort Taschentücher. Und ein Navi. Der BMW hatte ein eingebautes Navi! War das Gerät für die Ducati? Nein, zu groß. Außerdem war das eine Rennmaschine, da wäre ein Navi oberpeinlich. Dosi hatte einen ganz komischen Gedanken. War das Zlatans Navi? Sie sah zu Marlon. Noch zwei Leute, dann war er dran. Sie drückte auf *ON*, die Software wurde geladen. Sie ging auf

Nach Hause. Warum dauerte das so lange?! Marlon kam zurück zum Wagen. Panisch drückte sie *OFF* und steckte das Gerät zurück ins Handschuhfach. Marlon stieg ein. Sie schnäuzte sich. Die Taschentücher rochen nach Menthol. Marlon schnupperte und sah sie verwundert an. Sie nahm das Eis entgegen. »Das ist ja eine Riesentüte. Wow!«

Auf der Fahrt ins Präsidium konzentrierte sich Dosi ganz auf ihr Eis. Oberflächlich. Sie dachte nach. Was machte das Navi in Marlons Handschuhfach? War es tatsächlich das von Zlatan? Hatte Marlon es sich schnell geholt, bevor sie sich bei Zlatans Wohnung getroffen hatten? Hatte er das Kabel absichtlich angefasst? Weil seine Fingerabdrücke schon dran waren? Aber warum?

Marlon tippte auf einen Kontakt in seinem Handy. Die Freisprecheinrichtung tutete. Dann die AB-Ansage: »Professor Dr. Herrmann Schimmel kann gerade nicht sprechen, bitte hinterlassen Sie nach dem Piep einen Nachruf.«

»Hi, Paps, ich bin's. Du, das mit deinem Navi wird nichts. Ich war beim Händler. Da kriegst du kein Update mehr. Und der Akku ist auch am Ende. Kauf dir ein Neues, kostet nicht die Welt. Wir sehen uns. Tschau.« Er legte auf.

Dosi sah ihn fragend an. »Einmal Sohn, immer Sohn«, sagte Marlon.

Dosi atmete tief durch. »Du tropfst«, sagte Marlon. Jetzt entdeckte Dosi den Erdbeerfleck auf ihrem Shirt. Sie grinste. Und schämte sich für ihr Misstrauen. Ging gar nicht. »Das nächste Eis geb ich aus!«

»Hey, Stöger!«, begrüßte Berti den Spielerberater am Spielfeldrand des FC Pasing. »Wir müssen sprechen.«

»So, müssen wir das?«

»Die Bullen waren bei mir. Marlon und noch einer. Wegen Zlatan. Hast du was damit zu tun?«

»Wie kommst du da drauf? Ich hab jedenfalls keine Schulden bei ihm. Was hast du den Bullen gesagt?«

»Nix. Und ich hab ein Alibi.«

»Schön für dich, Berti.«

»Wer kann das gewesen sein?«

»Keine Ahnung. Zlatan kannte einen Haufen schräger Typen. So endet das.«

»Ich glaub, dass ihn jemand verantwortlich machen wollte für Djuvics Tod.«

»Und wer soll das sein?«

»Mirko. Sein großer Bruder.«

»Du siehst Gespenster. Der Typ ist tot.«

»Von wegen tot. Ich hab ihn getroffen. Auf dem Friedhof. Wie er leibt und lebt. Der Typ ist ein Psycho!«

»Na dann. Hast du Angst?«

»Ja, ich hab Angst. Aber vor allem brauch ich Geld. Ich will Zlatans Job.«

»Deswegen bist du also hier. Welchen Job meinst du?«

»Das Dopingzeugs ist zu heiß im Moment. Aber die Wettgeschichten. Da kenn ich mich aus. Ich mach das Geschäft richtig groß.«

»Weißt du was, Berti? Das war schon als Fußballer dein Problem. Dein Größenwahn. Und dass du keine Eier hast.«

»Wenn ich den Job nicht krieg, pack ich aus. Zlatan hat

mir erzählt, was du so treibst, was er für dich machen musste.«

»Du willst mich erpressen?«

»Ich schlage dir nur ein Geschäft vor.«

»Ich überleg's mir. Und jetzt hau ab.«

»Sandhausen–Wehen. 2:1 im Pokal. Garantiert.«

Stöger holte aus der Hosentasche seine Geldklammer. Zog einen Hunderter raus. »Wenn's stimmt, behältst du die Hälfte vom Gewinn.«

»Wenn nicht?«

»Krieg ich die hundert zurück.«

Berti zögerte kurz, dann nahm er den grünen Schein. »Ist ein Deal. Und das mit dem Job klappt, ja? Du wirst es nicht bereuen!«

»Wir werden sehen.«

AMTSHILFE

»Fußballkarten von Günther?«, fragte Hummel.

»Nein, von Schimmel«, erklärte Zankl. »Als Dankeschön für die Mitarbeit beim Sichern der Konferenz.«

»Ist die jetzt vorbei?«

»Noch nicht ganz. Gemeinsamer Abschluss beim Fußball. Deutschland–Kroatien. Passt doch bestens. Freundschaftsspiel.«

»Und wir sollen uns da um die Sicherheit der hohen Herren kümmern?«

»Nein. Das organisieren die selbst. Wir dürfen Fußball schauen. Hey, Hummel, du kannst Paul mitnehmen. Der wird ausflippen. Richtig gute Plätze. Nicht unterm Dach, sondern ganz unten. Fränki ist auch schon ganz heiß drauf.«

»Geht Dosi mit?«

»Wenn sie nichts anderes vorhat«, sagte Zankl und grinste, denn gerade betrat Dosi mit Marlon das Büro.

»Na, ihr Süßen, alles klar?«, fragte Dosi gut gelaunt.

»Logisch. Und wo kommt ihr jetzt her? Von einem Tatort? Jack the Ripper?« Zankl deutete auf den roten Fleck auf ihrem Shirt.

»Während ihr hier Kaffee trinkt, waren wir an der Front. Wir haben Zlatans Umfeld abgeklopft. Es sieht ganz so aus, dass er tatsächlich mit Dopingsubstanzen gedealt hat.«

»Wer sagt das?«, fragte Zankl.

»Marlon kennt da so Leute.«

»V-Leute«, präzisierte Marlon.

»Verdeckte Ermittler? Von der Sitte?«

»Du hast keine Ahnung, Zankl.«

»Ich hab keine Ahnung, ja? Hast du Magic Papa um Amtshilfe gebeten? Das Innenministerium, das den doofen Münchner Cops mal zeigt, wo's langgeht? Ein paar Spezialinfos, damit der Sohnemann groß rauskommt?«

»Zankl, hör auf!«, zischte Dosi.

Aber Zankl war gerade so richtig in Fahrt: »Weißt du, Marlon, das geht mir echt auf den Sack. Da kommst du von Schwaben-City reingeschneit und machst hier einen auf Schimanskis dicke Hose. Du glaubst wohl, weil dein Herr Papa Staatssekretär ist, kannst du uns erzählen, wie unser Job funktioniert ...«

Bevor Marlon – inzwischen auch mit hochrotem Kopf – antworten konnte, erklang Maders scharfe Stimme: »Zankl, in mein Büro!«

Zankl wurde noch röter. Hatte Mader das alles mit angehört?

Peinliche Stille trat ein.

Zankl trollte sich. Die anderen sagten nichts. Hummel und Dosi starrten angestrengt auf ihre Bildschirme. Marlon verließ das Büro.

»Was hat Zankl denn?«, fragte Dosi.

»Schlechte Laune«, sagte Hummel.

»Wegen Conny?«

»Vielleicht. Er ist ein bisschen dünnhäutig zurzeit. Und er traut Marlon nicht über den Weg.«

»Was soll das heißen?«

»Na, dass er ihm nicht traut.«

»Mann, ihr Typen! Marlon ist halt … anders.«

»Sag mal, kommst du morgen auch mit zum Spiel?«

»Ich hab schon was vor. Ich geh Biken.«

»Zankl sagt, dass Fränki mitkommt …?«

»Ich will auch mal allein sein.« Jetzt bekam Dosi einen roten Kopf.

PALME

Ein Zimmer weiter. Zankl wusste nicht, warum, aber Marlon brachte ihn einfach auf die Palme. Er sah Mader zerknirscht an. »Tut mir leid. Ich mag ihn nicht. Da stimmt was nicht. Sorry, Chef, wir kennen ihn gar nicht, und er weiß alle Interna, faselt was von V-Leuten, und Dosi ist ganz verknallt in ihn.«

»Das ist ihre Privatsache.«

»Ja, aber es trübt ihren Blick.«

Mader blickte nachdenklich aus dem Fenster. »Zankl, zügeln Sie Ihre Emotionen!«

»Ja, mach ich.«

»Tun Sie mir einen Gefallen?«

»Ja, ich entschuldige mich.«

»Gut. Und noch was: Ich muss wieder nach Regensburg. Übernehmen Sie so lange hier die Leitung?«

Zankl sah ihn erstaunt an. »Danke.«

»Und schauen Sie, dass keiner mit den Presseleuten spricht.« Er schob ihm die *Abendzeitung* hin. »Tragisches Ende eines Jugendtrainers« war da zu lesen.

Zankl überflog den Artikel. »Die wissen nix.«

»Geschrieben wird trotzdem. Halten Sie bitte den Ball flach.«

ALTE KOLLEGEN

Am nächsten Tag saß Mader im Archiv des Regensburger Polizeipräsidiums über alte Dienstpläne gebeugt. Alles war fein säuberlich dokumentiert. In dieser Hinsicht waren deutsche Beamte spitze. Mader interessierte sich besonders für eine Person: Peters Vater. Direkter Kollege seines Vaters. Peters Vater war am Tag des Überfalls krank gemeldet. Mader glich die Schichten ab, mit den Zeiten der Geldübergabe, den Anrufen der Geiselnehmer. Stets war er nicht im Dienst. Krankheit oder Urlaub. War das ein Muster? Konnte man das nicht auch bei vielen anderen feststellen? Das war eine große Einheit. Er suchte nur im direkten Umfeld. Mader fand zwei Kollegen mit exakt denselben Abwesenheiten wie Peters Vater. Es war die Kartenrunde, bei der auch sein Vater mitgespielt hatte.

Maders nächste Station war das Grundbuchamt. Er fand schnell heraus, dass alle drei Kollegen seines Vaters in den frühen Achtzigerjahren gebaut hatten. Peters Eltern hatten in Prüfening gebaut, mit Blick auf den Schlossberg. Beste Lage. Der damalige Marktwert der Häuser und die schmalen Polizistengehälter passten überhaupt nicht zusammen. Hätte jemand in diese Richtung gedacht … Oder hatte man es vermieden, in diese Richtung zu ermitteln? Wenn sie die Täter waren, dann waren sie die ganze Zeit bis ins kleinste Detail informiert gewesen, steuerten die Ermittlungen. Aber warum hatten sie dem Geiselaustausch mit seinem Vater zugestimmt? Oder war sein Vater auch in die ganze Sache verstrickt gewesen? War das der Plan B, falls bei dem Überfall etwas schiefging und sie nicht unbehelligt aus der Bank kamen? Dass sein Vater selbst beteiligt gewesen sein könnte, beunruhigte Mader. Andererseits: Warum hatten sie ihn umgebracht? Er musste mit den alten Kollegen seines Vaters sprechen.

Nach ein paar Telefonaten wusste er, dass zwei bereits verstorben waren. Blieb Peters Vater. Der lebte in einem Altersheim in Stadtamhof. Angeblich dement. Peter würde das gar nicht gut finden, was er jetzt vorhatte.

JOHNNY

Auf dem Nachttisch von Mirkos Hotelzimmer stand die Flasche *Johnny Walker Black Label*, die ihm gestern das Einschlafen ermöglicht hatte. *Johnny B Goode*. Es war Mittag, als Mirko aufstand. Er nahm einen großen Schluck Whiskey, schwenkte ihn im Mund, spülte die Zähne und verzog das Gesicht. Er musste raus. Rache! Er musste den Tod seines Bruders sühnen. Irgendwer musste bezahlen, und zwar mit dem Leben. Zlatan war schon tot. Ob Berti jetzt Zlatans Geschäfte weiterführt? Die Amphetamine, Drogen, Wettgeschichten. Nur Bares ist Wahres. Mirko brannte darauf, jemandem wehzutun. Er nahm einen kräftigen Schluck aus der Flasche und steckte die Pistole in die Jackentasche.

WILDROSE

Das Altersheim sah nicht aus wie ein Altersheim, eher wie ein Hotel, ein gehobenes. Mit weitläufigem Park, Donaupromenade und Blick auf die Steinerne Brücke. Mader setzte sich auf eine Bank im Park und wartete. Hatten die Damen und Herren ihren Mittagsschlaf schon beendet? Ein paar Heimbewohner waren bereits beim Lustwandeln. Würde er Peters Vater finden? Er hatte nicht an der Pforte nachgefragt. Nicht, dass jemand Peter informierte. Mader war nicht in Eile, er hatte Lektüre dabei. Keine Zeitung. Neuigkeiten lenkten ihn nur von seiner Vergangenheit ab. Er las einen französischen Roman aus den späten Fünfzigerjahren. *Isabelle* von Jean Forton, eine Stalkergeschichte, die Verführung einer Schülerin. Unkorrekt, hart im Ton. Die karge Sprache und das Fehlen jeglicher Moral waren Mader fremd, faszinierten ihn. Und er hatte ein Faible für Einzelgänger. Er las bedächtig die kühlen Worte, während die Vögelchen fröhlich im Park zwitscherten und er Bajazzo mit der freien Hand hinter den Ohren kraulte. »Das geht fei ned, dass der Hund da auf der Bank sitzt.« Mader blickte auf und sah in das lachende Gesicht einer jungen Pflegerin.

Die Pflegerin fuhr Bajazzo über den Kopf, dann holte

sie eine Packung *American Spirit* aus der Kitteltasche. »Sie auch?«

»Danke nein.«

»Stört es Sie?«

»Nein, gar nicht.«

»In welchem Trakt wohnen Sie?«

»Hinten.«

»Ah, im *Edelweiß*. Da bin ich nie.«

»Sagen Sie, kennen Sie Herrn Nerlinger?«

»Den aus der *Wildrose*?«

»Ja, wir sind verabredet. Haben Sie ihn gesehen?«

»Bestimmt sitzt er unter der großen Linde. Einsamer Mann. Sein Sohn kommt ja so selten.«

»Peter.«

»Ja, ich glaube, so heißt er.« Sie rauchte mit hastigen Zügen und trat dann ihre Kippe im Kies aus. »War nett, Sie kennenzulernen. Dich auch.« Sie strubbelte Bajazzo den Kopf. »Erstaunlich, dass Sie hier wohnen, Sie kommen doch noch gut zurecht, oder?«

»Man sollte rechtzeitig die Weichen stellen.«

Sie zwinkerte ihm zu und eilte zurück zur Arbeit.

Mader stand auf. Botanik war nicht sein Metier, aber der mächtige Baum am östlichen Ende des Parks war nicht zu übersehen. Darunter eine Bank. Daneben ein Rollator. Auf der Bank ein alter Mann. Er ging hinüber. Richtig. Peter als alter Mann. »Herr Nerlinger?«

Der Alte sah ihn unverwandt an, dann fixierte er Mader, ein kurzes Lächeln der Erinnerung. »Andreas?«

»Nein, Andreas ist schon lange tot. Ich bin sein Sohn Karl. Sie erinnern sich?«

Verwirrung in Nerlingers Blick.

Mader lächelte. »Sie wohnen im *Edelweiß*?«

»Nein. Im Haus *Wildrose.*«
»Sie heißen nicht Franz?«
»Nein.«
»Wie heißen Sie?«
»Christian Nerlinger.«
»Ihr Sohn heißt Peter?«
»Ja.«
»Sie sind nicht dement?«
»Wer behauptet das?«
»Ihr Sohn Peter.«

Mader erzählte ihm, warum er hier war. Was er herausgefunden hatte im Fall seines Vaters. Nerlinger hörte sich alles ausdruckslos an. Mader gefiel die Situation nicht.

»Was wollen Sie von mir?«, fragte Nerlinger.

»Die Wahrheit.«

»Warum?«

Auf diese Frage war Mader nicht gefasst. Rache? Sühne? Klarheit? Dann antwortete er: »Ich möchte diese Geschichte abschließen. Für mich persönlich.«

Nerlinger sah ihn durchdringend an. Hinter seinen wasserblauen Augen arbeitete es, eine Flutwelle der Erinnerungen rollte durch die zerklüftete Seelenlandschaft. Aber er schwieg beharrlich.

Mader hielt dem Blick stand und wartete endlose Minuten. Schließlich gab er Nerlinger seine Karte. »Wenn Sie mir etwas zu sagen haben, rufen Sie mich bitte an.« Er stand auf und ging. Bajazzo war unheimlich zumute. Er hatte das emotionale Gewitter gespürt. Auch wenn es nicht ausgebrochen war.

Apathisch begab sich Mader in Richtung Innenstadt. Auf der Steinernen Brücke wachte er auf, hätte sich am liebsten geohrfeigt. Auf seiner Karte stand: Hauptkommissar Karl-Maria Mader, Mordkommission München I. Die Wahrscheinlichkeit, dass Nerlinger ihm jetzt noch etwas erzählte, sank gegen Null. Obwohl, der Mann war im Vollbesitz seiner geistigen Kräfte, der wusste sowieso, was der Sohn seines alten Kollegen Andreas Mader machte. Hatte Peter seinen Vater gewarnt? Oder hatte Peter geglaubt, der simple Hinweis auf die angebliche Demenz seines Vaters würde reichen, um ihn von seinem Vorhaben abzuhalten? Jetzt wollte Mader nur schnell weg. Bahnhof. Nach München.

Peters Anruf erreichte Mader noch am selben Abend. Peter war aufgebracht. Was Mader sich einbildete? Sich ins Pflegeheim einzuschleichen, seinen dementen Vater noch mehr zu verwirren. Mit alten Geschichten, die er nicht richtig einordnen könne. Die Ärzte hätten ihm Beruhigungsmittel geben müssen.

Mader blieb ganz ruhig. »Dein Vater weiß ganz genau, worum es geht. Er war kalt wie ein Fisch.«

»Du hast keine Ahnung von dieser Krankheit.«

»Ich sehe, was in den Leuten vorgeht, mit denen ich spreche. Ich spüre es, wenn etwas auf ihrer Seele lastet.«

»Du bist kein Psychologe. Aber ich bin Anwalt. Und ich verbiete es dir, dich meinem Vater zu nähern!«

»Ist er entmündigt?«

»Karl, ich warne dich!«

»Wovor? Vor der Wahrheit?«

»Vor dir selbst. Hör auf damit! Sonst wirst du es bereuen!«

Mader ging auf die kryptische Drohung nicht ein.

»Hast du mich verstanden?«, hakte Peter nach.

Mader legte auf.

LOSER

Berti saß vor der Glotze. *Snooker.* Aber eher beiläufig. Er war in keinem guten Zustand. Schwer betrunken und vor allem frustriert. Gestern Nacht beim Poker hatte er nach einer kurzen Glückssträhne die großen Einsätze gefahren und war gnadenlos gescheitert. Die gesamte Kohle aus dem Toto war weg. Sandhausen–Wehen. 2:1. Wie vorausgesagt. Er hatte achthundert Euro gewonnen. Und gleich wieder verspielt. Achthundert! Von denen er vierhundert Stöger schuldete. Scheiße! Seine Mitspieler hatten ihn bis auf die Unterhose ausgezogen. Kompletti. Und Lisa war auch weg. Verdammt, er fühlte sich wie der allerletzte Loser.

Es klingelte an der Tür. Er sah auf die Uhr. Halb eins. Wer konnte das sein? Lisa! Er stürmte zur Tür und riss sie auf. *SHIT!* Bevor er sie wieder schließen konnte, hatte Mirko seinen Fuß schon drin. »Na, Klein-Berti, noch im Schlafanzug?«

Berti starrte auf die Waffe in Mirkos Hand und gab die Wohnungstür frei.

»Schön hast du's hier«, sagte Mirko und kickte einen Haufen schmutziger Wäsche auf dem Parkett weg. »Gehen die Geschäfte gut?«

»Welche Geschäfte?«

Mirko grinste und schraubte in aller Seelenruhe den Schalldämpfer auf die Pistole.

Berti fühlte sich keinen Hauch mehr betrunken. Er war in höchster Alarmbereitschaft. Mirko setzte sich aufs Sofa und sah ein bisschen *Snooker* im Fernsehen. Er deutete auf den Couchtisch. »Oh, Geschäft gut, wenn du trinkst Single Malt.«

»Willst du 'nen Schluck?«

Mirko schüttelte den Kopf.

»Ein Bier?«

»Auch kein Bier. Ich will wissen, wer schuld an Tod von Lucijan.«

ZWEIZYLINDER

Zartes Rosa. Feiertagswetter. Mariä Himmelfahrt. Eine einsame Bergstraße. Ein heiseres Röhren zerschnitt die Morgenstille. Die Ducati lag hart in der Kurve. Fußrasten auf Asphalt, Funkenregen. Am Scheitelpunkt der Kurve brüllte der Zweizylinder auf und schoss davon.

Sonorer Kontrapunkt zur giftigen Ducati: Bollern im tiefen Drehzahlbereich. Nicht ganz so rasant, aber in lässiger Eleganz fädelte die Triumph in die S-Kombination. Auf der Geraden ebenfalls Vollgas. Nächste Kurve. Der Blitzer flammte zweimal rot auf. Dosi fluchte. Und grinste. Nummernschild hinten. Trotzdem drosselte sie das Tempo etwas. Nicht dass Kollegen persönlich vor Ort waren. Sei's drum, sie riss das Gas wieder auf, sonst würde sie ihn nie einholen. Einen Kilometer weiter sah sie endlich das rote Bremslicht vor einer Kurve aufflammen. Haarnadel, sie ging tief rein, Reifen kurz vorm Wegschmieren, sie blieb am Gas und schoss aus der Kurve heraus. Adrenalin flutete ihren Körper. Lederkombi schweißnass. Jetzt ging sie vom Gas, ließ die Triumph ausrollen, scherte in den Parkplatz auf der Passhöhe ein. Marlon lehnte an der Ducati und rauchte. Dosi stellte die Triumph ab und zog den Helm herunter. Die Haare klebten ihr an der Stirn.

»Sauber«, sagte Marlon. »Du hast deine Maschine im Griff.«

»Geht schon«, schnaufte sie, »aber gegen deine Rennsemmel hab ich keine Chance.« Sie holte aus ihrem Tankrucksack eine Flasche Mineralwasser und hielt sie Marlon hin.

»Nein danke.« Er zog lieber an seiner Zigarette.

Dosi trank in großen Schlucken.

»Ist dir die Kiste nicht zu schwer?«, fragte Marlon und deutete auf die Triumph.

»In der Ruhe liegt die Kraft. Ich mag überschaubare Technik.«

»Willst du mal probieren?«, fragte er und tippte mit dem Zeigefinger auf den Tank der Ducati.

»Du spinnst.«

»Nein, im Ernst.«

Dosi betrachtete das knallrote Motorrad. »Schon ein geiles Teil.«

»Na, komm!«, forderte Marlon sie auf. »Vollkasko.«

»Okay, wenn du meinst.«

»Pass auf die Kupplung auf, die kommt sehr früh. Der Motor mag am liebsten um die Siebentausend. Vorsicht bei den ersten drei Gängen. Da steigt das Vorderrad, wenn du zu viel Stoff gibst. Bremsen mit Gefühl, die sind giftig.«

Dosi setzte den Helm auf. Sie stieg auf die Ducati, drückte die Zündung. Sie staunte, wie gut sie auf das Motorrad passte, oder besser: *in* das Motorrad. Der Motor wummerte zwischen ihren Oberschenkeln. Krachend rastete der erste Gang ein. »Einmal drüben runter und wieder hoch«, meldete sie sich bei Marlon ab und rollte los. Zuerst gab sie nur vorsichtig Gas, aber nach der dritten Kurve hörte Marlon den Motor fauchen. Er grinste und zündete sich noch eine Zigarette an.

BELOHNUNG

Mader war am späten Vormittag auf dem Weg ins Büro. Trotz Feiertag. Er wollte die Zeit nutzen, um sich auf den Stand zu bringen. Im Treppenhaus fiel ihm ein, dass er den Briefkasten gestern nicht geleert hatte. Das holte er jetzt nach. Ein Brief von den Stadtwerken, einer von der Sparkasse und ein kleiner Umschlag aus festem Karton. Etikett fein säuberlich getippt. Kein Absender. Aber der Umschlag roch, er duftete. Er kannte das Parfüm. *Veronika!* Er wollte den Umschlag schon aufreißen, da wurde ihm klar, dass ihn das für den Rest des Tages aus dem Konzept bringen würde. Er hatte so viel vor. Das sollte die Belohnung für heute Abend sein.

RAUSCH

Zankl war im Präsidium, um die von Günther hinterlegten Karten für das Spiel abzuholen. Als er das Büro betrat, klingelte das Telefon. »Feiertag«, murmelte Zankl. Aber es hörte nicht auf zu klingeln. Er nahm ab und verstellte die Stimme: »Mordkommission München I, bitte sprechen Sie nach dem Signalton. Beeep.«

»Hier, äh, das ist, äh, Berti Zahnfeld, ich ...«

»Ah, Berti, Sie sind's. Hier Frank Zankl. Was gibt's?«

»Ist Marlon da?«

»Leider nein. Was kann ich für Sie tun?«

»Ich, ich bin bedroht worden. Ich äh, alsooo ...«

»Ja? Von wem?«

»Der Bruder vom Lucky, also der Djuvic. Von dem Mikro, äh, der Mirko, also der Djuvic ...«

»Berti, wie viel Bier hatten Sie heute schon? Mirko Djuvic ist tot.«

»Nein, ist er nicht«, lallte Berti. »Er war hier. Er ist in der Stadt.«

Zankl atmete tief durch. »Okay. Und er hat Sie bedroht?«

»Ja, mit einer Pistole. Er glaubt, ich hab was mit Luckys Tod zu tun.«

»Und, haben Sie?«

»Zefix, nein ...«

»Und mit Schossers Tod?«

»Ich hab damit nix zu tun, zefix! Ich ...« Jetzt hörte Zankl gurgelnde Geräusche – Berti übergab sich. Angeekelt hielt Zankl den Hörer weg. Dann horchte er noch mal. »Berti?«

»Chja?«

»Was sollen wir jetzt machen? Sie sind sich sicher, dass es Mirko Djuvic war?«

»Äh, ich, ich, also ...« Wieder übergab er sich.

Zankl wartete kurz, dann sagte er streng: »Berti, jetzt schlafen Sie Ihren Rausch aus, und dann sprechen wir morgen in Ruhe. Kommen Sie vorbei, und wir nehmen das zu Protokoll. Das ist doch eine Idee, oder? ... Hallo?« Berti hatte aufgelegt. Zankl schüttelte den Kopf. »Na super. Der Typ sieht Zombies. Am helllichten Tag besoffen.«

Dosi stellte die Ducati ab, zog Handschuhe und Helm aus und zeigte Marlon ihre zitternden Hände. »Will ich auch!«

Marlon lachte. »Ist geleast. Sauteuer, aber ich hab's keinen Moment bereut. Jetzt fahr ma nach Murnau und suchen uns ein Wirtshaus, was meinst du?«

»Superidee. Weißwürst, Leberkäs … Und Durst hab ich auch.«

»Aber um drei muss ich im Stadion sein.«

»Schon klar.«

»Geh halt mit.«

»Nein, ich mach mir einen ruhigen Nachmittag.«

Diesmal ließ Marlon Dosi den Vortritt. Dosi legte ein scharfes Tempo vor. Sie war auf den Geschmack gekommen, auch wenn die Triumph für die Kurvenhatz nicht wirklich das geeignete Gefährt war. Sie räuberten die Passstraße hinab. Bald stellte Dosi starkes Fading bei ihren Bremsen fest. Nicht verwunderlich nach den vielen Kurven. Sie drosselte das Tempo, Marlon überholte sie und zog davon. Dosi merkte jetzt, dass kaum noch Bremswirkung vorhanden war. Sie versuchte durch Runterschalten und Motorbremse das Tempo zu drosseln. Schlingernd meisterte sie die nächste Kurve. Eine später war Schluss. Es gelang ihr gerade noch, die Triumph in den Bergwald hochzulenken. Das Vorderrad knallte gegen eine knotige Wurzel, Dosi wurde über den Tank geschleudert. Das sich überschlagende Motorrad verfehlte sie nur knapp.

Marlon hatte von all dem nichts mitbekommen. Er bremste kurz hinter dem Ortsschild von Murnau. Wartete. Rauchte. Sah auf die Uhr. Versuchte Dosi per Handy zu erreichen. Dann fuhr er die Bergstrecke zurück. Keine Spur von Dosi. Er wählte noch mal Dosis Nummer. Nur die Mailbox. Er zuckte mit den Schultern und stieg auf sein Bike.

MÄNNERTAG

Das Stadion war bis auf den letzten Platz ausverkauft. Natürlich. Ein Länderspiel an einem Feiertag. Nur Freundschaftsspiel, aber trotzdem spannend. Denn es gab auch bei den Kroaten bestens bekannte Spieler: Mandžukić, Olić, Perišić, Pavlović ... Auf den Großleinwänden wurden die aufgestellten Spieler gezeigt, begleitet von johlenden Gesängen.

Paul schaute fasziniert ins Stadionrund. Hummel auch. Jetzt kamen Zankl und Fränki mit den Getränken und Bratwurstsemmeln. »Ist doch geil, so ein Männertag im Stadion«, sagte Zankl. Hummel lachte über die fachgerechte Einschätzung. Fränki und Zankl grinsten um die Wette.

»Was macht denn Dosi?«, fragte Zankl.

»Ist in der Früh mit dem Motorrad weg«, sagte Fränki, »wollte in die Berge.«

»Wie? Ganz allein?«

»Du fährst nicht Motorrad, oder?«

»Bin ich lebensmüde?«

»Motorradfahren ist eine Lebenseinstellung, Philosophie – eins sein mit der Maschine: Kupplung, Schaltung, Gas, Bremse, Gas. Da brauchst du sonst nix.«

»Hey, Fränki, Fußball ist auch Philosophie.«

Sie prosteten sich zu.

»Und Mader?«, fragte Hummel.

»Dem bin ich im Präsidium in die Arme gelaufen. Hat Nachholbedarf.«

»Na, dann«, sagte Hummel. »Aber Marlon? Wollte der nicht mit?«

»Der sitzt doch bestimmt beim Herrn Papa. Wie Dr. Günther. Drüben auf den Logenplätzen.« Zankl holte ein kleines Fernglas heraus und sah auf die Gegengerade. »Da sind sie ja, die hohen Herren des östlichen Europas. Und sehen gleich mal, wie wir das machen bei Großveranstaltungen. Ui, jetzt schüttelt der Schimmel dem Löw die Hand. Günther auch. Der ist bestimmt total happy in Chichiland. Komisch, dass Marlon nicht da ist. Fußball ist doch seine Welt.«

»Sagt mal, mögt ihr den eigentlich?«, meldete sich jetzt Fränki.

»Also, ich mag ihn nicht. Du, Hummel?«

»Was soll das, Zankl? Marlon ist okay. Wieso fragst du, Fränki?«

»Dosi schwärmt andauernd von ihm. Deshalb.«

Zankl grinste. »Tja, wenn du mich fragst ...«

»Erzähl kein Scheiß!«, würgte ihn Hummel ab. »Mach dir keine Sorgen, Fränki. Marlon ist echt okay, also als Kollege.«

Jubel brandete im Stadion auf. Die Spieler marschierten mit der Kindereskorte ein, nahmen Aufstellung, die Kapitäne schüttelten sich die Hände. Hummel sah noch mal zu Günther rüber. Kein Marlon.

Anpfiff. Der Ball rollt. Stollen reißen den Stadionrasen auf, muskulöse Männerbeine treiben den Ball vor sich her, lassen ihn tanzen, jetzt von Müller mit einem Hackentrick zurück auf Schweinsteiger, links, rechts, nein, durch die Mitte, auf Gomez, der im vollen Lauf die Kugel erwischt und ins Tor drischt. Kreuzeck. Unerreichbar. Tosender Jubel, Seven Nations Army, »GO-MESSS!«, gellt es durchs Stadion.

»So ein geiles Tor!«, jubelte Paul.

Hummel lächelte und suchte wieder mit dem Fernglas die Tribüne gegenüber ab. Jetzt kam Marlon. In Motorradkleidung. In Hummels Kopf machte es *Klick*. Dosi. Hummel stand auf und ging nach oben, wo es etwas stiller war, wählte Dosis Nummer. Nichts. Nur das Band. Er war unruhig. Gestern Abend hatte Dosi ihm noch auf die Mailbox gesprochen. Dass sie mit ihm reden musste. Brauchte sie seinen Rat? Weil sie in Marlon verliebt war? Oder ging es um etwas ganz anderes? Hummel machte sich Vorwürfe. Er hatte Dosi heute Morgen nicht zurückgerufen, hatte es schlichtweg vergessen in seinem Familienfrühstücksglück mit Karla und Paul.

Plötzlich stand Zankl neben ihm. »Hummel, alles klar?«

»Ich erreich Dosi nicht!«

»Fränki sagt doch, dass sie unterwegs ist. Sie kann halt gerade nicht drangehen, weil sie sich von einer Kurve in die andere legt.«

»Marlon ist hier. In Motorradklamotten. Vielleicht waren sie zusammen unterwegs?«

»Meinst du wirklich? Na ja, das wird sie Fränki kaum auf die Nase binden.« Zankl schüttelte den Kopf und grinste. »Unsere Dosi ...«

LE FRISUR

»Und, hab ich zu viel versprochen?«

»Fantastisch! Wie viele sind das?«

»So siebzigtausend.«

»Und 1:0 für Bayern!«

»Das ist die Nationalmannschaft.«

»Wieso? Da sind doch der Lahm, der Müller, der Schweini und der Neuer. Und der Gomez ist auch dabei.«

»Der spielt schon lang nicht mehr bei Bayern. Der ist in Florenz.«

»Aber er sieht immer noch total cool aus.«

»Findest du?«

»Ja, der ist so putzig. Tolle Frisur.«

»Hey, du, muss ich mir Sorgen machen?«

»Oh, schau mal, wer da noch ist. Unser Freund vom Friedhof.«

»Ich hab keinen Freund am Friedhof.«

»Der Depp mit dem kaputten Anzug, der Knierutscher.«

»Echt, der? Wo?«

»Da drüben auf der Tribüne. Mit dem hab ich noch 'ne Rechnung offen. Komm, wir fliegen rüber.«

ZÄHER HUND

Brausender Applaus beim 2:0 durch Müller. Schimmel interessierte das nicht. »Wir haben hier ein ernstes Sicherheitsproblem«, sagte er zu seinem Sohn. »Die Sicherheitsleute haben Mirko auf einem Video vom Eingangsbereich erkannt. Er war schon durch die Absperrung.«

»Mein Stand war, dass Putin ihn hopsgenommen hat.«

»Tja, Putin ist auch nicht mehr der Alte.«

»Mirko ist ein zäher Hund, Nahkampfausbildung und alles.«

»Hab ich auch.«

»Ja, mein Sohn. Und deswegen wirst du dafür sorgen, dass Mirko hier keinen Ärger macht. Wir brauchen ihn für unsere Geschäfte. Aber wir brauchen keinen persönlichen Rachefeldzug wegen seinen Bruders! Du findest ihn und ziehst ihn aus dem Verkehr. Mach ihm klar, dass wir nichts für ihn tun können, wenn ihn die Polizei festnimmt.«

»Und wie soll ich das machen? Wie soll ich ihn finden? Hier sind siebzigtausend Menschen!«

Schimmel tätschelte Marlon die Wange. »Du schaffst das. Mach Papa glücklich.«

REINE ROUTINE

Hummel war zurück auf seinem Platz. »Hey, Paul, gibst du mir mal das Fernglas?«

»Gleich.« Er lachte. »Da haben zwei Vögel einem Typen voll auf den Kopf gekackt.« Er deutete nach drüben und gab Hummel das Fernglas.

»Siehst du ihn?«, fragte Paul. »Den Kackatyp?«

»Nein«, sagte Hummel genervt.

»Da, genau gegenüber.«

Jetzt sah Hummel den Typen, der sich gerade Vogelkacke von der Schulter wischte. Hummel wurde ganz heiß. »Zankl, der Typ da drüben, der sieht aus wie der von dem Foto aus Zlatans Wohnung. Luckys Bruder.«

Zankl schnappte sich das Fernglas. »Tatsache, das ist Mirko! Hummel, ich hab Scheiße gebaut. Berti hat vorhin angerufen, als ich im Präsidium war. Hat erzählt, dass Mirko bei ihm war und ihn bedroht hat.«

»Und was hast du unternommen?«

»Nix, der Typ war so besoffen, dass ich dachte, der fantasiert.«

»Mann, Zankl, du hast sie doch nicht alle!«

»Jetzt red du blöd daher. Ich denk, der Typ ist tot! Und Berti war dermaßen blau.«

»Mannomann. Warum soll er sich denn so was ausdenken?«

»Was weiß ich? Weil er sich wichtig machen will. Was hätte ich denn machen sollen, Hummel?«

»Weiß ich auch nicht. Viel wichtiger: Was machen wir jetzt?« Hummel überlegte kurz, dann wandte er sich an Fränki: »Pass bitte kurz auf Paul auf, wir sind gleich wieder da.«

Fränki sah ihn irritiert an. »Ist was passiert?«

»Nein, wir müssen nur was überprüfen. Reine Routine.«

»Hat es was mit Dosi zu tun?«

»Nein. Pass bitte kurz auf Paul auf, ja?«

Als sie außer Hörweite waren, sagte Zankl: »Der angeblich tote Mirko Djuvic war ein gesuchter Kriegsverbrecher und Waffenhändler. Wahrscheinlich hat er immer noch mit Waffen zu tun. Auf der Konferenz ging es ja um Waffenexporte. Aber was macht er hier?«

»Geschäftlich sah das nicht aus, so in Leder und Jeans.«

»Sein Bruder Lucky ist hier gestorben. Nicht, dass das hier ein Racheakt wird! Wir müssen Günther anrufen.«

»Mirko Djuvic ist im Stadion«, sagte Günther.

»Wer?«, fragte Schimmel.

»Mirko Djuvic. Ein gesuchter Kriegsverbrecher.«

»Woher weißt du das?«

»Woher weißt *du* das?«

»Unsere Spezialisten haben ihn auf einem Überwachungsvideo erkannt.«

»Der Typ aus der U-Bahn. Die Schießerei.«

»Äh, ja, äh, nein, auf einem Video hier am Eingang.«

»Und in der U-Bahn. Wir hatten ein Foto von ihm. Von Zlatans Witwe. Ich hätte ihn wiedererkennen müssen! Also, das ist unser Mann.«

»Ja«, gab Schimmel widerwillig zu.

»Du weißt, dass der Typ lebt und in München ist, und sagst mir nichts!«

»Wir konnten doch nicht wissen, dass er ins Stadion geht.«

»Wer ist *wir*? Das BKA?«

Schimmel nickte. »Mehr kann ich nicht sagen. Das hat alles seine Ordnung.«

»Ordnung? Dass ich nicht lache. Mirko Djuvic ist der Bruder von Lucky Djuvic. Offiziell tot. Und will jetzt seinen Bruder rächen, weil er glaubt, dass es Mord war.«

»Das ist alles kompliziert. Aber meine Leute sind dran.«

»Marlon auch? Arbeitet er für euch?«

»Ja, Marlon arbeitet für uns.«

»Was will Mirko Djuvic hier? Er hat was mit Waffen zu tun, oder?«

»Früher, ja.«

»Früher!« Günther lachte auf. Dann sah er Schimmel ernst an. »Sind die Konferenzteilnehmer in Gefahr?«

Schimmel nickte. »Ja, das ist zu befürchten. Irgendwelche alten Rechnungen aus dem Balkankrieg. Wir müssen ihn finden, ausschalten.«

»Bist du wahnsinnig?«

»Der Typ ist gefährlich. Ein Waffennarr, der kann ein Blutbad anrichten.«

Günther war sprachlos. »Warum habt ihr uns nicht gesagt, dass er in der Stadt ist?«

»Weil das eine geheime Ermittlungssache ist. Der ist eine Nummer zu groß für euch.«

»Zu groß? Für uns depperte kleine Münchner Polizisten?«

»Horst, das ist ein sehr sensibler Fall. Schau dich um. Hier sitzen jede Menge Spitzenbeamte aus Südosteuropa. Weißt du, was diplomatische Verstimmungen sind?«

»Das ist mir scheißegal. Ihr wisst, dass hier in München ein Schwerverbrecher unterwegs ist, und informiert uns nicht. Ich fass es nicht!«

»Ganz ruhig, Horst. Lass uns überlegen, was zu tun ist.«

»Ich lass das Stadion räumen!«

»Auf keinen Fall. Das gibt eine Massenpanik. Und denk an unsere Gäste.«

»Es sind deine Gäste, nicht unsere!«

Schimmel hob den rechten Zeigefinger. »Mach jetzt rein gar nichts. Meine Leute haben Erfahrung mit so etwas.«

Günther sah sich um. Ein tosendes Stadion. 2:1. Anschlusstor durch Mandžukić. Kein Gedanke an einen Attentäter. Was war zu tun? Warum hatte ihm Schimmel nichts von der Sache erzählt? Welche Rolle spielte Marlon in der Geschichte? Günther trat ein paar Meter zur Seite und rief Zankl an.

HAMMERSCHUSS

»Der Schimmel hat Geheimdienstkontakte«, sagte Zankl, als er das Telefonat beendet hatte. »Und sein werter Sohn offenbar auch. Marlon hat uns die ganze Zeit verarscht.«

»Was machen wir jetzt? Was sagt Günther wegen Mirko?«

»Wir sollen rausfinden, was er vorhat.«

»Wir? Da drüben sitzen doch die Spezialisten! Dann weiß Schimmel nichts davon.« Hummel blickte noch mal durchs Fernglas, sah Mirko nicht mehr. »Er ist weg. Wie sollen wir ihn jetzt finden? Das ist wie die Nadel im Heuhaufen. Und wir haben nicht mal Waffen dabei.«

»Er vermutlich auch nicht. Die Kontrollen sind streng. Komm!«

Sie hatten gerade das halbe Rund geschafft, als der Halbzeitpfiff ertönte. Sofort waren die Gänge voller Menschen. Keine Chance, schnell durchzukommen.

Hummel stieß Zankl in die Rippen und deutete auf Marlon, der sich hinter einer Säule postierte und das Gewusel scannte. Wenn er ebenfalls Mirko suchte, wusste er offenbar nicht, in welchem Block der war. Zankl und Hummel hingegen schon. Block 103. Sie drückten sich hinter Marlon vorbei, stellten sich oben ans Geländer und sahen auf die Sitzplätze hinunter. Nur wenige Zuschauer waren sitzen geblieben. Mirko befand sich nicht unter ihnen. Hummel sah mit dem Fernglas zu Paul hinüber.

Der unterhielt sich mit Fränki, der ihn inzwischen mit einer weiteren Wurst und mit Cola versorgt hatte.

»Du, wart mal kurz. Bin gleich wieder da«, sagte Hummel zu Zankl.

Der krasse Geruch von Männerschweiß und Urin in den Toiletten verschlug ihm den Atem. Viele breite Männerrücken vor ihm. Stau. Hummel tippelte von einem Bein aufs andere. Sah den weißen Kackfleck auf der schwarzen Lederjacke – keine fünf Meter vor ihm. Hummel vergaß seine Blase, drängelte sich vor. Kurz bevor er Mirko erreichte, verschwand dieser in eine Kabine. Hummel zögerte, da öffnete sich die Nachbarkabine. Ein hochdekorierter Deutschlandfan mit gut vier Zentnern Kampfgewicht trieb eine Giftgaswolke vor sich her. Ehrfürchtig wichen die Massen zurück.

Hummel stürzte sich todesmutig in die Kabine. Ihm blieb fast die Luft weg. Hummel drückte die Spülung, sammelte sich, ging auf alle viere, spähte unter der Trennwand nach nebenan. Sah die Sporttasche. Hörte das Gekruschel. Reißverschluss. Er griff zu, zog, sein Nachbar hielt dagegen. Beide zerrten an der Tasche. Einer der beiden Henkel riss. Mirkos. Hummel hatte die Tasche. Aber dann, Blick nach oben: Finger umkrallten die Trennwand. Als Hummel gerade in die Tasche greifen wollte, stürzte Mirko auf ihn runter. Dann krachte Hummels Kopf gegen die Kloschüssel. Schwarz.

Zankl wurde langsam unruhig. Er sah zu den Klos und nahm gerade noch wahr, wie Mirko herausschoss und mit einer blauen Tasche im Gedränge verschwand. Und wo war Hummel? Zankl rannte ins Klo. »Hummel!?« Der robbte gerade aus der Kabine. Zankl half ihm auf. »Alles in Ordnung?« – »Ich, ich komm klar. Die Tasche!

Ich weiß nicht …« Zankl stürmte schon nach draußen. Er wusste, wohin Mirko unterwegs war. Zum Block von Günther und Schimmel. Zu den Politikern. Im Laufen versuchte er Günther anzurufen und zu warnen. Besetzt. Jetzt erreichte er Block 103. Er stürmte an die Balustrade und wollte hinunter, doch ein Ordner fing ihn ab. Sofort waren zwei Sicherheitsbeamte bei ihm. Zankl wollte seinen Dienstausweis herausziehen. Doch der war in seiner Jacke, an seinem Platz auf der Gegengeraden. Er sah nach unten. Kein Mirko. Auch kein Günther oder Schimmel. Er spürte die stechenden Blicke der Sicherheitsbeamten und griff in die Arschtasche. Ihre Hände gingen an die Pistolenhalfter. Zankl förderte seine Eintrittskarte zutage und sagte: »Oh, hab ich mich geirrt …« Er drehte bei, probierte Hummel auf dem Handy zu erreichen. Vergebens.

Unten ertönte der Anpfiff zur zweiten Halbzeit. Zankl ging zurück zu seinem Platz.

»Wo ist Klaus?«, fragte Paul.

»Da, wo der Kaiser zu Fuß hingeht«, entgegnete Zankl und sah mit dem Fernglas zu den Politikern. Keine Spur von Mirko. Jetzt sah er Günther. Der stand an der Treppe und telefonierte. Zankl erstarrte. Die blaue Tasche! Keinen Meter von Günther entfernt.

2:2 durch Olić. Die Kongressteilnehmer jubelten.

Hummel rannte, wie er noch nie in seinem Leben gerannt war. Er stürzte Treppen hinab, hörte den Jubel über das 3:2 für Deutschland. Ohrenbetäubend. Siebzigtausend Menschen. Aber noch nie hatte er sich so einsam gefühlt. Sein Kopf war kurz davor zu platzen, seine Lunge brannte, er *rannte rannte rannte …*

Zankl sah, wie Günther das Handy vom Ohr nahm,

und probierte es sofort. Doch es war wie verhext. Schon wieder besetzt.

Hummel war vor dem Stadion, auf dem großen Vorplatz, das Gelände öd und weitläufig, bei den Buden vereinzelt Menschen, hinter ihm die Arena wie ein pochendes Herz. Das Seitenstechen war unerträglich, seine Haare klebten schweißnass an seiner Stirn. Weiter! Er lief auf die Fußgängerbrücke zu. Gesperrt. Verdammt! Weiter! Bohrender Schmerz in den Lenden. Seine Lunge fiepte. Nächste Brücke! Unter ihm die Autobahn. Er flog über die Brücke, hatte sein Ziel vor Augen: die wuchtigen Faultürme der Kläranlage. Endspurt!

Zankl stockte der Atem. Jetzt wurde einer der Politiker auf die Tasche aufmerksam und hob sie auf. »Bitte nicht!«, stöhnte Zankl. Die Tasche ging durch die Reihen und fand keinen rechtmäßigen Besitzer.

Hummel stoppte vor dem hohen Maschenzaun.

Jetzt erbarmte sich ein älterer Herr im Anzug und nahm die Tasche an sich.

Hummel zog das Päckchen aus dem Hosenbund und schleuderte es in eins der Klärbecken.

Der ältere Herr öffnete den Reißverschluss der Tasche …

Hummel warf sich zu Boden …

BUMMMMM!

Die Arena bebte. Aufruhr. Jubel. Lahm hatte aus zwanzig Metern abgezogen und den Ball ins rechte Kreuzeck gedroschen. Hammerschuss! 4:2. Das Stadion tobte.

Hummel spähte zu dem Becken. Das Päckchen war mit einem leisen Schlurpsen in der dunklen Soße verschwunden.

Zankl hatte keinen Blick für das Tor gehabt. Er hatte

fassungslos zugesehen, wie der ältere Herr in die Tasche gegriffen und einen kroatischen Fanschal rausgezogen hatte, den er jetzt trotz Rückstand begeistert durch die Luft schwenkte.

Hummel rappelte sich auf. Alles gut. Nix passiert.

BOTSCHHHHHHH!!!

Donnerschlag. Ein Geysir aus Klärbrühe schoss in die Höhe.

Im Stadion hörte man nichts davon. Dort Hexenkessel. Gerade war das 4:3 gefallen. Wieder Mandžukić. Volksfeststimmung. Nur bei Zankl nicht. Er suchte Reihe für Reihe auf der Gegentribüne ab. Bis unten zur Bandenwerbung. Nichts. Die Ordner mit ihren grellen Warnwesten. Jetzt sah er Mirko, mit ebenso einer gelben Weste über dem Trainingsanzug. Keine zwanzig Meter von seinen potenziellen Opfern entfernt! Zankls Handy klingelte. Günther. »Mirko ist an der Bande«, zischte Zankl, legte auf und rannte los.

Ein Raunen ging durchs Stadion. Denn Zankl spurtete quer übers Spielfeld. Vier Ordner stürzten auf den Flitzer zu, warfen ihn zu Boden und zerrten ihn hinter die Bande. Der Schiedsrichter pfiff das Spiel wieder an. Günther hatte Zankl erreicht, wies sich aus. Zankl schrie aus vollem Hals: »Haltet ihn!« und deutete auf Mirko. Jetzt rannte Mirko, der vorher ganz cool dem Schauspiel beigewohnt hatte. »Müller, mach was!«, rief Zankl, denn Thomas Müller hatte gerade den Ball erobert. »Hau ihn weg! Polizei!« Der Ball zischte und schlug ein, sehr präzise. Kopfball. Mirko ging zu Boden, überschlug sich. Schimmels Sicherheitskräfte übernahmen Mirko. Der Schiedsrichter gab sich unbeeindruckt. Einwurf Kroatien.

Mader fluchte und gab noch mehr Gas auf der schmalen Passstraße. Bajazzo saß verängstigt im Fußraum des Wagens. Auf der Passhöhe drosselte Mader das Tempo. Zu beiden Seiten der Straße Bergwald, steil nach oben, steil nach unten. Wunderbare Aussicht, wer ein Auge dafür hatte. Aber Mader hatte andere Sorgen. Wo war Dosi? Er stieg wieder ein und fuhr langsam die Straße hinunter. Beinahe hätte er es übersehen, aber die Sonne ließ ein Schutzblech verräterisch blinken. Mader hielt an und stieg aus. Sah das demolierte Motorrad. War das Dosis Maschine? Mader rief laut ihren Namen. Keine Antwort. Mader tippte in seinem Handy auf Wahlwiederholung. Nicht weit entfernt läutete es. Er fand Dosis Handy auf dem Waldboden. »Such, Bajazzo!«

Bajazzo fand Dosi nur wenige Meter weiter am Fuße eines steilen Geländeabrisses. Mader rutschte zu ihr hinunter. Tätschelte ihre Wange, prüfte ihren Atem. Dosi öffnete die Augen, lächelte schwach. »Marlon?«

»Doris, ich bin's, Mader.«

»Meine Beine.«

»Können Sie sie bewegen?«

»Ich hab's noch nicht versucht.«

»Ich ruf einen Krankenwagen.«

Bajazzo leckte Dosi die Hand, und Dosi ließ ihren Tränen freien Lauf.

»Alles wird gut«, sagte Mader.

Dosi schniefte. »Wie haben Sie mich gefunden?«

»Hummel hat mich angerufen. Er hat Sie nicht erreicht und sich Sorgen gemacht. Ich hab Ihr Handy orten lassen.«

»Guter, alter Hummel. Danke, Mader.«

»Was ist passiert?«

»Ich weiß es nicht. Meine Bremsen haben versagt.«

»Hat Marlon was damit zu tun? Hummel meinte, dass Sie vielleicht zusammen unterwegs sind.«

»Ja, ich hab sein Motorrad ausprobiert und … Ich weiß nicht, vielleicht hat es etwas mit dem Navi zu tun … Nein, ich, ich …« Sie schluchzte.

»Doris, ganz ruhig. Gleich ist der Krankenwagen da.«

FRIEDLICH

Der Föhn rutschte die Berge ganz nah, der Himmel war ein glühendes Band. Die Stadt leuchtete. Weiße Scheinwerfer, rote Bremslichter, Lichtraster der Hochhäuser, all das Leben hinter all den Fenstern. »Schon ein Ding«, sagte Hummel. »Von hier oben sieht alles so friedlich aus. Eine der sichersten Großstädte der Welt. So viel Schönes, Beschauliches, Familiäres.«

Zankl nickte. »Wie läuft es denn mit deiner neuen Familie?«

»Nicht so gut. Es ist aus.«

»Echt. Warum?«

»Weil man sich auf mich nicht verlassen kann. Sagt Karla.«

»Hast du ihr das vom Stadion erzählt?«

»Sie weiß es von Paul. Sie hat gesagt, dass es ein Fehler war, Paul mitgehen zu lassen.«

»Hey, du bist ein Held. Du hast heute viele Menschenleben gerettet.«

»Für sie zählt nur, dass ich Paul allein gelassen habe.«

»Aber Fränki war doch bei ihm.«

»Vergiss es. Überhaupt: andauernd redet sie von Verantwortung.«

»Das tun sie alle. Mach dir nichts draus.«

»Doch, ich mach mir was draus. Aber darum geht es gar nicht allein.«

»Sondern, worum noch?«

»Nie habe ich wirklich Zeit, nie bin ich wirklich da. Findet sie.«

»Und, ist das so?«

»Vielleicht. Ja, irgendwie schon. Sagt Conny das nicht?«

»Doch, manchmal. Aber sie liebt mich trotzdem. Und du liebst wahrscheinlich immer noch Beate.«

»Vielleicht.«

Zankl lachte. »Ich sag dir was, Hummel. Scheiß auf die Weiber!«

»O mei, Zankl.«

»Warum sind wir eigentlich hier?«

»Ach, ich dachte, es wäre gut, noch mal von oben draufzuschauen. Wir haben bisher null Ergebnisse. In keinem der drei Mordfälle.«

»Mirko ist beim BKA, von dem hören und sehen wir nix mehr. Und Marlon haben die Jungs auch abgezogen.«

»Und Dosi liegt im Krankenhaus.«

»Und Mader ist physisch mehr in Regensburg als in München. Psychisch wahrscheinlich ganz.«

»Immerhin hat er Dosi gefunden. Ansonsten: Ich hab das Gefühl, wir sind keinen Meter vorangekommen, haben uns die ganze Zeit im Kreis gedreht.«

»Gute Idee: Ich lad dich ins Turmrestaurant ein, wir fahren eine Runde, zischen ein paar Bier und gucken auf die Stadt runter. Hummel, du hast was gut bei mir.«

»Wieso?«

»Du hast Mirkos Anschlag verhindert. Und ich wäre mit schuld gewesen. Hätte ich gleich reagiert, als Berti mir am Telefon von Mirko erzählt hat…«

»Dann hätten wir was gemacht? Vielleicht wären wir dann nicht ins Stadion gegangen. Und das wäre viel schlimmer gewesen. Trotzdem darfst du mich einladen. Und Hunger hab ich auch.«

»Leberkäs gibt's da wahrscheinlich nicht. Aber schau mer mal.«

Auf dem Weg ins Restaurant liefen sie einem alten Bekannten in die Arme: Stöger, der sich auf der Plattform gerade eine Zigarette anzünden wollte.

»Herr Stöger?«

»Herr Zankl!«

»Sie rauchen?«

»Ähm, ja, gelegentlich, nach dem Essen.«

Zankl nickte langsam. »Das ist Herr Hummel, ein Kollege. Er war damals auch dabei, unten am Turm… Was, äh, machen Sie hier?«

»Gut essen. Das Restaurant ist hervorragend. Und Sie?«

»Die Aussicht genießen.«

»Gibt's denn schon was Neues zu Schosser oder Djuvic oder Zlatan?«

»Noch nicht. Aber bald«, sagte Zankl geheimnisvoll. »Berti will uns was erzählen. Sie kennen doch Berti Zahnfeld? Der kannte alle drei. Wir sind schon sehr gespannt.«

»Na, im Moment sehen Sie ja eher entspannt aus.«

»Ach, das ist relativ«, sagte jetzt Hummel. »Wir wollten uns noch mal die Stelle anschauen, von der Schosser runtergestürzt wurde. Das war drüben auf der anderen Seite der Plattform, bei dem Bauzaun. Der Wind hat ihn auf die andere Seite befördert. Erstaunlich genug. Jedenfalls werten wir gerade die Spuren an der Baustelle aus.«

Stöger nickte und trat die Zigarette aus. »Dann wünsch ich mal viel Erfolg. Ich muss wieder rein.«

»Garantiert ist der mit einem Fußballer beim Essen«, sagte Zankl. »Mit Schosser war er ja auch hier beim Essen. Vielleicht ist was vorgefallen bei dem Termin. Schosser geht zum Rauchen, Stöger folgt ihm, sie streiten, er haut Didi k.o. und wirft ihn von der Plattform.«

»Schwer zu beweisen.«

»Ach …« Zankl hob die Kippe mit einem Plastiktütchen vom Boden auf. »Wir haben doch noch den Stofffetzen von der Baustelle.«

»Sauber, Zankl, sehr gut«, sagte Hummel. »Vielleicht haben wir Glück.«

»Aber wir haben immer noch Probleme mit dem Motiv. Mit einem toten Spieler verdient man kein Geld. Vielleicht hat Schosser etwas gewusst, das für Stöger nicht gut ist, geschäftsschädigend. Vielleicht sogar was Kriminelles.«

»Und woher soll er das gewusst haben?«, fragte Hummel.

»Ich hab da 'ne ganz komische Idee. Didi hatte diesen Überwachungstick, wollte immer wissen, wo Lisa ist, was sie tut …«

SPÜRSINN

Mader brauste der Kopf. Dosis Unfall … Welche Rolle spielte Marlon in der Geschichte? Er hatte mit ihm gesprochen. Und Marlon hatte plausibel Antwort gegeben. Dass Dosi auf der Motorradtour plötzlich verschwunden war. Dass sie wusste, dass er noch zum Fußball wollte. Dass er sie nicht erreicht hatte. Tatsächlich hatte Marlon ihr mehrere Nachrichten auf der Mailbox hinterlassen. Trotzdem komisch. Mader überlegte: Vielleicht fehlte ihm eine entscheidende Information. Zankl hatte gesagt, dass Dosi in Marlon verliebt sei. Hatte sie einen Korb bekommen und war dann wutentbrannt abgedampft? War mit überhöhter Geschwindigkeit aus der Kurve geflogen? Er hatte Marlon konkret gefragt, und er hatte das verneint. Er hatte ihn sogar nach dem Navi gefragt, das Dosi bei ihm im Auto gefunden hatte. Marlons Erklärung war glaubwürdig. Und das defekte Gerät war bereits auf dem Müll.

Lauter Spuren, die ins Nichts führten, Mutmaßungen.

Auf dem Heimweg fiel Mader der Umschlag wieder ein. Er hatte ihn den ganzen Tag mit sich rumgetragen. Er zog ihn aus der Innentasche seiner Jacke, schnupperte daran. Grinste selig. Die Frau auf dem U-Bahn-Sitz gegenüber sah ihn misstrauisch an.

Zu Hause machte er Bajazzo eine Dose Hundefutter auf, sich selbst ein Bier. Er holte einen Brühwürfel aus dem Küchenschrank, teilte ihn mit Bajazzo, lutschte nachdenklich. Als die scharfe Würze alle Geschmacksknospen geöffnet hatte, trank er einen großen Schluck Bier. Er war hellwach, seine Sinne bitzelten. Er öffnete den Umschlag. Eine CD rutschte heraus. Ohne Beschriftung. Fotos? Von damals? Er hatte Vroni genau vor Augen, sie mit achtzehn, die Sommersprossen auf ihrer Nase, die lange blonde Mähne, ihr enges weißes T-Shirt, die verwaschenen Jeans mit den neckischen Herztaschen auf dem Po. Mader fuhr den Rechner hoch und schob die CD ein, besah sich das Verzeichnis. Dreißig Fotos. Er doppelklickte das erste Bild. Und erstarrte. Sah sich selbst in einem Hotelzimmer. Rotlicht. Keine Frage, wo das war. Im *Orphée* in Regensburg. Er in zerwühlter Bettwäsche. Er schluckte hart und öffnete das nächste Bild. Schlimmer als erwartet: nicht Veronika, sondern ein Junge, der sich an ihn schmiegt. Mader wurde schlecht. Er zwang sich, alle Bilder anzusehen.

Erpressung. Sonnenklar. Peter hatte das mit Veronika eingefädelt. Und er hatte tatsächlich an einen Zufall geglaubt, als er sie auf der Straße getroffen hatte. Was hatte Veronika für Gründe, bei diesem Spiel mitzumachen? Hatte sie Geldprobleme? Was würde passieren, wenn das hier öffentlich wurde? Er musste sofort was tun. Er rief Günther an. Erreichte nur seine Mailbox, bat dringend um Rückruf.

Mader setzte sich aufs Sofa. Starrte den Umschlag an. Die Briefmarken waren nicht abgestempelt. Mit der normalen Post war der Umschlag nicht gekommen. Wo war sein kriminalistischer Spürsinn? Den ganzen Tag hatte er den Umschlag mit sich herumgetragen. Blind vor Liebe.

ALLES

Dosi war von Kopf bis Fuß bandagiert. Ihr Zimmer im Murnauer Unfallkrankenhaus hatte eine sehr schöne Aussicht ins alpine Abendrot. Leider konnte sie aus ihrer liegenden Position nicht aus dem Fenster sehen. Es klopfte. Fränkis Kopf erschien in der Tür. Schaute aus dem riesigen Blumenstrauß heraus.

»Mensch, Fränki!«

»Dosimaus, wie geht es dir?«

»Halb so schlimm. Glatter Unterschenkelbruch rechts und links. Sechs Wochen Gips, dann Reha, und schon bin ich wieder ganz die Alte.«

»Da kannst du ein bisschen Hilfe brauchen.«

»Fränki, es tut mir so leid, aber da ist nix gelaufen. Ehrlich.«

»Aber es hätte was laufen können.«

Sie nickte. »Marlon hat mir den Kopf verdreht.«

»Was hat er, was ich nicht habe?«

»Nichts, das ist ein Westentaschen-Schimanski, sonst nichts.«

»Und ich?«

»Du bist alles.«

PERSÖNLICH

»Jetzt bin ich aber gespannt«, sagte Dr. Günther, als er schließlich in italienischem Zwirn und mit gewagtem Halstuch Maders Wohnung betrat. »Mein Lyrikabend beginnt um acht.«

»Trägt man das jetzt so?«, fragte Mader und deutete auf das lila Halstuch.

Günther hob die Augenbrauen und ließ den Blick über die Original-Seventies-Einrichtung schweifen. »De gustibus non est disputandum.«

»Wie schon der alte Grieche sagte«, meinte Mader und rückte den Laptop auf dem Couchtisch zurecht. Ohne Vorwarnung klickte er durch die Fotos.

Günther atmete tief durch. »Mader! Was machen Sie für Sachen?«

»Ich mach keine Sachen.«

»Die Bilder, das, das ist… ekelhaft.«

Mader erklärte ihm, was passiert war. Dass er in Regensburg im Fall seines Vaters ermittelt hatte. Was er herausgefunden hatte. Welche Personen er dort getroffen hatte. Peter, dessen Vater, Veronika.

»Was sagt Gruber in Regensburg dazu?«, fragte Günther schließlich.

»Der war nicht begeistert, dass ich mich da reingekniet habe.«

»Kann ich verstehen. Wenn die Indizien so naheliegend sind, dann fragt man sich doch, ob wirklich mit aller Sorgfalt ermittelt wurde.«

»Und was jetzt?«

»Umschlag und CD in die Kriminaltechnik. Höchste Vertraulichkeit. Hat sich schon jemand gemeldet?«

»Nein.«

»Glauben Sie, dass sich jemand meldet?«

»Eher nein. Peter wird denken, dass ich die Warnung verstehe.«

»Okay, Mader, dann sag ich Ihnen jetzt eins: Lassen Sie die Finger von dem Fall.«

»Ich bin so nah dran!«

»Ich werde einen erfahrenen Beamten damit betrauen.«

»Das geht nicht. Bis der sich in die Details eingearbeitet hat…«

»Ich werde diesen Fall höchstpersönlich übernehmen.«

»Sie?«

»Im Gegensatz zu Ihnen bin ich nicht erpressbar.«

»Ich bin nicht erpressbar!«

»Nun ja. Aber bevor wir weitermachen, sagen Sie es mir ins Gesicht: Mit kleinen Jungs haben Sie nix am Hut?«

»Nein, verdammt! Ich war da mit einer Jugendliebe.

Und hab geschlafen wie ein Betonklotz. Veronika muss mir irgendwas ins Getränk getan haben.«

»Gut. Oder nicht. Also, Sie bringen die CD und den Umschlag morgen in die KTU. Ich fahre sofort nach Regensburg.«

»Jetzt noch?«

»Wir müssen schnell sein, damit rechnet der Absender der CD nicht. Wie heißt das Hotel?«

»Das *Orphée* in der Altstadt.«

»Reservieren Sie mir ein Zimmer, für heute noch.«

Mader war verwirrt, als Günther verschwunden war. So kannte er seinen Chef nicht. So dynamisch, bereit, sich für eine Sache einzusetzen, deren Ausgang alles andere als sicher war. Hatte er ihn falsch eingeschätzt? Vielleicht wollte Günther tatsächlich etwas für ihn tun. Mit der Stelle in Regensburg. Mader reservierte das Zimmer und machte den Fernseher an, um die Zeit totzuschlagen.

FAKTENLAGE

Lisa saß wie versteinert im Büro von Zankl und Hummel. Ihr Handy war gerade aus der Kriminaltechnik zurück. Auf ihrem iPhone war eine Abhörsoftware installiert – eine Standleitung schickte via Internetflat alles auf Schossers Handy, was in Lisas Handy und rundherum gesagt und getan wurde. Didi hatte alles mithören können, auch aus Bertis Wohnung, wenn das Handy dort in Lisas Jacke an der Flurgarderobe hing oder auf dem Couchtisch lag. Und da Zlatan und Berti ja dicke Freunde waren, die einander bestimmt alles erzählten, hatte Didi offenbar von Stögers Geschäften erfahren.

So Zankls Theorie. »Haben Sie Ihr Handy ab und zu bei Bertie vergessen?«, fragte er Lisa.

»Ja, das ist mir schon mal passiert.«

»Wenn Didi es übers Handy erfahren hat, dann probieren wir das jetzt einfach noch mal«, sagte Zankl. »Lisa, helfen Sie uns?«

»Mit dem Typen bin ich fertig!«

»Lisa, Sie müssen uns helfen, den Mord an Didi Schosser aufzuklären! Wir brauchen Sie. Bitte gehen Sie noch mal zu Berti und vergessen Sie ihr Handy bei ihm.«

»Warum verwanzen Sie seine Bude nicht?«

»Weil wir das nicht dürfen. Wir bräuchten einen richterlichen Beschluss, und den kriegen wir bei der Faktenlage nie.«

»Aber das mit dem Handy geht?«

»Ist doch reiner Zufall, dass Sie das Handy dort vergessen. Oder? Ist ja nur ein Telefon.«

»So arbeitet die Polizei?«

»Ja, manchmal schon.«

»Ist das nicht gefährlich? Also für mich?«

»Nein, wir sind ganz in Ihrer Nähe. Vor dem Haus. Haben Sie noch einen Schlüssel für Bertis Wohnung?«

»Ja, warum?«

»Geben Sie ihn uns. Falls was ist, schreiten wir sofort ein.«

BAYERISCHER STANDARD

Dr. Günther war enttäuscht. Nicht vom Komfort des Hotels *Orphée,* der war wirklich hervorragend, sondern von der Tatsache, dass es hier keinerlei Überwachungskameras im Foyer oder auf den Gängen gab. Das war doch inzwischen guter bayerischer Standard? Offenbar nicht überall. Interessant. Diskretion war ja heutzutage Luxus. Hier könnte er mal mit einer dieser attraktiven Lyrikerinnen absteigen und aus seinen erotischen Gedichten lesen. *So heiß brennt mein Verlangen, und doch muss ich so bangen, den Gipfel zu erlangen* … Hah, Unsinn, er war ja verheiratet.

Das Personal konnte ihm zu besagter Nacht leider nicht weiterhelfen. Zu später Stunde war kein junger Mann mehr ins Hotel gekommen. Und hier gab es keine weitläufige Hotellobby, wo man einfach so hereinmarschieren konnte. Na ja, ein günstiger Moment, wenn das Personal abgelenkt war … Günther lag auf dem Bett und sah nachdenklich an die Decke. Sein Plan: morgen früh vor Peter Nerlingers Haus warten. Ihn beschatten. Das hatte er das letzte Mal vor gut zwanzig Jahren gemacht! Lustig. *Back to the roots.* Eigentlich ganz cool. Jetzt hörte er aus dem Nachbarzimmer einen Schrei. Er zuckte vom Bett hoch. Dann noch ein Schrei. Gefolgt von einem Kichern und einem tiefen Grunzen. Günther ließ sich zurück ins Bett fallen und registrierte, wie der Holzboden in dezente Schwingungen versetzt wurde.

Dann schnellte er hoch. Er hatte eine Idee.

Er bat den Portier, ihm die Zimmerbelegung im PC zu zeigen. Er studierte die Namen an besagtem Tag. Nerlinger war nicht dabei. Das wäre auch zu einfach gewesen. Er fand Veronika Meier. Klar, die war ja mit Mader hier. Jetzt stutzte er. »Sagen Sie, Frau Meier hatte das Zimmer 14? Und Herr Mader die 16?«

»Jawohl.«

»Sicher, dass Frau Meier auf der 14 war?«

»Ja, wenn es hier steht. Das Check-in war um 12.20 Uhr. Frau Meier mit Sohn.«

Günther nickte befriedigt. Veronika Meier hatte schon mittags im Hotel eingecheckt, lange bevor Mader sie mit auf sein Zimmer genommen hatte. In ihrem Zimmer nebenan war bereits alles vorbereitet, wartete der Junge. Bevor er zu Nerlinger fuhr, würde er Frau Meier morgen früh einen Besuch abstatten. Günther kehrte in sein Zimmer zurück. Gerade in dem Moment, als nebenan der Vesuv ausbrach. Wie sagt noch der Lateiner? Neapel sehen und sterben.

NULL KOMMA NICHTS

Der unauffällige Lieferwagen parkte schräg gegenüber von Bertis Hauseingang. Huber von der Kriminaltechnik schob die Regler. Der Ton kam aus zwei Monitorboxen. Sie hörten Lisas Schritte im hallenden Treppenhaus.

»Guter Sound«, sagte Hummel.

Huber nickte. »Leider keine Audiodaten auf seinem Rechner oder Handy. Hat er vermutlich nicht mitgeschnitten. Wahrscheinlich wäre die Datenmenge zu groß.«

»Lisa!«, hörten sie jetzt Bertis erstaunte Stimme.

»Hallo.«

»Was, ich, äh … Jetzt, äh, komm doch rein! Das ist ja eine Überraschung, so spät am Abend noch.«

»Boh, was riecht hier so ekelhaft?«

»Ich lüfte gleich.«

»Ich will nur was abholen. Meine Jeansjacke.«

»Magst du was trinken?«

»Nein, ich muss gleich wieder los. Und du solltest weniger trinken.«

»Jetzt setz dich doch zwei Minuten. Du, ich hab mir das noch mal überlegt, also, was du gesagt hast. Du hast ja recht, ich mein ...«

Vor dem Haus fuhr ein schwarzer Audi A6 vor.

»Mädel, jetzt mach, dass du da wieder rauskommst!«, fluchte Zankl. »Das ist Stöger.«

»Können wir sie warnen?«, fragte Hummel.

»Ja, anrufen. Aber wart ...«

Gebannt lauschten sie. Keine Worte, nur indifferente Geräusche, Gekruschel.

Stöger hatte einen Parkplatz gefunden und stieg aus.

»Zankl, komm, wir schreiten ein!«

»Lass es laufen! Wir sind in null Komma nichts oben.«

Stöger wollte gerade klingeln, als zwei Leute aus der Haustür kamen. Er schlüpfte ins Treppenhaus.

Jetzt war wieder Bertis weinerliche Stimme zu hören: »Lisa, bitte komm zurück zu mir. Ich ändere mich. Ich hör auf mit der Scheißzockerei, ich hör sogar mit dem Fußball auf. Wir machen zusammen ein Sportgeschäft auf. Das wär doch was. Was Solides!«

Es klingelte an der Tür.

Schritte.

»Oh, hallo Stöger, ich ... also, äh, es ist gerade ...«

»Du bist nicht allein?«

»Lisa ist da.«

»Ich denk, das ist aus mit euch?«

»Richtig«, sagte Lisa. »Ich bin raus. Wiederschaun, die Herren.«

»Lisa! Jetzt wart doch! Bitte!«

»Lass halt das Flitscherl. Ich muss mit dir reden.«

Die Tür fiel zu.

»Ich hab vorhin die Cops getroffen«, sagte Stöger.

»Marlon?«

»Nein, diese anderen Dumpfbacken. Der Fußballprofi und noch so ein Warmduscher.«

Hummel und Zankl lauschten angestrengt. Huber versuchte alles, aber außer Rauschen war nicht viel zu hören. Dann Geschirrgeklapper.

Die Haustür öffnete sich. Lisa trat heraus. Stöger erschien auf dem kleinen französischen Balkon und sah Lisa hinterher. Sie verschwand in einer Seitenstraße. Stöger rauchte gedankenverloren.

Leise Klospülung.

Stöger drückte seine Zigarette am Geländer aus, ging in die Wohnung.

BING.

»Was war das?«, fragte Hummel.

»Eine SMS«, sagte Zankl. »Lisas Handy.«

»Wenn die es jetzt finden?«

»Dann hat sie es vergessen.«

»Haben die was gemerkt? Es ist so still. Warum sagen die nix?«

»Ich hab 'nen todsicheren Tipp für Düsseldorf gegen Bochum«, sagte Berti. »Das pfeift der Hetzenegger.«

»Darf der wieder?«

»Ja, und der muss ja langsam mal sein Haus abbezahlen. Die Quoten sind super. 3:0 für Düsseldorf. Garantiert! Kannst du mir fünfhundert leihen? Der Tipp ist hundertpro.«

»Dir? Fünfhundert? Im Leben nicht. Du schuldest mir noch was vom letzten Tipp.«

»Aber der war top!«

»Bloß, dass du das Geld gleich wieder verzockt hast. Auf dich ist kein Verlass. Außerdem sprichst du mit den Cops. Ich find das echt scheiße, Berti.«

»Ich sprech nicht mit den Cops.«

»Sie waren also nicht noch mal bei dir?«

»Nein.«

»Ich glaub dir kein Wort. Du hast geplaudert.«

»Hab ich nicht. Auch wenn ich es könnte. Der Zlatan hat mir erzählt, dass der Lucky dich erpresst hat. Mit deinen Geschäften. Die Schiebereien, die Amphetamine, die kleinen Brasilianer. Und was ist mit dem Lucky passiert? Plötzlicher Herztod. Kein Wunder, dass der Zlatan nervös geworden ist. Und plötzlich ist er auch tot …«

»Du spinnst.«

»Von wegen. Und ich bin noch nicht fertig! Ich glaub, sogar der Didi hat gewusst, was du so alles treibst. Und der wollte aus seinem Vertrag raus. Ich weiß doch, wie deine Verträge sind.«

»Fair. Fifty-fifty. Viele Fußballer können ja nicht bis drei zählen. Sie spielen, ich kümmere mich um die Details. Berti wusste genau, was er an mir hat. Ich hab ihn bei den Bayern untergebracht. Ich hab sein ganzes Leben organisiert. Nur das mit Lisa nicht. Und die ist der Knackpunkt. Also, in deinem Fall. Du hast ihn umgebracht wegen Lisa, stimmt's?«

Berti lachte. »So weit geht die Liebe nicht. Aber Stöger, hör zu: Mir ist es egal, wie und warum Didi vom Olyturm geflogen ist. Ich bin nicht die Polizei. Wir reden jetzt wie zwei Erwachsene. Ich werde dein Geschäftspartner.«

»Und wie stellst du dir das vor, Berti – unsere Zusammenarbeit?«

»Ach, ich hätte da schon ein paar Ideen, wie wir das Geschäft ein bisschen aufpeppen.«

Stöger lachte.

»Was ist so lustig?«

»Du bist der große Checker, was?«

»Ja, vielleicht bin ich das. Lass dich überraschen.«

»Hey, wo willst du hin?«

»Bin gleich wieder da.«

»Hey, was wird das?«

»Entspann dich! Hier, Stöger, was sagst du dazu? Genau dein Kaliber. Oder?«

»Ich weiß nicht?«

Plopp – plopp.

Stille.

»Ach du Scheiße!«, stöhnte Zankl und sah Hummel an. Der nickte. Sie hatten es genau vor Augen: die Schalldämpferpistole, das Staunen in Stögers Gesicht. Die zwei kreisrunden Löcher in seiner Stirn. *Plopp – plopp.* Zankl riss die Schiebetür des Transporters auf, sie stürzten ins Haus, hasteten das Treppenhaus hoch. Zankl fiel der Schlüsselbund runter. Egal. Er warf sich gegen die Tür, krachte in die Wohnung.

Blutbad!

Nein. Stöger und Berti saßen mit großen Augen auf dem Sofa. Wie ein ertapptes Liebespaar. Vor ihnen auf dem Couchtisch zwei Bügelflaschen *Löwenbräu Urtyp.*

Zankl sah so dumm aus der Wäsche, dass Stöger lachen musste. »Herr Zankl, Sie schon wieder! Und so schwungvoll. Mit der Tür ins Haus sozusagen.«

»Sie sind festgenommen.« Zankls Erklärung war wenig originell. »Wegen Mordverdacht.«

»Mord an wem?«

»Didi Schosser, Lucijan Djuvic, Zlatan Doblanovic.«

Stöger lachte. »Sonst noch jemand?«

»Das werden wir sehen. Und Sie sind auch verhaftet«, sagte Zankl zu Berti. »Wegen Mitwisserschaft. Und Sie haben ebenfalls ein gutes Motiv für den Mord an Schosser. Eifersucht.«

»Ich hab ein Alibi!«

»Von ein paar windigen Zockern.«

Stöger blieb ganz cool. »Was veranlasst Sie zu diesen interessanten Thesen, Herr Zankl?«

Zankl wählte Lisas Nummer. Es klingelte auf dem Fensterbrett. Er nahm das Handy. »Lisas Telefon ist verwanzt. Didi hatte einen Überwachungstick. Und offenbar hat Lisa ihr Handy mal bei Ihnen liegen gelassen, Berti. Wie jetzt. Purer Zufall. Auf den Moment haben wir lang gewartet. Wir haben alles mit angehört, was Sie in den letzten Minuten von sich gegeben haben. Und genauso hat Didi erfahren, was Sie so alles treiben, Berti, und worüber Sie mit Zlatan so alles sprechen. Zum Beispiel über Ihre Geschäfte, Herr Stöger. Didi hat Sie mit diesem Wissen erpresst.« Zankl drehte sich wieder zu Berti: »Und Sie hat er ebenfalls erpresst. Damit Sie Lisa verlassen.«

»Didis Ableben kam Ihnen jedenfalls beiden gelegen. Den Mitschnitt von eben hören wir uns noch mal genau an.«

In Bertis Augen spiegelte sich Entsetzen, Stöger war ganz cool: »Audiomitschnitte sind als Beweismittel vor Gericht nicht zugelassen.«

»Wenn wir alle Audiodateien auf Didis Rechner angehört haben, diskutieren wir das noch mal gemeinsam. Das hilft sicher bei der Meinungsbildung. Sie fahren jetzt mit uns ins Präsidium. Berti, Sie wollten uns ja noch was zu Mirko Djuvic erzählen, nicht wahr? Falls Sie sich noch dran erinnern. Bestimmt haben Sie auch ein paar schöne Geschichten zu Lucky.«

TRUMPF

»Zankl, was wird das jetzt?«, fragte Hummel im Präsidium. »Wir können die beiden nicht einfach in U-Haft stecken! Wir haben nichts in der Hand. Es gibt keine weiteren Mitschnitte. Und die Aufnahme von vorhin hilft uns auch nicht wirklich. Der eine sagt, dass es der andere war. Und umgekehrt. Wenn uns einer fragt, wie wir an den Mitschnitt gekommen sind …«

»Ach, komm. Der Stöger hat jede Menge Dreck am Stecken. Du hast es doch gehört. Mit seinen kleinen Brasilianern.«

»Von denen hast du ihm gegenüber kein Wort gesagt.«

»Noch nicht. Einen Trumpf brauchen wir noch im Ärmel. Wir lassen sie schmoren.«

»Wozu? Ein Anwalt haut die sofort raus. Und der Haftrichter will auch was von uns sehen.«

»Ich will jetzt Stögers Wohnung sehen.«

»Da kriegen wir nie einen Durchsuchungsbeschluss.«

»Wenn wir Hinweise auf Straftaten finden, haben wir was für den Haftrichter.«

»Und wie erklärst du, woher wir die Informationen haben?«

»Hey, Hummel, du bist so ein richtiger Hosenscheißer geworden, weißt du das?«

»Und du bist der neue Schimanski, gell? Ich ruf jetzt Mader an.«

»Tu, was du nicht lassen kannst.«

Mader war erstaunlicherweise nicht verärgert über die fragwürdige Verhaftung von Stöger und Berti. Er war froh, dass Hummel sich gemeldet hatte. Zu Hause in Neuperlach war ihm die Decke auf den Kopf gefallen. »Ich glaube, das bringt uns langsam zum Kern der Sache«, sagte er, nachdem sie ihm Bericht erstattet hatten. »Das mit den Knaben ist zumindest im Fall Schosser ein interessantes Motiv. Wir schauen uns die Bude von Stöger an.«

»Aber dafür kriegen wir keinen Durchsuchungsbeschluss«, versuchte Hummel es noch mal.

»Brauchen wir nicht. Gefahr im Verzug. Wir machen es gleich.«

»Und Günther?«

»Das klär ich mit ihm. Hinterher.«

Wenig später waren sie in Stögers Villa in Harlaching. Mit Stögers Schlüssel, den er mit seinen Habseligkeiten in der U-Haft hatte abgeben müssen.

»Wahnsinn, alles vom Feinsten«, murmelte Zankl, als er den Blick durchs Wohnzimmer streifen ließ.

»Verdient man als Berater echt so viel?«, fragte Hummel.

»Tja, Fußball ist ein einträgliches Geschäft. Für ein paar wenige.«

Sie sahen sich um. Keine verdächtigen Utensilien, keine Drogen, keine kompromittierenden Videos, keine Hinweise auf Sex mit Minderjährigen. Zankl fiel ein Kalender mit ländlichen Motiven an der Wand auf. *Sportstiftung Hubertushof* stand beim Kalendarium und auf dem Deckblatt. »Sagt das jemandem was?«, fragte Zankl. Mader und Hummel schüttelten den Kopf.

Nach einer Viertelstunde drängte Mader zum Aufbruch: »Gehen wir. Nicht, dass uns ein Nachbar beobachtet hat und die Polizei holt.«

»Was passiert jetzt mit Stöger und Berti?«, fragte Hummel.

»Wir verhören sie, und wenn wir nichts aus ihnen rauskriegen, müssen wir sie morgen laufen lassen«, sagte Mader.

SCHLAUER

Veronika Meier war verblüfft, als es um halb acht Uhr morgens an ihrer Tür klingelte. »Dr. Horst Günther. Kripo. Interne Ermittlungen. Es geht um Missbrauchsvorwürfe gegen einen Kollegen. Darf ich reinkommen?«

Drinnen konfrontierte Günther sie mit den Fotos.

Sie war schockiert. »Was macht Karli da für Sachen?«

»Waren Sie in dem Hotel?«

»Es war ein großer Zufall, dass ich Karl-Maria getroffen habe. Ich hätte nicht mit ihm ins Hotel gehen sollen. Er war schon sehr betrunken und wurde zudringlich, so dass ich ihn bald verlassen habe.«

»Ist das Ihr Sohn?«, fragte Günther und deutete auf die Fotos.

»Wie kommen Sie da drauf? Ich muss schon sehr bitten!«

»Antworten Sie einfach. Erzählen Sie mir nichts von einem zufälligen Treffen. Sie haben dort selbst ein Zimmer gebucht. Mit Ihrem Sohn. Ist das der junge Mann auf den Fotos?«

»Nein!«

»Sondern, wer ist das?«

»Ich hab keine Ahnung.«

»Letzte Warnung! Ich arbeite nicht für die interne Ermittlung. Mein Kollege Mader wird mit diesen Fotos erpresst. Und Sie gehen direkt in U-Haft, wenn Sie nicht sofort sagen, was da gelaufen ist. Also? Wo kommt der Junge her? Von Peter Nerlinger?«

Sie nickte. »Ja, Peter hat den Jungen organisiert.«

»Sie waren mit dem Jungen von Peter Nerlinger im Hotel, haben ihn als Ihren Sohn ausgegeben und die Sache inszeniert. Gehen wie zufällig mit Mader aufs Zimmer, geben ihm ein Schlafmittel, schleusen den Jungen rein und machen ein paar Fotos.«

Sie nickte.

»Am nächsten Tag checken Sie in aller Früh mit dem jungen Mann aus.«

Sie nickte wieder.

»Vortäuschung einer Straftat, Erpressung und sexuelle Nötigung Minderjähriger. Warum?«

Veronika brach in Tränen aus. Heulte ihm ihre ganze traurige Geschichte vor.

Günther war unangenehm berührt. Jetzt wusste er, warum er nicht mehr selbst ermitteln wollte. Die ganzen bösen kleinen Geschichten, die Schicksale, der Schmutz. Er bekam noch mal die volle Packung ab aus dem bewegten Leben einer Mutter von drei Kindern im Scheidungskrieg mit dem Ehemann. Ihr Scheidungsanwalt hieß Dr. Müller und arbeitete in der Kanzlei ihres alten Schulfreunds Dr. Peter Nerlinger & Kollegen. Und so ein Scheidungskrieg ist teuer. »Peter hat mir keine Wahl gelassen!«, jammerte sie.

»Man hat immer eine Wahl. Das wird ein Nachspiel haben!« Das klang reichlich einfallslos, traf es aber im Kern. »Sie erzählen Nerlinger nichts von meinem Besuch, bis ich mich wieder melde, ist das klar?«

Veronika zog die Nase hoch und nickte.

Berti und Stöger waren noch vor Mitternacht ohne weitere Vernehmung auf freien Fuß gesetzt worden. Der Haftrichter hatte die windigen Verdachtsmomente vom Tisch gewischt. Es gab keinerlei Anhaltspunkte für den von Zankl geäußerten Mordverdacht. Dafür hätten Stöger und Berti nicht einmal einen Anwalt gebraucht. Der kam interessanterweise von Nerlinger & Kollegen. Für Mader eine Ironie des Schicksals.

Hummel schüttelte den Kopf. »Günther reißt uns den Kopf ab, wenn er die Stellungnahme des Haftrichters liest.«

»Die Jungs kriegen wir noch am Arsch«, sagte Zankl trotzig. »Kommt mal her!« Er winkte die beiden zu sich und zeigte auf den Bildschirm seines Computers. Die Startseite einer Homepage. Tannengrüner Fond, darauf ein stilisiertes Landhaus. In elegant geschwungener Schrift: *Sportstiftung Hubertushof*. »Gutmenschen«, murmelte Zankl, »Kost und Logis für talentierte Jungfußballer aus aller Welt.« Er klickte auf den Reiter *Über uns*: »1. Vorsitzender: Professor Dr. Herrmann Schimmel.« Na ja, das Innenministerium ist ja auch für Sport zuständig. Aber jetzt kommt's! Kassenwart: Raffael Stöger! Jetzt mal ganz platt: Die Kids aus Südamerika oder Afrika, die hierherkommen, sind heilfroh, dass sie ein Dach über dem Kopf haben und Aussicht auf eine Fußballkarriere, ein festes Einkommen. Die machen doch garantiert den Mund nicht auf, wenn ein bisschen Dankbarkeit von ihnen verlangt wird.«

»Das ist doch das Allerletzte!«, schnaufte Hummel.

»Wenn da was dran ist«, meinte Zankl, »ist das ein richtig starkes Motiv. Auch für Mord. Also im Fall von Stöger. Zlatan macht die ganzen Jobs für Stöger, kriegt was mit, erzählt es irgendwann Berti, und so erfährt es Didi, der ja auf Lisas Handy mithört. Didi weiß jetzt, was Stöger so treibt, und konfrontiert ihn damit beim gemeinsamen Abendessen.«

»Und warum?«, fragte Mader.

»Um den lästigen Berater loszuwerden. Stögers Konditionen scheinen nicht die besten zu sein. Und dann ist die Sache eskaliert.«

»Und Djuvic?«

»Hm, vielleicht war der auch ein Mitwisser«, meinte Zankl. »Der war ja ebenfalls dick mit Zlatan. Lucky braucht Geld, versucht Stöger zu erpressen, und schon ist seiner Trinkflasche ein tödlicher Cocktail.«

Mader war nicht überzeugt. »Überschätzen wir Stöger da nicht? Missbrauch und dreifacher Mord?«

»Eine Spirale der Gewalt«, orakelte Hummel.

»Das ist kein Krimi, Hummel!«

Zankl zuckte mit den Achseln. »Jetzt kommen wir aber noch mal auf Stöger, Schimmel und die Stiftung. Stöger macht das Praktische, Schimmel und wer weiß noch frönen da ihrer Knabenliebe. Ist das alles? Was ist mit diesen Waffengeschichten? Da kommt nämlich Mirko ins Spiel. Schimmel macht beruflich gerade sein Meisterstück – diese Sicherheitskonferenz. Bei der geht es neben aller Politik vor allem um Waffengeschäfte. Und das ist das Metier von ...«

»Mirko Djuvic«, setzte Hummel Maders Gedanken fort: »Aber mit dem Tod von Lucky Djuvic geraten die Dinge außer Kontrolle. Schimmel befürchtet das zumindest. Er schickt uns seinen Sohn, damit der ein Auge drauf hat, wie und was wir ermitteln. Falls wir etwas in Luckys dunkler Vergangenheit finden, was auf die Verbindung von Mirko und ihm hindeuten könnte, soll Marlon das in eine andere Richtung lenken. Oder ihn zumindest informieren.«

Zankl schnaufte auf. »Marlon war von Anfang an in alle unsere Aktivitäten involviert.«

»Und dann ist da auch noch die Geschichte mit Dosi«, ergänzte Hummel.

»Sie glauben nicht an einen Unfall?«, fragte Mader.

»Der Behälter für die Bremsflüssigkeit hatte einen Riss!«

»Das kann beim Unfall passiert sein.«

»Ober absichtlich beschädigt. Er hat mitbekommen, dass Dosi von dem Navi weiß, und räumt sie aus dem Weg. Auf dem Navi sind bestimmt Zlatans Fahrtstrecken eingespeichert, die uns mehr über die ganzen Machenschaften von Zlatan, Stöger und Schimmel verraten hätten.«

Mader war skeptisch. »Er erschießt Zlatan und vergisst am Tatort ausgerechnet das Navi?«

»Marlon ist zwar ein Arsch, aber kein Killer«, meinte Zankl. »Es ist wahrscheinlicher, dass Mirko Zlatan auf dem Gewissen hat, weil er auf seinen kleinen Bruder nicht aufgepasst hat.«

»Puh, das Ganze ist eine einzige Verschwörung!«, stöhnte Hummel. »Wir haben nichts Handfestes. Mirko wird vom BKA verhört. Und Marlon ist von denselben Jungs abgezogen worden.«

»Ja, super ist das«, murrte Zankl. »Wenn es um Waffenhandel geht, dann ist das die Sache vom BKA oder vom Staatsschutz. Der Schimmel kontrolliert sich sozusagen selbst. Und als Politiker ist er immun.«

»Wir müssen Schimmels Glaubwürdigkeit erschüttern«, sagte Mader. »Damit seine Immunität aufgehoben wird. Vielleicht ist tatsächlich diese Stiftung der Schlüssel dazu. Wir stecken es dem Jugendamt, und die sollen eine Routinekontrolle im *Hubertushof* machen. Gleich heute noch. Und Sie beide gehen mit und sehen sich um.«

KONTRASTPROGRAMM

Günther parkte vor Nerlingers Haus. Sein Magen knurrte. Halb zehn. Nach einiger Zeit erschien ein Mann in der Haustür, küsste seine Frau und sprang die drei Stufen vor dem Eingang herunter. Sehr dynamisch. Das musste Nerlinger sein. Günther folgte Nerlingers Mercedes in die Stadt. Erst Büro, dann Mittag mit einem Kollegen, Gerichtstermin am Nachmittag, gegen Abend ging es in Richtung Prüfening. Viel Verkehr. Bald verstand Günther, wohin Nerlinger fuhr. Wie so viele andere Menschen zu dieser Zeit. Zum Fußballspiel des Jahn Regensburg. Er folgte ihm ins Stadion und beobachtete, wie Nerlinger seinen Platz einnahm. Nerlinger winkte jemandem. Günther pfiff durch die Zähne. Stöger. Der sich angeregt mit Nerlinger unterhielt. ›Interessantes Paar‹, dachte Günther. ›Zu dem bestimmt auch Stögers Schützlinge gehören, die er da im Schlepptau hat.‹ Zwar war auf den Hotelfotos das Gesicht des jungen Mannes nicht zu erkennen, aber Günther war sich sicher, dass der aus Stögers Stall war. Wie war Nerlinger auf diese merkwürdige Idee gekommen? Ob Nerlinger Stögers Anwalt war? Gut möglich. Jedenfalls hatten die beiden viel zu bereden.

Günther hatte genug gesehen, er verzichtete auf das

Spiel. Er freute sich schon darauf, Mader nachher Bericht von seinem erlebnisreichen Ausflug in die Oberpfalz erstatten zu können.

ZERKNIRSCHT

Günthers Regensburger Vorfreude wich abends Münchner Enttäuschung. Nicht, weil Mader bereits von der Verbindung Stöger–Nerlinger wusste, nein, er war enttäuscht, dass Maders Leute Stöger und Zahnfeld gestern Abend ohne hinreichenden Tatverdacht verhaftet und ihn damit beim Haftrichter blamiert hatten. Wie sah das denn aus? Nach polizeilicher Willkür.

Mader berichtete hingegen von der Stiftung *Hubertushof,* bei der Schimmel und Stöger im Vorstand saßen. Die Leute vom Jugendamt waren in dem Landhaus bei Sauerlach gewesen und hatten in den Duschen zwei versteckte Überwachungskameras gefunden.

Günther nickte betreten. »Ich frage Sie jetzt nicht, wie das Jugendamt auf die Idee gekommen ist, das zu überprüfen.«

»Die Einrichtung wurde jedenfalls sofort geschlossen. Immerhin konnten wir die Leute vom Jugendamt überzeugen, als offiziellen Schließungsgrund Verdacht auf Legionellenbefall anzugeben. Stöger und Schimmel wissen jetzt sicher schon Bescheid.«

»Was ist mit den Jugendlichen?«, fragte Günther.

»Die Jungs sind in einer Pension nahe der Schule untergebracht worden. Videos haben wir bislang nicht. Aber man braucht ja nicht allzu viel Fantasie. Warum sollte jemand die Burschen in der Dusche filmen?«

»Damit sie da keinen Unsinn machen?«, sagte Günther schwach. »Werden die Jungen befragt, ob …?«

»Das Jugendamt hat da seine eigenen Psychologen.«

»Und jetzt?«

»Die Stiftungsleute kennen den wahren Grund für die Hausschließung nicht. Wenn es belastendes Material gibt, werden sie versuchen, es sich zu holen, bevor sich das Jugendamt das Haus noch genauer anschaut. Und dann schlagen wir zu.«

Günther nickte apathisch. »Ich veranlasse alle Nötige beim Staatsanwalt. Was machen wir jetzt mit Peter Nerlinger?«

»Nichts«, sagte Mader.

»Wie bitte?«

»Es gibt nicht mal eine explizite Erpressung.«

»Es geht mindestens um das Vortäuschen einer Straftat, um Sex mit Minderjährigen!«

Mader schüttelte den Kopf.

»Wenn der alte Nerlinger eine Mitschuld am Tod meines Vaters hat, dann wird er bis ans Ende seiner Tage daran tragen. Ich hab ihm in die Augen gesehen. Der findet keinen Frieden.«

»Mader, Sie reden wie in einem dieser elenden Vorabendfilme. Wenn das so wäre, dann bräuchten wir hier gar nicht mehr zu arbeiten.«

AUGUSTINER

»Hi, Fränki«, meldete sich Zankl, als er ans Handy ging.

»Hi, Zankl«, sagte Fränki. »Sitzt du?«

»Zwangsläufig, ich bin im Auto.«

»Fahr rechts ran.«

»Ich hab 'ne Freisprechanlage.«

»Fahr rechts ran!«

Zankl fuhr in eine Parkbucht. Stellte den Motor ab. »Ist was mit Dosi? Ist was passiert?«

»Nein, Dosi geht's super. Also den Umständen entsprechend.«

»Aber?«

»Wir ha-ben ge-won-nen!«

»Was haben wir gewonnen?«

»Dein Tipp. Düsseldorf gegen Bochum. 3:0. Wo immer dein Tipp her war – genial!«

»Ach du Scheiße! Wie viel?«

»19 600 Euro!«

»19 600!« Zankl schlug aufs Lenkrad. Die Hupe dröhnte. »Wie geil ist das denn?! 19 600! Das sind für jeden ...«

»Fast 10 000, genau. Zehn Riesen! Das müssen wir feiern! Wo bist du?«

»Ich muss noch arbeiten.«

»Jetzt noch? Egal. Ruf mich hinterher an. 20 000 Euro! Komm nachher einfach vorbei. Ich hab einen Kasten Augustiner hier.«

Zankl ließ den Wagen an und schaffte es noch bei Gelb über die Ampel an der Widenmayerstraße. Der Friedensengel strahlte golden in der Dunkelheit. Zankl sah schuldbewusst zu ihm hoch. ›Du siehst alles‹, dachte Zankl, ›und sagst es deinem Chef ... Vielleicht aber auch nicht ...?‹

Günther hatte es sich nicht nehmen lassen, Mader zu begleiten. Der *Hubertushof* war kaum zu erkennen. Mond hinter einer dichten Wolkenbank. SEK rund um den Hof verteilt. Bajazzo im Fußraum des Dienst-BMW – tiefenentspannt.

Der Mond kam jetzt hinter den Wolken hervor. Beschien das stattliche Forsthaus, das zuvor nur ein dunkler Scherenschnitt gewesen war. Das verwinkelte Gebäude wirkte fast märchenhaft. Keinen hätte es gewundert, wenn jetzt eine Hexe auf ihrem Besen vorbeigezischt wäre.

Motorengeräusche. Ein Scheinwerfer tanzte durch den Wald. Ein Motorrad schoss über die Kuppe. Bremste scharf. Das Bollern erstarb. Helm ab. Blonde Haare im Mondlicht. »Marlon Schimmel«, murmelte Mader. »So sieht man sich wieder. Unser Mann beim BKA.« Dann sagte er ins Mikro: »Kein Zugriff. Auf Position bleiben!«

Hummel meldete sich: »Stöger fährt los, ich folge ihm.«

Mader rief Zankl an.

»Alles ruhig«, lautete Zankls Auskunft von seinem Posten vor dem Hotel *Luitpold*.

Mader und Günther beobachteten das Forsthaus. Marlon knipste drinnen ungeniert das Licht an. Sie sahen, wie er den Speisesaal durchquerte, das Büro des Heimleiters betrat.

»Sollen wir ihn da drinnen einfach machen lassen?«, fragte Günther. »Am Ende beseitigt er Beweismittel.«

»Wir warten. Wenn es was gibt, dann ist es gut versteckt. Die Spurensicherung hat nichts gefunden.«

Zankl meldete sich aus München: »Schimmel ist jetzt

in der Lobby. Stöger kommt dazu. Sie reden. Schimmel regt sich auf. Stöger auch ... Stöger geht wieder. Hummel ist an ihm dran. Ich bleib auf Posten.«

Mader und Günther sahen wieder zu dem Haus. Festbeleuchtung, nun auch im ersten Stock. Marlon sahen sie nicht. »Wo ist er?«, fragte Günther ungeduldig.

»Das möchte ich auch wissen«, sagte Mader, gab Günther das Handy und huschte zum Hof hinüber. Er horchte an der Haustür und schlüpfte hinein, durchquerte den Speisesaal.

Hummel meldete sich: »Stöger fährt in Richtung Sauerlach.«

»Wo genau sind Sie?«, fragte Günther.

»Grünwald, Bavaria-Gelände.«

Günther sah beunruhigt zu dem Haus. Schon bald waren die Lichtkegel im Wald zu sehen. Höchstens ein Kilometer. »Bereithalten!«, sagte Günther in sein Headset. Fünfhundert Meter. Vierhundert. Dreihundert. »Achtung!« Jetzt öffnete sich die Tür. Mader. »Kein Zugriff!«, zischte Günther. Mader sah die Lichter. Letzte Kurve, dann würden sie ihn erfassen. Er tauchte ab in die Dunkelheit.

Stögers Auto kam mit einer scharfen Bremsung auf dem Kies zum Stehen. Stöger stieg aus und verschwand im Haus.

Mader war wieder bei Günther.

»Und, wo ist Marlon?«, fragte Günther.

»Auf dem Speicher.«

»Was macht er da?«

»Ich weiß es nicht.« Er drehte sich um und fragte den Kriminaltechniker: »Haben wir jetzt Ton?«

Der nickte. Sie nahmen die Kopfhörer entgegen.

»Marlon?«, hörte man Stögers Stimme.

»Alles geregelt.«

Kruscheln. Möbelrücken. Dann Stille.

»Wo ist das gute Stück, Marlon?«

»Hier. Halt mal.«

»Zugriff!«, sagte Günther.

Scheinwerfer flammten auf. Günther nahm das Megafon. »Das Haus ist umstellt! Kommen Sie mit erhobenen Händen heraus!«

Nichts passierte. Günther wiederholte seine Ansage. Sie warteten. Endlich öffnete sich die Tür. Marlon und Stöger kamen mit erhobenen Händen heraus.

»Hier rüber!«, wies Günther sie an. In diesem Moment gab es einen Riesenknall, Glas platzte, alle warfen sich zu Boden. Flammen schlugen aus dem oberen Stockwerk.

NICHTS

Präsidium. Günthers Büro. Mader regte sich auf: »Wir haben nichts, gar nichts. Ich hab's vermasselt. Wir hätten gleich reingehen müssen! Wir hätten das Zeug finden müssen! Jetzt erzählen die was von einem defekten Kerosinofen …«

Günther war erstaunlich entspannt. »Gut, dass wir da nicht reingegangen sind. Sonst wäre uns der Laden noch um die Ohren geflogen!«

»Trotzdem. Verdammt noch mal!«

»Mader, beruhigen Sie sich. Wir kriegen die.«

»Nichts kriegen wir. Das Haus ist komplett ausgebrannt. Dreißig Minuten hat Feuerwehr bis da raus gebraucht. Da finden wir nichts mehr. Wir können die beiden maximal vierundzwanzig Stunden festhalten. Der Anwalt ist auf dem Weg.«

»Noch ist nicht aller Tage Abend«, sagte Günther. »Ich bestell Professor Schimmel her.«

»Damit er uns die Ohren lang zieht?«

»Ach, wir werden sehen. Wahrscheinlich weiß er eh schon Bescheid.«

»Was ist mit Hummel und Zankl?«

»Können ins Bett. Den Rest schaffen wir zu zweit.«

Keine halbe Stunde später betrat Mader wieder Günthers Büro. Günther saß am Schreibtisch und spielte mit seinem iPad mini.

»Er ist da«, sagte Mader. »Unten am Empfang.«

»Mensch, Herrmann«, begrüßte Günther seinen Freund, »tut mir leid, dass wir dich aus dem Bett holen mussten.«

»Was ist mit Marlon? Stimmt das mit der U-Haft?«

»Ja, bis die Brandursache geklärt ist.«

»Ein defekter Kerosinofen!«

»Du bist gut informiert. Die U-Haft hat der Staatsanwalt angefordert.«

»Der wird was zu hören kriegen.«

»Was wollten Marlon und Stöger da draußen?«

»Stöger hat mich informiert, dass das Jugendamt bei einer Hygienekontrolle im *Hubertushof* Legionellen gefunden hat und den Laden zugesperrt hat. Stöger sollte sich das mit Marlon ansehen. Auch ob sonst alles in Ordnung ist. Man kann so einen Verein ja nicht auf einen Schlag dichtmachen. Kühlschränke, Heizung, das alles. Kann ich jetzt endlich zu Marlon?«

»Klar, komm mit.«

Sie begleiteten Schimmel nach unten zu den Arrestzellen. Günther parkte ihn in einem der Verhörräume. »Warte bitte kurz hier, ich hole ihn.«

»Warum ist es so heiß da drin?«, fragte Mader auf dem Gang.

»Wir kochen ihn weich.«

Mader verstand nur Bahnhof.

Sie gingen den Gang runter und warfen einen Blick in eine der Zellen. Marlon saß reglos auf seiner Pritsche. Günther beobachtete ihn.

»Und, holen wir ihn raus?«, fragte Mader.

»Ich hab's mir anders überlegt«, meinte Günther fröhlich. »Wir gewähren Professor Schimmel einen Einblick in den bescheidenen Komfort unserer Haftzellen. Außerdem ist es hier nicht ganz so stickig.«

Maders Verwirrung nahm immer mehr zu.

Günther war bester Laune. »Kommen Sie!«

Sie betraten wieder das völlig überheizte Verhörzimmer. Schimmel hatte das Jackett über den Stuhl gehängt und die obersten Hemdknöpfe geöffnet. »Wo ist Marlon?«, fragte er.

»Du kannst zu ihm in die Zelle. Da seid ihr unter euch. Mader, bitte bringen Sie Professor Schimmel zu seinem Sohn.«

Schimmel stand auf und griff nach seinem Sakko.

Günther winkte ab. »Lass ruhig hängen, ich warte hier.«

Schimmel folgte Mader. Auf dem Gang rief ein Polizist: »Herr Mader, der Anwalt ist jetzt da!«

»Lassen Sie mich raten – Nerlinger und Kollegen?«, begrüßte Mader den Anwalt.

»Sehr wohl, und Dr. Nerlinger ist nicht sehr erfreut über die erneute Festnahme von Herrn Stöger. Herrn

Schimmel vertreten wir ebenfalls. Was haben Sie sich dabei gedacht? Herr Schimmel ist doch Polizist! Dr. Nerlinger ist sehr aufgebracht.«

»Warum ist er dann nicht selbst gekommen? Na ja, Regensburg ist doch ein bisschen ab vom Schuss. Aber klar, dass er nicht selbst kommt. Wer im Glashaus sitzt, soll nicht mit Steinen werfen.«

Der Anwalt sah ihn irritiert an.

Mader lächelte. »Richten Sie ihm bitte aus, dass wir über Zimmer 14 Bescheid wissen. So, Sie haben was Schriftliches?«

Der Anwalt reichte ihm ein Blatt Papier. »Da kommt was auf Sie zu. Setzen Sie meine Mandanten sofort auf freien Fuß!«

Dass Günther sich so gar nicht aus dem Verhörzimmer heraus bemühte, fand Mader schon ein bisschen merkwürdig. Er musste doch hören, was auf dem Gang los war? Im Schein der grellen Neonröhre las Mader den juristischen Schriftsatz. »Sofort auf freien Fuß zu setzen«, lautete die Kernbotschaft. »Kommen Sie bitte mit«, sagte Mader und betrat mit dem Anwalt und Schimmel wieder das überheizte Verhörzimmer. Günther saß am Tisch und spielte mit seinem iPad. Mader fielen fast die Augen raus. Er räusperte sich.

Erstaunt blickte Günther auf. Ließ sich das Schriftstück geben. Las es aufmerksam.

»Ja, genau, so ist es«, murmelte er. »Aber so einfach ist es auch wieder nicht. Herrmann, ich glaub, du hast einen Termin vergessen.«

»Was für einen Termin?«

»Jetzt gleich. Ein sehr wichtiger Termin. Schreibst du dir so was nicht auf?«

Schimmel ging zu dem Stuhl und griff genervt in die Innentasche des Sakkos. Holte sein iPad heraus. Tippte seinen Code ein. Nichts geschah. Er versuchte es nochmals. Nichts.

»Technik ist manchmal unzuverlässig«, sagte Günther und drückte auf das Display seines iPad. Das Rauschen von Wasser war zu hören. Er drehte das iPad so, dass es alle sehen konnten: nackte Knaben unter der Dusche. Schimmels Gesichtszüge erstarrten.

»Bringen Sie ihn in Zelle 4«, wies Günther den Beamten an der Tür an.

Der Anwalt wollte etwas sagen, aber Günther hob warnend den Finger.

WASSERDICHT

Mader setzte sich auf Günthers Besucherstuhl. »Respekt. Woher hatten Sie den Code?«

Günther lächelte. »Man kann nicht vorsichtig genug sein, wenn man mit seinem elektronischen Spielzeug angibt. Schimmel war so stolz auf sein Teil. ›Da ist mein ganzes Büro drin. Und meine Fotos, meine Videos …‹ Ein Mann, der alles Wichtige im Griff hat. Beruflich und privat. Hat mich schwer beeindruckt. In einem schwachen Moment.«

»Meinen Sie, es geht nur um Filme oder um mehr?«

»Ich weiß es nicht. Missbrauch ist es in jedem Fall. Aber das ist nicht unser Job. Jedenfalls haben wir jetzt etwas gegen Schimmel in der Hand. Ich kann mir vorstellen, dass er versuchen wird, alles auf Stöger zu schieben, um irgendwie aus der Nummer rauszukommen.«

»Das wird sowieso eng für Stöger. Denn das passt alles zum Fall Schosser. Didi Schosser kriegt Wind von Stögers fragwürdigem Stiftungsengagement und setzt ihn unter Druck.«

»Woher weiß er das mit der Stiftung?«

»Ach, das ist jetzt ein bisschen kompliziert. Er weiß es im Prinzip über Lisa, Bertis Freundin. Bei Berti ging Zlatan ein und aus. Zlatan arbeitet für Stöger, erzählt Berti was über seine Arbeit, und irgendwie erfährt es schließlich Schosser.«

»Irgendwie? Kann es sein, dass ich nicht über alle Ermittlungsergebnisse informiert bin?«

»Das ist alles taufrisch. Bericht folgt noch.«

»Dann bitte im Detail und wasserdicht.«

»Natürlich. Und diesen Berti knöpfen wir uns noch mal in Ruhe vor. Was mir noch im Kopf rumgeht, das sind diese Waffengeschäfte. Haben Sie da eine Theorie?«

»Na ja, bei dieser Sicherheitskonferenz geht es um massive wirtschaftliche Interessen, um Waffengeschäfte. Und da wollen mehrere mitverdienen. Aber Mirko Djuvic bringt alles ins Rutschen. Der will wissen, wer für den Tod seines Bruders verantwortlich ist. Wer war es? Und warum?«

»Wir haben keinen Anhaltspunkt. Lucky Djuvic hatte Milieukontakte, jemand hatte eine offene Rechnung mit Mirko …«

»Hat Mirko Zlatan getötet?«, fragte Günther.

»Kann sein. Muss aber nicht sein. Jedenfalls war Zlatan von Mirko beauftragt, sich um Lucky Djuvic zu kümmern. Eine alte Kameradschaft aus dem Bürgerkrieg. Vielleicht hat Mirko ihn für seine Unzuverlässigkeit bestraft.«

»Und Mirko hat vermutlich mit den Waffengeschäften zu tun, für die auf der Konferenz geworben wurde. Warum sonst hätte Schimmel mir verschweigen, dass Mirko auf den Überwachungsbildern aus der U-Bahn zu sehen war, als wir wegen der Schießerei im Einsatzzentrum waren. Mir ist das erst in der Arena eingefallen.« Günther schüttelte den Kopf. »Waffen und kleine Jungs. Mit der Politkarriere ist es vorbei. Der wandert in den Strafvollzug.«

»Glücklich sehen Sie dabei nicht aus.«

»Ach, ich bin enttäuscht. Persönlich. Schimmel hat eine so glanzvolle Karriere hingelegt, er ist mein Doktorvater, schreibt dieses hervorragende *Handbuch zur Kriminologie,* wird als kommender Innenminister gehandelt. Ich dachte, endlich die richtige Person auf einem so wichtigen Posten. Und dann so was. Hinter der glänzenden Fassade nur Schmutz. Am meisten enttäuscht mich das als Freund. Verstehen Sie das?«

»Ja, das versteh ich, sehr gut sogar.«

»Ich brauch jetzt ein Bier. Kommen Sie mit?«

»Jetzt hat aber nichts mehr offen?«

»Ach, ich kenn da einen Laden …«

BILL

Diego legte Trikot und Hose auf den Tisch in der Mitte des Raums. Dort lag Didi Schosser. Das Gesicht war weitgehend unversehrt. Trotz der schrecklichen Verletzungen nach dem Sturz vom Olympiaturm. Und auch der Rest sah ganz passabel aus. »Die machen da einen Topjob in der Rechtsmedizin«, lautete Andis Urteil. Die Feinarbeit hatte er übernommen. Die ausgeschlagenen Zähne sah man nicht, weil er den Mund mit ein paar feinen Stichen geschlossen hatte. Seine versierte Technik sorgte für ein süffisantes Grinsen, was dem Milchbubi nicht schlecht stand, ihm einen Hauch Männlichkeit verlieh.

»Gut gemacht, Andi«, urteilte Diego, »richtig gut. Jetzt hat der Typ endlich seinen großen Tag.«

Andi besah sich das Trikot. »Wo hast du das her, vom Verein?«

»Na, vom Fanshop unterm Stachus. Du, des is der Wahnsinn. Fürs Shirt allein zahlst du siebzig Euro! Ich hab's aber billiger bekommen. Der Typ an der Kasse hat nur fünfunddreißig dafür genommen.«

»Der hat gesehen, dass du ein Profi bist, der keine Mondpreise zahlt.«

»Die Hosn und Stuzn warn a billiger. Aber wir berechnen dem Miller natürlich den Normalpreis. Wir ham ja noch was aufzuholen nach dem Scheißtipp vom Zlatan.«

»Hat wohl einer mehr verloren als wir.«

Herzhaftes Gelächter. Josef Miller betrat den Raum. Das Gelächter erstarb.

Miller sah sich um. »Wer hat das Trikot besorgt?«

»Ich«, vermeldete Diego stolz.

»Fällt dir irgendwas dran auf?«

»Nein, außer dass es diesmal nicht ganz so eng ist. Man muss ja nicht jede Mode mitmachen. Also nicht Robben, eher Lahm.«

»Kannst glei umtauschen gehn. Des Trikot is von der letzten Saison. Außerdem auswärts! Des is a Heimspiel! Mei, Burschen!«

»Des merkt doch keiner!«, versuchte es Andi.

»Ja, logisch, wenn ich das schon seh. Was sagen dann

die vom Verein? Dass ma hier die Sparversion abziehn mit einem Trikot vom letzten Jahr? Des ist der FC Bayern! Burschen, wenn des ned klappt, dürft's ihr mal bei meinem Bruder in Passau arbeiten. Da verschwinden Leute manchmal einfach so. Also, husch husch!«

»Was sollte das mit seinem Bruder?«, fragte Diego, als Miller gegangen war.

»Da ist im Frühjahr einer von seinen Angestellten verschwunden. Spurlos.«

Diego überlegte. Dann lachte er. »Vielleicht hat der sich auf ein Nickerchen in einen Sarg neiglegt, und die ham dann zugmacht. Stell dir mal vor. Fährst ins Krematorium und merkst, dass es langsam warm wird. Da gab's doch mal 'nen James Bond ...«

»Jetzt halt doch mal die Klappe, Diego! Mann, altes Trikot ... Du bist so ein Depp!«

»Selber Depp! Woher soll ich denn das wissen? Ist ja nicht mein Verein.«

»Klar. Und die Sechzger haben immer noch Aston Martin auf der Brust. Oh, Mann, jetzt steht ma wie die Voll-Loser da.«

»Jetzt übertreib's mal nicht. Ich denk, der Typ war noch nicht mal richtig bei Bayern. Hat gerade erst den Vertrag unterschrieben. Kein einziges Spiel hat der für die gemacht, und schon soll er das topaktuellste Trikot kriegen. Mist, ich hab die Preisschilder schon abgschnitten.«

»Dann musst du's selber tragen, du Profi.«

»Ich? FC Bayern? Im Leben nicht!«

»Na, ihr Männer«, grüßte Gesine die drei Kommissare an Maders Besprechungstisch, »wie läuft's so ohne Dosi?«

»Ganz schlimm«, sagte Hummel. »Weißt du's nicht?«

Zankl nickte. »Sie wurde gestern obduziert.«

»Was?«

»Eine fiese Infektion. Diese Krankenhäuser sind die reinsten Keimfabriken.«

Mader schüttelte traurig den Kopf. »Es ging ganz schnell.«

»O Gott! Das ist ja furchtbar!«

»Wer im Krankenhaus sitzt, soll nicht mit Keimen werfen«, sagte Zankl.

»Ihr Witzbolde! Was macht's ihr hier? Implosionstheater?«

Hummel grinste. »War Dosis Idee. Damit du dich auch mal meldest.«

»Na ja, wenn ich so viel Zeit hätte wie ihr … Wie geht es ihr?«

»Schon wieder viel zu gut. Sie machen jetzt Rooming-in. Fränki hat sich das Bett neben ihr geben lassen.«

»Das muss Liebe sein.«

»Und, haben Sie was für uns?«, fragte Mader.

»Die DNA-Analyse von dem Stofffetzen vom Olympiaturm ist da.«

»Aha. Und?«

»Gehört definitiv zu Schosser. Also nicht zu Stöger.«

»Und die Zigarette?«, fragte Hummel.

»Die habt ihr von Stöger.«

»Ja, logisch, aber ist an dem Stofffetzen dieselbe DNA?«

»Keine Hautpartikel oder Haare.«

»Mist!«

»Tja. Wäre auch zu einfach gewesen. Aber ich hab den Kollegen gesagt, dass sie den Stoff mal an die Forschungsabteilung in Nürnberg schicken sollen. Die haben ein ganz neues, noch genaueres Verfahren.« Gesine zog ein eng bedrucktes Blatt Papier aus ihrer Mappe und reichte es ihnen. Unlesbar. Zahlenkolonnen und Fachchinesisch.

Mader erinnerte sich an die Fortbildung. An Professor Breitenbach, der von seinen neuen Analysemethoden geschwärmt hatte. Der Wichtigtuer. »Und? Mit welchem Resultat?«, fragte er und schob den Bogen zurück.

Gesine zeigte auf zwei Diagramme. »Marginale Schweißspuren. Die nicht von Schosser sind.«

»Von Stöger?«

»Sie sind von derselben Person, die die Zigarette geraucht hat.«

»Jawoll!«, sagte Zankl.

»Das heißt noch gar nichts. Er kann Schossers Hemd auch beim Abendessen berührt haben, bei der Begrüßung. Diese Fußballer umarmen sich doch andauernd.« Gesine sah in die enttäuschten Gesichter der Männer. »Nicht weinen, Leute! Breitenbachs Verfahren ist so fein, dass er im Schweiß sogar den Stresslevel ablesen kann.«

»Das kann er?«, fragte Mader erstaunt.

»Und wenn der hoch ist, dann kaum wegen einer Begrüßung.«

»Und, wie hoch ist er?«

»Sehr hoch.«

Mader stand auf. »Superarbeit, Frau Doktor. Respekt! Vielen Dank. Zankl und Hummel, Sie nehmen Stöger noch mal in die Mangel. Vielleicht packt er jetzt endlich aus.«

»Gegen Marlon haben wir leider nichts in der Hand«, murmelte Hummel. »Ich wette, dass er das mit Dosis Motorrad war.«

Mader lächelte. »Nicht verzagen, Hummel, die interne Ermittlung kann ganz schön hart sein. Und jetzt hält sein Papa nicht mehr die Hand drüber.«

DRAMATISCH

»Ja, was dauert denn da so lange?«, moserte Andi, als Diego am nächsten Morgen mit gehöriger Verspätung eintraf.

»Du bist gut, kann ich was dafür, dass die U-Bahn stehen bleibt. Mitten im Tunnel.«

»Ja, wo denn sonst?«

»An einer Station vielleicht?«

»Das ist auch ein Tunnel.«

»Oh, der Herr haben einen Clown gefrühstückt?«

»Diego, sag halt einfach, dass du verschlafen hast.«

»Ich war bis drei Uhr früh hier und hab die Sachen zusammengebaut.«

»Und? Funktioniert's?«

»Ja, logisch funktioniert's. Die Technik ist vom Feinsten. Der Gerd vom *Technoland* hat gesagt, wir müssen nur aufpassen, dass wir die Knöpfchen in der richtigen Reihenfolge drücken. Sonst ist die Überraschung futsch. Und das Drama im Arsch.«

»Die Dramaturgie.«

»Sag ich doch.«

Andi machte Anstalten, den Sarg noch mal zu öffnen.

»Tust du die Finger weg!«, rief Diego.

»Warum?«

»Wegen dem Drama.«

»Alles klar, dann laden wir den Guten ein. Ist ja nur ein Katzensprung.«

Sie schoben den Sarg vom Rollwagen auf die Ladefläche des Mercedes Kombi. Andi steckte sich noch eine Zigarette an, und Diego ging sich umziehen.

Kurz darauf war Diego wieder da. Grauer Anzug und Sechzger-Schal um den Hals.

»Du hast sie nicht alle«, sagte Andi.

»Wieso? Bringt ein bisschen Farbe ins Spiel.«

»Das machst du nicht. Was sollen die denn sagen, wenn du mit einem Löwenschal aufläufst?«

»Sonst bist du doch der große Schalträger!«

»Aber doch nicht im Dienst. Wir sind die Neutralen, die Grauen, die du eigentlich gar nicht siehst, die hinter den Kulissen die Fäden ziehen. Außerdem ist da bestimmt jede Menge Presse. Wir bleiben im Hintergrund.«

»Meinst du echt, dass wer von der Zeitung kommt?«

»Logisch, wenn da die ganzen Kicker antanzen.«

»Der Schweinsteiger, der Robben, der Ribéry … Die werden Augen machen. Du, das Drama ist wirklich super.«

»Jetzt komm endlich.« Andi warf seine Zigarette weg und stieg ein.

Diego kletterte auf der Beifahrerseite rein. »Okay, Andi, los geht's!«

Mit quietschenden Reifen verließen sie den Giesinger Hinterhof. Auf der Sankt-Martin-Straße kollidierten sie fast mit der Trambahn.

Andi stieg aufs Gas und donnerte auf die Tegernseer Landstraße.

»Wo willst du eigentlich hin?«, fragte Diego.

»Säbener Straße.«

»Was faselst du? Wir müssen nur zum Ostfriedhof rüber.«

»Hä, ich denk, wir machen das bei denen? So wie in Aichach, das war doch die Idee von dem Ganzen.«

»Nein, das war die Idee vom Miller. Aber die vom FC Bayern haben gesagt, das bringt irgendwie schlechtes Karma, wenn man das im Vereinsheim macht.«

»Die wissen auch nicht, was sie wollen.«

»Doch. Eine super Beerdigung.«

»Und die bekommen sie!« Andi wendete auf der Straße, ein entgegenkommendes Auto konnte gerade noch bremsen. »Vorfahrt, du Depp!«, rief Andi. Diego lachte. Sie preschten die Straße zurück.

Bei den Aussegnungshallen stand bereits eine stattliche Menschenmenge.

»Kommen die alle wegen dem Schosser?«, fragte Diego, als sich das Meer teilte, um den Leichenwagen durchzulassen.

»Schaut so aus. Irgendwelche bekannten Gesichter?«, fragte Andi.

»Des könnte grad der Beckenbauer gewesen sein«, sagte Diego und ließ seinen Blick durch die Menge schweifen. »Aber so ohne Trikot erkennst du ja gar keinen. Da schauen die aus wie Hinz und Kunz.«

»Sans aber ned. Weißt du, was der Ribéry im Jahr verdient?«

»Ich möcht's gar ned wissen. Hey, pass doch auf!«

Knirschend drückte sich ein Betonpoller in den vorderen rechten Kotflügel.

»Mei, Andi, du und Autofahren.«

»Wer redet denn die ganze Zeit auf mich ein?«

»Bin ich jetzt vielleicht schuld, oder was?«

Andi parkte den Wagen beim Hintereingang der Aussegnungshallen. Sofort stürmte ein Friedhofsangestellter zu ihnen. »Wo bleibt's ihr denn?«

»Ist halt ein Wahnsinnsverkehr in Giesing.«

Im Nu waren drei weitere Kollegen da. Sie öffneten die Heckklappe, verluden den Sarg auf ihren Rollwagen und verschwanden damit im Gebäude.

»So, des hätt ma«, sagte Andi und steckte sich eine Zigarette an.

»Von wegen«, meinte Diego und hielt die Fernbedienung hoch.

»Geh scho vor, Diego, i rauch noch aus.«

BLINGBLING

Als Andi nach erfolgreicher Nikotinaufnahme das Friedhofsgebäude betrat, sah er tatsächlich Franz Beckenbauer. Der huschte wie ein Salamander in den Türspalt der vorderen Aussegnungshalle. Andi folgte ihm und drückte sich in die letzte Reihe. Sah sich um. Wow! Die Bayern-Granden waren alle da. Bosse und Spieler. Und er mitten drin. Wo war Diego? Er sah nur seinen Namensvetter Contento. Jetzt war er sehr gespannt, was sich Diego ausgedacht hatte. So eventmäßig. Ja, darin waren sie inzwischen richtig gut. Bei Fußballbegräbnissen machte ihnen keiner was vor. Miller hatte gesagt, dass sie auch den Zlatan bekommen würden. Den Deppen. Aber auch hier galt Millers Motto: *Über Tote sagt man nichts Schlechtes. Weil: Jeder Kunde ist ein guter Kunde.*

Ja, Zlatan würde eine ansprechende Trauerfeier bekommen. Bisschen Las-Vegas-Style, so blingbling. Ah, jetzt sah er Miller. Andi wollte ihm winken, aber Miller konzentrierte sich ganz auf den Sarg. Der kaum zu erkennen war im Dschungel von Blumen und Kränzen und Schleifen und Vereinswimpeln. ›Komisch‹, dachte Andi, ›der Schosser soll doch im offenen Sarg liegen? Im Trikot, damit ihn jeder sehen kann und man ihn so in Erinnerung behält, wie man ihn vom Platz kennt … Nein, das gehört ja zum Drama. Natürlich.‹ Sonst hätte Diego ja auch nicht tagelang mit dem elektrischen Türöffner herumexperimentiert. Andi dachte an die desolate Leiche und war stolz darauf, wie toll sie ihn zurechtgemacht hatten. Er lehnte sich zurück.

OBERLICHT

Diego sah zum Sarg. Gleich würde der große Moment kommen. Schossers ultimativer Auftritt. Da würden die Bayern-Leute Augen machen. Er selbst war ein bisschen enttäuscht. Er hätte schwören können, den Beckenbauer draußen gesehen zu haben. Hier drin sah er ihn nicht. Von den anderen Promis entdeckte er ebenfalls keinen. Den Robben oder den Hoeneß hätte er schon gern gesehen. Oder kamen zu so einer Beerdigung nur die Vereinsheinze, die im Hintergrund die Strippen ziehen? Vielleicht war nur seine Kurzsichtigkeit schuld daran, dass er niemanden erkannte? Deswegen hatte er sich ja fast ganz vorne hingesetzt. Wo blieb Andi? Diego sah zum Eingang. ›Verdammt, am Ende steht der immer noch draußen und raucht. Und verpasst die Show! Selber schuld.‹

Dann würde er eben bei Miller allein seine Lorbeeren einheimsen.

Millers Geschäftsidee war wirklich großartig. Diego hatte die ersten Entwürfe für die neue Website gesehen. Gar nicht mehr dieser karge Beerdigungston. Richtig knallig. »Da kann man auch Sarg-plus-Produkte verkaufen«, hatte Miller gesagt. »Raumspray, Duftkerzen, CDs…« Miller sah er ebenfalls nicht. Mist, er brauchte wirklich eine Brille. Diego gähnte. Zwei Plätze weiter links döste ein großer Schäferhund. ›Du hast es gut!‹, dachte Diego und gähnte noch mal.

Seine Augen schlossen sich ganz langsam. Nur einen Moment. Er sah es genau vor sich, hörte es. Feierliche Musik, ein Strahlen im ganzen Raum, das Dach des Saals öffnete sich, gab den Blick frei in den kristallblauen Giesinger Himmel. Nur ein kleines Federwölkchen. Ganz klein, ganz leicht. Dort oben saß der Herrgott, unsichtbar in seinem Wattebäuschchen – sicher auch ein Sechzger-Fan –, und blickte voller Wohlgefallen auf seine Erdenbürger hinab. Auch auf ihn, Diego – ein kleines Lichtlein, aber mit so vielen unerkannten Talenten und einer so kreativen Ader, die bislang im Verborgenen geschlummert hatte und erst jetzt zum Leben erwachte. Diego hatte noch große Pläne. Er war auf dem Weg zum Großmeister der Inszenierung des letzten Aktes auf Erden. Und der sollte nicht traurig, düster sein, sondern hell und fröhlich. Es ging nicht mehr ums Dahinscheiden, ein Weggleiten in die Dunkelheit, es ging um den Aufbruch in andere Gefilde, in himmlische Sphären. Dahin, wo es hell war.

Gottes liebendes Auge schickte einen warmen Strahl auf Diego. Es kitzelte ihn in der Nase, er blinzelte, schlug die Augen auf. Ja, eins der Oberlichter ließ einen Sonnenstrahl ein, er fiel direkt auf sein Gesicht. Diego kniff die Augen zusammen, erhob sich mit den anderen, denn gerade trat der Pfarrer hinter sein Pult. Beim Aufstehen rutschte Diego die Fernbedienung vom Schoß. Sie klickerte auf den Steinboden.

Als er sich bückte, sah er in die schwarzen Augen des Schäferhundes. Die Fernbedienung war schon in seinem Maul. »Danke, Waldi«, flüsterte Diego freundlich und griff danach. Waldi dachte gar nicht daran, sein Beutestück dem netten Herrn zu überlassen, sondern verschwand nach links in der Bankreihe. Diego stöhnte, zögerte kurz, dann drängte er sich durch die Leute. »Gib das Scheißteil her!«, zischte er leise. Ihm wurde schlecht bei dem Gedanken, dass …

Schon ging ein Raunen durch die Menge. Diego sah nach vorne. Es war bereits passiert. Waldi hatte mit seinen Zähnen auf eins der Knöpfchen gedrückt. Der Sarg hatte sich bereits geöffnet, und jetzt erklang *Stern des Südens.* Dröhnend laut, wie Diego erschrocken feststellte. Alle Blicke jetzt festgenagelt auf den Sarg. Der Pfarrer auf den Knien, die Hände zum Stoßgebet gefaltet. Unbeeindruckt schmetterte es aus dem Sarg, und der Stützmechanismus unter Schossers Oberkörper klappte nun selbigen nach oben. Nicht ganz so smooth, wie Diego das geplant hatte, eher ruckartig, wie ein Katapult: Der Oberkörper in dem roten Trikot schnellte hoch und plumpste zur Seite. Didis Brust, Kopf und linker Arm hingen ungut über den Sargrand. Die Menge durcheilte ein schockiertes »Oh!«. Jetzt zuckte eine Bayern-Fahne aus dem Sarg hoch und wurde von einem leistungsstarken Ventilator zum Knattern gebracht. Zwei Bengalos in Rot und Weiß tauchten den Raum in farbigen Nebel. Dass auch noch die Konfettikanone mit einem Knall explodierte und alles in bunten Glitter und Qualm hüllte – geschenkt. Diego hatte sich bereits nach draußen verdrückt und die Tür hinter sich geschlossen. In der Aussegnungshalle hinter ihm steppte der Bär. Verwirrt sah er auf die Tür gegenüber. Denn aus der anderen Halle kam gerade Franz Beckenbauer, gefolgt von Rummenigge und Thomas Müller. Alle drei schüttelten heftig die Köpfe und lachten. Hinter ihnen eine Meute von Presseleuten.

»He, Diego, wo warst du denn?«, begrüßte Andi seinen Kollegen.

»Ja, wo warst du denn?«, fragte Diego zurück.

»Bei den Bayern. Du, stell dir vor, die vom Friedhof haben die Särge vertauscht! Solche Deppen! Ich hab mich schon gewundert, dass nix passiert. Wie der Miller den Friedhofjungs gesagt hat, dass ›offen‹ vereinbart war und sie die Kiste aufmachen, liegt da eine schrumpelige Lady drin und kein junger Fußballer!« Andi brach in heiseres Gelächter aus.

Jetzt stürmten die Menschen aus Diegos Saal nach draußen, gefolgt von Qualm, Flitter und immer neuen Explosionen. Die Bayern-Granden nahmen all dies fasziniert zur Kenntnis und stimmten in den immer noch lautstark erklingenden *Stern des Südens* ein.

Stadionatmosphäre!

Andi kriegte sich gar nicht mehr ein vor Lachen.

»Das ist nicht komisch!«, schnauzte Diego. »Komm, wir hauen ab!«

»Halt!«, stoppte sie Miller, der plötzlich vor ihnen stand. »Was ist hier los?«

»Meinen Sie mich?« Beckenbauer drehte sich um.

Die drei Bestatter starrten ihn an wie den Herrgott persönlich.

Beckenbauer lächelte gnädig. »Jenseits ist erst, wenn der Schiedsrichter abpfeift.«

PFORZHEIM

Eine Gruppe Männer hatte sich im Münchner Norden in einem aufgelassenen Steinbruch versammelt. Gemeinsames Kennzeichen: schlecht sitzende Militarykleidung. Mal zu groß, mal spannten die Kampfanzüge gefährlich im Bauchbereich oder Schritt.

Zwei Krähen verfolgten die Aktionen der Männer in den lustigen Anzügen.

»Ich liebe die Ausflüge mit dir. Mal Fußball, mal eher naturell. Was machen die da?«

»Vielleicht ein Freilufttheater. Von den Kostümen her könnten das die *Soldaten* sein.«

»Die was?«

»Dieses Theaterstück von Lenz.«

»Du meinst den Versand aus Pforzheim?«

»Pforzheim … Das klingt voll ordinär. Nein, das Theaterstück von dem Dings, dem Lenz halt. Achtzehntes Jahrhundert.«

»Du und deine Bildungshuberei, das geht mir echt auf den Zeiger. Jetzt machen wir einen Ausflug in die Natur, und du kommst mir mit Theater.«

»War ja nur ein Gedanke. Mit Kultur hast du es ja leider nicht. Schade eigentlich.«

»Aber beim Fußball den Proll raushängen lassen und den Leuten auf die Jacke scheißen.«

»Der Depp hat's verdient. Obwohl, du hast recht – Theater machen die hier nicht.«

»Vielleicht einen Actionfilm. *Rambo reloaded.* Fehlen aber die Waffen.«

Jetzt ruckelte ein schwarzer Fiat Ducato über die zerfurchte Piste. Der Diesel erstarb in einer Staubwolke. Zwei kräftige Jungs in Blaumännern entstiegen dem Transporter und öffneten die Heckklappe. Der Laderaum war bis oben voll mit Waffenkisten und einer Flugabwehrrakete.

MEHR ALS TAUSEND WORTE

»Was für eine Scheißkarre!«, schimpfte Putin, der sich neben Andi auf die Sitzbank vorne im Leichenwagen gequetscht hatte.

»Sorry«, sagte Andi. »Ich hab's dir doch gesagt: Wir hatten 'nen wichtigen Job, und du brauchst ja immer alles gleich, Putin, und wir brauchen jetzt echt mal Kohle.«

»Macht ihr Job heute gut, dann sehen. Da vorn rechts.«

Sie bogen in einen Feldweg ein, fuhren durch ein Wäldchen.

»Halt, hier stopp!«, sagte Putin. Er nahm ein Fernglas aus seiner Aktentasche und stieg aus. Studierte den Kleinlaster und die Meute. »Sauber, alle da. Und Mirkos Stellvertreter Pogo. Ihr zwei geht runter. Ich will wissen, was der Zwerg bespricht mit Jungs.«

Andi und Diego schlichen sich an den Abriss der Grube und hangelten sich am Gestrüpp nach unten, um in Hörweite der Gruppe zu kommen.

Pogo staunte über sich selbst. Er war ganz in seinem

Element. Mirko hatte ihn für den Fall der Fälle mit einer Generalvollmacht ausgestattet. Jetzt war er derjenige, der sagte, wo's langging. Der Termin war sehr kurzfristig angesetzt. Denn heute Abend würden die Teilnehmer abreisen. Vorher wollten sie sich noch von der Qualität der Ware überzeugen. Seine Jungs brachten die Maschinengewehre in Stellung und richteten die Flak aus.

Andi und Diego kauerten hinter einem Busch und beobachteten gebannt die illustre Truppe. Und das sollten ranghohe Regierungsmitglieder aus Osteuropa sein? Es sah eher nach einer Faschingsgesellschaft aus. Dazu passte auch die ausgelassene Stimmung. Konferenzen hin oder her – ein ordentlicher Shootout sagte mehr als tausend Worte.

Pogo gab das Signal, und die Gewehre donnerten los, Geschosshülsen flogen durch die Luft, genauso die zwei Krähen und die Enten vom benachbarten Baggersee, Steine spritzten, alles voller Pulverdampf. Dann ein gewaltiger Rumms. Das Flakgeschoss eliminierte den oberen Rand des Steinbruchs auf zehn Metern Breite. Großer Jubel unter den Anwesenden. Weil es so schön war, schlugen die nächsten zwei Einschüsse knapp daneben ein, sodass jetzt ein großes Stück des Hangs in Bewegung kam. Mit ihm der Wagen, der oben am Feldweg parkte. Mit offenen Mündern sahen die Anwesenden, wie mit den Geröllmassen ein Leichenwagen nach unten stürzte.

»Verdammt!«, stöhnte Diego, »unser Wagen!«

»Verdammt!«, echote Andi, »wenn Putin da drin ist!«

War er nicht. Breitbeinig stand Putin an der Hangkante. Mit Kalaschnikow. *Tarrangtarragtatatatrrang!!!*

Das Feuer wurde erwidert. *Tengtengtengteng!!!*

Als Putins Kugeln auch im Gebüsch vor Andi und Diego einschlugen, rannten die beiden los und zogen den nächsten Kugelhagel auf sich. Aus welcher Richtung auch immer. Jetzt gab es bei der Camouflagefraktion erste Opfer. Kakofonie: Es wimmerte, schrie, knallte. Die nächste Granate aus der Flak donnerte mitten in den Hang. Und noch mal. Und ein drittes Mal. Putin ballerte wie verrückt.

Feuerpause. Stille. Staunen.

Alle starrten auf den Hang, der jetzt komplett nachgab. Putin verschwand in den Fels- und Erdmassen. Eine Lawine aus Stein und Dreck donnerte heran, die Schützen rannten wie die Hasen. Andi und Diego auch. Die Erdmassen erreichten den Damm des angrenzenden Baggersees und rissen ihn ein wie ein Blatt Papier. Der Wasserdruck fegte den lädierten Damm hinweg, die Flutwelle erfasste die flüchtende Militarygang.

Es dauerte keine Minute, da war der Steinbruch komplett geflutet. Von den Menschen und dem Transporter war nichts mehr zu sehen. Die Krähen saßen auf einem zerzauselten Busch.

»Wow! Dagegen ist Rambo ein Dreck!«

»Guck mal, die beiden da sind übrig. Die schauen gar nicht so gefährlich aus. Ganz nett eigentlich. Besonders der Dicke.«

Andi und Diego saßen auf einem kümmerlichen Erdhäufchen, das vom Hang übriggeblieben war. Um sie herum nur braunes Wasser.

»Was sagen wir dem Miller wegen dem Leichenwagen?«, jammerte Diego.

»Ach, die Farbe war eh scheiße.«

Die zwei Krähen krächzten von Vergnügen.

Diego warf eine Hand voll Sand nach ihnen. »Verpisst euch!«

PERFEKT

Mader saß auf dem Balkon. Bajazzo lag zu seinen Füßen und döste auf dem warmen Estrich, schmeckte dem Brühwürfel nach, den er gerade mit seinem Herrchen geteilt hatte. Mader blickte in den Nachmittagshimmel über Neuperlach. Eine Wolke sah aus wie ein Dackel, der zum Sprung ansetzte. Das Fenster zum Wohnzimmer stand offen. Ein bisschen mehr als zimmerlaut sang dort Serge Gainsbourg. *Histoire de Melody Nelson*. Inhaltlich fand Mader das Album ziemlich fragwürdig, aber sonst schon toll – der Sound, die Stimmung. Mader ging es damit ähnlich wie mit *Isabelle*, dem Roman mit dem Stalker. Er war gespannt, wie die Geschichte ausgeht. Sicher nicht gut. Leider hatte er in letzter Zeit so wenig Muße zum Lesen gehabt. Jetzt fiel ihm ein, wann er das letzte Mal in dem Roman gelesen hatte. Im Park des Altenheims in Regensburg. Er dachte an die kalten blauen Augen von Peters Vater. An das für immer verschlossene Wissen in seinem Kopf, einer luftdichten Zeitkapsel. An deren harter Hülle jegliche Frage nach Schuld oder Verantwortung abprallte.

Es kam ihm vor, als wäre das Jahre her. Dabei war gerade mal eine Woche vergangen. Mader trank einen Schluck Bier und sah wieder in den Himmel. Die Mordfälle hatten sie nicht geklärt. Stöger war trotz der DNA-Spuren nicht geständig, er und Schimmel belasteten sich gegenseitig wegen der Jungsgeschichte. Und von Marlon erfuhren sie gar nichts. Nur Berti sang wie eine Lerche im Morgengrauen. Allerdings wusste er nichts wirklich Interessantes. Und war zudem kaum das, was man einen glaubwürdigen Zeugen nennen kann. Das mit den Waffengeschäften blieb völlig nebulös. Dazu kam noch, dass eine Reihe von Konferenzteilnehmern abgereist, aber nicht in ihrer Heimat angekommen waren. Das sorgte sogar für diplomatische Spannungen. Nicht ihre Baustelle. Von Schimmels großer Sicherheitskonferenz war nicht viel übriggeblieben, eigentlich gar nichts, ein Vakuum, das offenbar gleich noch ein paar Teilnehmer eingesaugt hatte.

›Bei einem Kriminalroman wäre das ein unbefriedigender Schluss‹, sinnierte Mader. ›Da gewinnen immer die Guten. Also meistens. Aber das echte Leben tickt anders.‹ Er dachte jetzt an die Geschichte mit seinem Vater und beschloss, einen Haken drunter zu machen. Und nicht nach Regensburg zu gehen. Sein Platz war hier. Vielleicht nicht zwingend in dieser gesichtslosen Wohnung, in diesem monotonen Viertel. Und nicht zwingend allein. Ob er jemals wieder mit einer Frau zusammenleben würde?

Er nahm sich vor, sich wieder mehr auf seine Arbeit zu konzentrieren. Die war ihm in letzter Zeit etwas entglitten. Zum Glück konnte er sich auf seine Leute zu hundert Prozent verlassen. Zu hundertfünfzig Prozent. Ein echtes Team. Er würde morgen wieder mit Zankl und Hummel zu Doris ins Krankenhaus fahren. Eine Woche musste sie noch dort bleiben. Gut, dass es nur zwei Beinbrüche waren. Ohne Doris war es im Büro einen guten Tick langweiliger als sonst.

Mader dachte auch an Günther. Dessen Verhalten hatte ihn tief beeindruckt. Günther hatte sich für ihn weit aus dem Fenster gelehnt. Und Günther war tatsächlich tief enttäuscht von seinem Freund Schimmel. Konnte er gut verstehen. Ging ihm ganz ähnlich mit Peter und Veronika.

Erst jetzt hörte er das Klingeln seines Handys.

Während er im Wohnzimmer das Gespräch annahm, drehte er mit der Fernbedienung Serge den Saft ab. »Karl-Maria Mader?«

»Hier spricht Christian Nerlinger.«

Mader schluckte. »Was wollen Sie?«

»Ihnen eine Geschichte erzählen.«

»Über meinen Vater?«

»Auch über Andreas, Ihren Vater. Sie wollen wissen, was damals wirklich passiert ist?«

Mader war sich jetzt nicht mehr so sicher, ob er das wirklich wollte. Vielleicht gab es Sachen über seinen Vater, die er nicht erfahren wollte. Aber ja, verdammt noch mal, natürlich wollte er wissen, was damals passiert war!

»Ja, bitte, erzählen Sie.«

»Ich bin alt, ich muss mich sehr konzentrieren, Sie unterbrechen mich nicht?«

»Nein. Ich werde einfach zuhören.«

»Wir waren Freunde damals. Rainer Schmieding, Paul Mittermeier, Ihr Vater und ich. Wir haben viel zusammen unternommen, Pläne geschmiedet, dachten, dass wir die Guten sind und für eine gerechte Sache kämpfen. Aber mit den Jahren wussten wir, dass es sich nicht wirklich lohnte, die langen Schichten, die vielen Überstunden, alles für so wenig Geld. Wir machten uns einen Spaß daraus, das perfekte Verbrechen zu planen. Auch Andreas. Wir wussten ja, wie es ging, welche Fehler die Bankräuber gemacht hatten, bevor wir sie schnappten. Insgeheim hatten wir das Ziel, es irgendwann tatsächlich selbst zu probieren. Nur Andreas nicht. Er war immer reserviert, sobald wir konkreter wurden, und dann beließen wir es auch dabei. Wir planten ohne ihn weiter. Bis wir den perfekten Plan hatten. Es ging nur noch um den richtigen Zeitpunkt. Wir wollten zuschlagen, wenn möglichst viele Polizeikräfte in Bayern gebunden waren.«

»Die Olympiade«, sagte Mader.

»Unterbrechen Sie mich nicht! Ja, die Olympiade in München. Und dann ergab sich plötzlich eine Gelegenheit, von der wir nicht zu träumen gewagt hätten.«

Mader schluckte. Die Geiselnahme im Olympiadorf. Er sagte nichts.

»Die Israelis, die Palästinenser, die Geiselnahme, alles konzentrierte sich auf München. Als gäbe es keine anderen Nachrichten mehr auf der Welt. Es war, als ob die Uhren langsamer liefen. Alle starrten auf die Fernsehgeräte, warteten darauf, was als Nächstes in München passierte. Die Polizeieinheiten wurden dort konzentriert. Der perfekte Zeitpunkt. Unser Ziel war die Sparkasse am Neupfarrplatz, kurz vor der Mittagspause. Die großen Läden brachten ihre Einnahmen immer mittags und abends auf die Bank. Am zweiten Tag der Geiselnahme in München meldeten wir uns krank. Rainer, Paul und ich. Andreas wusste nichts davon, er hatte Dienst an diesem Tag. Wir sind kurz vor zwölf in die Bank und haben die Überwachungskameras ausgeschaltet. Wir kannten das Gebäude, weil ein Jahr zuvor diese Filiale ausgeraubt worden war. Es sollte nach einer Nachahmungstat aussehen. Kein Mensch würde Polizisten hinter den Strumpfmasken vermuten. Sagten wir uns. Alles verlief sehr ruhig und professionell. Wenn nicht dieser neue Filialleiter gewesen wäre. Der wollte den Helden spielen und schaffte es, den Alarm auszulösen. Ich war mit Rainer im Tresorraum, und wir holten die Geldsäcke, als Paul oben die Nerven verlor und Warnschüsse in die Decke abgab. Kurz darauf war draußen alles voller Polizei. Uns blieb nichts anderes übrig, als Geiseln zu nehmen.«

›Oder aufzugeben‹, dachte Mader, sagte es aber nicht.

»Wir hatten auch den Notfall durchgespielt, inklusive Geiselnahme. Und es sah ganz so aus, als würde es klappen. Die Polizei ging auf unsere Forderungen ein und stellte uns ein Fluchtauto. Doch dann kam plötzlich Ihr Vater und bot sich für einen Geiselaustausch an. Wir waren völlig verblüfft. Warum ausgerechnet er? Hatte Andreas durchschaut, dass wir es waren, wollte er doch noch dabei sein und seinen Anteil? Wir stritten, ob wir den Austausch machen sollten. Aber es war für uns auch eine gute Möglichkeit, keine der Bankangestellten zu gefährden.«

Mader hätte am liebsten aufgelegt. Diese kalte Gesülze, diese mechanischen Gedanken lösten Übelkeit bei ihm aus. Doch er blieb am Telefon.

»Wir verließen mit Andreas die Bank. Tatsächlich folgte uns niemand. Kein Auto, kein Hubschrauber. Wir erreichten unbehelligt unser Versteck, einen verlassenen Bauernhof an der Donau bei Kelheim. Ich werde nie das Gesicht von Andreas vergessen, als wir die Masken abnahmen. Er hatte nicht den Funken einer Ahnung gehabt, dass wir es waren. Er war fassungslos. Und wütend. Wir waren uns nicht sicher, ob er nicht die erstbeste Gelegenheit nutzen würde, uns hinzuhängen, wenn wir ihn laufen ließen. Aber es gab noch eine Pointe in dieser Geschichte, denn Andreas erklärte uns, warum er sich gegen die Geiseln hatte austauschen lassen.«

Lange Pause.

»Andreas hatte eine Affäre mit einer der Bankangestellten«, sagte Nerlinger schließlich. »Eine sehr hübsche junge Frau. Er wollte sie schützen.«

Mader trat Schweiß auf die Stirn.

»Kein treuer Ehemann, aber ein ganzer Mann. Keine Frage. Wir berieten, was zu tun war. Paul traute ihm nicht. Ich redete lange mit Paul und mit Andreas. Wir einigten uns: Wir würden ihn freilassen, er würde uns nicht verraten. Und wir ihn nicht.«

Jetzt war Mader ganz ruhig, hörte Nerlingers erregten Atem.

»Doch dann kam alles anders. Wir gingen abends an einem Seitenarm der Donau spazieren, Andreas und ich, wir redeten, stritten, da rutschte er plötzlich auf dem Damm aus und schlug mit dem Hinterkopf auf die Betoneinfassung. Ehe ich nach ihm greifen konnte, glitt er ins Wasser und trieb davon. Es ging so schnell. Ich konnte nichts tun.«

Mader war schwindlig.

»Wir bekamen Panik. Das würde uns keiner glauben, wenn man uns doch noch erwischte. Und dann hatte Rainer die verrückte Idee mit dem Lösegeld. Es war doch schon egal. Die Idee war so irre, dass wir ganz außer uns waren. Und es klappte reibungslos. Wir waren als Polizisten an der Geldübergabe aus dem Zug beteiligt, sackten das Geld ein, versenkten das Fluchtauto.« Nerlinger atmete tief durch. »So war es. Jetzt wissen Sie, was geschehen ist. Es war ein Unfall.«

»Macht das einen Unterschied?«

»Für mich schon.«

Mader legte auf. Er hatte genug von diesem senilen Kotzbrocken, der um Verständnis buhlte auf seine letzten Tage, sein Gewissen erleichtern wollte. Oder wollte er gar Vergebung? Von ihm? Mader wünschte ihm die Pest an den Hals. *Es war kein Unfall!* Mader sackte auf dem Sofa zusammen und weinte. Die ganze Anspannung der letzten Wochen, alles brach aus ihm heraus.

Mader wachte auf, als Bajazzo ihm die Hand leckte. Er tätschelte Bajazzos Kopf und stand auf. Fühlte sich besser, erleichtert. Das Bild von seinem Vater, dem Helden, war auf Lebensgröße geschrumpft. Mader begann zu recherchieren. Es war gar nicht schwer. Er hatte sich von den wichtigsten Ermittlungsakten Kopien gemacht. Der Ordner lag auf seinem Schreibtisch. Er schlug ihn auf. In der Bank arbeiteten drei Frauen. Eine war Auszubildende, eine war mit einem der Kollegen in der Kreditabteilung verheiratet, und dann gab es noch Anna-Katharina Schirnharl, achtundzwanzig Jahre, dunkelhaarig, sehr attraktiv. Mader betrachtet sie auf einem Foto, das kurz nach dem Überfall in der *Mittelbayerischen Zeitung* erschienen war. Auf dem Bild war ihr Blick voll tiefer Trauer. Er wusste, warum. Er überlegte kurz, dann fuhr er den Computer hoch und googelte den Namen. Er landete auf der Homepage einer Professorin für deutsche Literatur an der Ludwig-Maximilians-Universität in München. Helene Schirnharl hatte eine ziemlich aufwendige Website, wo sich neben wissenschaftlichen Veröffentlichungen auch Privates fand, so ein Familienstammbaum. Dort gab es eine Anna-Katharina, ihre Mutter. Verstorben 2009. Mader suchte das Geburtsdatum von Helene Schirnharl. 12. April 1973. War das möglich? Es gab auch einen Mann zu Anna-Katharina. Karl Schirnharl, verstorben 2002. Aber was hieß das schon?

Mader machte den Computer aus und trat auf den Balkon hinaus, sah in den Nachmittagshimmel. Der war immer noch blau, jetzt ohne Wolken. Die Wut über Nerlinger war verpufft. War er gar kein Einzelkind, hatte er eine Halbschwester? Jemanden, mit dem ihn wirklich etwas verband? Die ganze Geschichte aus der Vergangenheit endete nicht einfach in einem schwarzen Nichts, plötzlich ging da eine Tür auf, eine Tür in die Zukunft. Ohne Nerlinger hätte er das nie erfahren. Er konnte und wollte ihm nicht vergeben, aber er würde ihn auch nicht zur Rechenschaft ziehen. Nicht mehr. Sollte er später in der Hölle schmoren und dort auf seinen Sohn warten. Mader schüttelte den Kopf. Das Leben hielt doch noch Überraschungen für ihn bereit.

WOW!

Frühstück bei Zankls. Conny saß mit ihrem dicken Bauch wie ein Buddha auf einem Wohnzimmersessel, den sie in die Küche geräumt hatten. Sie war mit einer riesigen Schale Müsli beschäftigt. Nebenbei las sie Zeitung. Zankl bemühte sich, Clarissa mit Hirse-Birnen-Mus zu füttern. Selbiges fand seinen Weg weniger in Clarissas Mund, sondern vor allem auf Tisch, Küchenboden und Zankls Hemd. Action-Painting. Zankl ertrug es mit stoischer Ruhe. »Ja, mein Schatzimausi, das schmeckt prima ...«

»Frank?«, meldete sich Conny. »Hast du die Zeitung gelesen?«

»Nein, wann denn?«

»Sei nicht immer gleich so gereizt.«

»Ich bin nicht gereizt.«

»Unser Kindergarten kriegt endlich den Garten.«

»Echt, wie das denn?«

»Steht im Lokalteil. Stell dir vor, die haben eine anonyme Spende bekommen. Bar, im Briefkasten, zwanzigtausend Euro!«

»Zwanzigtausend Euro? Wow!«

»Ja, wow! Das ist super! Wahnsinn, es gibt Leute, die haben echt ein Herz. Und sind großzügig. Da kannst du dir was abschneiden.«

»Wir haben auch was für den Garten gespendet!«

»Ja, fünfhundert Euro. Das tut uns doch nicht weh. Aber zwanzigtausend, überleg dir das mal!«

»Ja, das tut richtig weh.«

OHNE ENDE

Liebes Tagebuch,

ach, was soll ich sagen? Das Leben ist wunderbar! Jetzt dachte ich, der Sommer ist für dieses Jahr gelaufen, und dann scheint doch noch mal die Sonne für mich. Was für ein Supertag! Heute war ich mit Paul beim Fußball und anschließend beim Baden. Das Pokalspiel wurde endlich nachgeholt, und ich hatte am Freitag einen guten Grund, bei Karla anzurufen. Paul ist ans Telefon gegangen. Ich hab ihn gefragt, ob das okay sei, auch für seine Mama, und er meinte nur: »Das entscheide ich ja wohl noch selbst. Wir sind doch befreundet!« Hat er gesagt. Ja, logisch sind wir befreundet.

Also waren wir beim Fußball. Aichach war gar nicht schlecht und hat sich das 5:6 gegen 1860 sauber erkämpft.

Hat halt nicht ganz gereicht. Riesenstimmung. Und auch schön für die Sechzger, denen gelingt ja sonst so wenig. Hinterher sind wir noch zum Baden gegangen, denn das Spiel war schon um drei Uhr aus. Paul kennt da einen neuen Badesee bei Dachau und wollte unbedingt dorthin. Das ist echt abgefahren da draußen. Nach einem Erdrutsch ist da kürzlich in einem Steinbruch ein See entstanden, und der ist jetzt der Hit bei den Kids. Da war voll die Hölle los! Kein Wunder, das Ganze ist so eine Erosionslandschaft wie im Death Valley oder Grand Canyon. Nur kleiner natürlich. Ja, der Wilde Westen fängt gleich hinter Dachau an. Da gehen wir bestimmt noch mal hin, wenn das Wetter noch ein bisschen hält. Dann nehme ich allerdings eine gescheite Brotzeit mit. Ich dachte, da gibt's schon irgendwas zu kaufen. Von wegen. Sogar die Krähen haben uns ganz verhungert angeschaut. Die zwei dachten wohl, wir bringen den Riesenpicknickkorb mit. Pech gehabt. Ein Kiosk wäre dort jedenfalls eine echte Goldgrube. Vielleicht sollte ich umsatteln? Obwohl – was mach ich dann im Winter? Na ja – schreiben! Ha …

Jedenfalls war das wirklich ein Supersonntag. Als wir uns dann beim Mariahilfplatz getrennt haben, war das richtig dramatisch. Die Sonne ging gerade unter, auf dem Kirchplatz tanzte der Staub im orangefarbenen Licht, weil da drei Jungs mit ihren BMX-Rädern ihre Kreise drehten und Vollbremsungen machten. Und dann läuteten auch noch die Glocken. Es war schon acht Uhr. Wir hatten noch ein richtig gutes Gespräch. So Cowboydialog:

»Bestimmt ist deine Mama sauer, wenn du so spät kommst.«

»Nein, ich hab angerufen, und sie hat gesagt: kein Problem, wenn's mit dir ist.«

»Echt? Das hat sie gesagt?«

»Ja, und dass man sich ja auf dich verlassen kann.«

»Das hat sie wirklich gesagt?«

»Logo, Mann.«

Paul gab mir High Five *und sagte: »Klaus, altes Haus, ich bin raus, bis bald, sonst wir der Schweinebraten kalt!«*

Was bin ich heimgeschwebt! Nein, stimmt ja gar nicht. Ich hab am Regerplatz beigedreht und bin noch zum Nockherberg-Biergarten rüber. Dachte, ich guck mir den restlichen Sonnenuntergang über der Stadt bei einer Maß Bier an. Und stell dir vor, Tagebuch, wie ich reingehe, laufe ich Beate in die Arme! Ausgerechnet! Sie war mit einer Freundin unterwegs und wollte gerade heimgehen. Aber dann fragt sie mich: »Trinken wir noch was?«

Was hätte ich darauf antworten sollen? Hätte ich mir die gekränkte Seele raushängen lassen sollen, ihr kundtun, wie viele Schmerzen sie mir zugefügt hat? Nein, nicht nach einem so wunderbaren Tag. Ich hab sie angestrahlt und zu Bier und Brezn eingeladen. Sie hat zwei halbe Hendl gekauft, und dann haben wir uns den Sonnenuntergang gemeinsam angesehen.

Wir haben kaum geredet, aber was hätten wir schon groß sagen sollen? Über unseren Sommer ohne einander. Wir haben geplaudert, die wichtigen Themen nicht angeschnitten. Jedenfalls hat sie wunderschön ausgesehen im Abendlicht. Ihre blonden Haare haben geglüht wie ein Heiligenschein. Als wir uns dann an der Tram verabschiedet haben, hat sie doch noch was Ernstes gesagt, also was Wichtiges, wie sie schon in der Tram drin war: »Ich merk jetzt erst, wie sehr ich dich vermisst hab, Klaus.«

Ich war sprachlos, wollte unbedingt auch was sagen, aber da schlossen sich schon die Türen. Sie winkte mir durch die spiegelnde Scheibe. Ach, Beate!

Das Leben ist so schön! Jeden Tag, jeden Moment kann etwas ganz Neues passieren. Gerade, wenn man nicht damit rechnet. Was für ein Abend! Danach bin ich tatsächlich heimgeschwebt, all die Verwirrungen der letzten Wochen waren plötzlich so fern, ich fühlte mich ganz leicht. Das tu ich immer noch, hier in der Küche. Die laue Abendluft strömt durchs offene Fenster, die Tauben gurren im Hof. Ich mach mir jetzt noch eine gute Platte an. Ich weiß auch schon welche: die Isley Brothers mit This Old Heart of Mine. *Das ist immer super. Und passt heute besonders gut. Was für ein schöner Tag, ein Gedicht!*

Stehst du wieder vor der Tür
Gehört mein altes Herz nur dir
Deine Augen sprechen Bände
Love forever – ohne Ende
Alles glitzert, knistert wie beim ersten Kuss
Love forever – Story ohne Schluss
Du kannst es drehen, schrauben, wenden
Dieser Sommer wird nicht enden
Niemals ist mein Herz zu klein
Da passen tausend Tage Sonne rein
Stehst du wieder vor der Tür
Gehört mein altes Herz nur dir

Bitte beachten Sie auch
die folgenden Seiten